Die in Breslau geborene Autorin Margot Bérard lebt, mit einem Journalisten verheiratet, in Berlin. In Wochenzeitschriften veröffentlichte sie Kurzromane, Tiergeschichten und heitere Erzählungen. Teilweise unter Pseudonym schrieb sie bisher mehr als dreißig Unterhaltungs- und Kriminalromane.

Von Margot Bérard sind außerdem als Knaur-Taschenbücher erhältlich:

»Morgen – Jenseits der Finsternis« (Band 1536)
»Wer hat die Sterne ins All gesät?« (Band 1635))
»Seelen werfen keine Schatten« (Band 1636)
»Bittere Verwandtschaften – Das Mädchen und der Rabe« (Band 2030)

Originalausgabe 1988

Umschlaggestaltung Manfred Waller
Umschlagfoto Sammlung Menningen
Satz Auer, Donauwörth
Druck und Bindung Ebner Ulm
Printed in Germany 5 4 3 2 1
ISBN 3-426-02031-9

Margot Bérard:
Bittere Verwandtschaften – Zum Lügen verurteilt

Roman

Knaur

Auf der Terrasse der weißen Villa, hoch über der Altstadt von Villefranche, hockte an einem warmen Maitag ein kleiner, etwa sechsjähriger Junge und beobachtete völlig selbstvergessen einen großen schwarzen Käfer mit schillerndem Rückenpanzer, der sich immer wieder vergeblich bemühte, eine glatte Marmorstufe hinaufzukrabbeln.

Es war ein besonders hübscher Junge. Weißblonde Locken kringelten sich um ein schmales Gesichtchen. Über den großen hellblauen Augen waren die zarten, fast weißen Augenbrauen kaum auszumachen. Der rote Schmollmund ließ eher an ein Mädchen denken.

Es war auch ein sehr hübscher Käfer, wenn auch nicht gerade nützlich, denn es handelte sich nur um eine gemeine Küchenschabe. Das wußte der kleine Junge nicht. Es hätte ihn auch kaum interessiert: Er fand ihn wunderschön. Ab und zu berührte er den Käfer mit dem Stiel einer Margerite. In zwei riesigen Kübeln auf der Terrasse hatten sie ihre Blütenpracht entfaltet und sahen aus wie frisch gefallener Schnee. Das Kind ging sehr vorsichtig zu Werke, denn um nichts auf der Welt wollte es dem Tier weh tun. Als der Krabbelkäfer dabei plötzlich auf den Rücken fiel und verzweifelt mit den Beinen strampelte, war der kleine Mann richtig erschrocken und half ihm schleunigst wieder auf. Der Käfer zeigte sich wenig dankbar, denn er versuchte nun, rückwärts zu entkommen, wurde jedoch sanft daran gehindert.

»Warum willst du denn weg? Wir spielen doch so schön zusammen. Wenn du dich langweilst, kann ich dir auch eine Geschichte erzählen«, schlug das Kind vor. Die Küchenschabe hatte nur einen Wunsch: dem Licht der hellen Sonne zu entkommen. Sie war ein Nachttier, hatte sich unglücklicherweise aus dem Dunkel in den Tag verirrt und fühlte sich jetzt bedroht. Also versuchte sie eine andere Taktik. Sie stellte sich tot. Der kleine Junge faßte das anders auf. Zufrieden sagte er: »Ich wußte doch, daß du gar nicht wegwillst. Also erzähle ich dir jetzt die Geschichte von Mummel. Weißt du, Mummel ist der Sohn von unserem Gärtner, und weil er so ein guter Junge war, ist er ganz doll krank geworden, und der liebe Gott hat ihn zu sich in den Himmel genommen, und jetzt ist Mummel ein Engel. Möchtest du auch ein Engel sein?«

Der Käfer rührte sich nicht. Das störte das Kind nicht. Es sinnierte ernsthaft vor sich hin. »Ich weiß bloß nicht, ob Käfer Engel sein dürfen ... Ich muß mal den Pater danach fragen.« Es war so vertieft, daß es die leisen Schritte nicht hörte, die sich ihm näherten. Plötzlich aber sah der Junge zwei blankgeputzte Schuhe mit schwarzen Hosenbeinen daran vor sich und blickte erschrocken hoch. Er stand sofort auf und sah den Menschen, dem Schuhe und Hosenbeine gehörten, ängstlich an.

Auch ohne die Phantasie eines kleinen Jungen sah dieser Mann aus wie ein Kinderschreck. In seinem hageren, finsteren Gesicht glühten schwarze Augen wie höllische Kohlen. Er trug einen schlichten schwarzen Anzug, der schon etwas fadenscheinig war. Der weiße, runde Kragen wies ihn als Priester aus.

»Was tust du hier, Pierre?« sagte er streng. »Was wolltest du mich fragen?« Er hatte den letzten Satz des Kindes gehört.

»Och ... ich, ich wollte nur ... ich dachte ...«

»Stottere nicht herum. Sieh mich an. Du willst mich doch nicht anlügen?«

»O nein, Pater Antoine«, antwortete der kleine Pierre schnell. »Lügen ist ja eine Sünde.«

»Gut, daß du dich daran erinnerst, mein Sohn. Also – was wolltest du mich fragen?«

»Na ja, ich möchte gerne wissen, ob Käfer auch in den Himmel kommen und Engel werden dürfen.«

Pater Antoine zog die Stirn kraus. Wütend sagte er:

»Pierre, was ist denn das für eine unsinnige Frage? Willst du den lieben Gott verhöhnen? Wie kommst du überhaupt darauf?«

In diesem Augenblick fiel sein Blick auf die Küchenschabe. Die stellte sich immer noch tot, und im nächsten Moment war sie es auch. Mit vor Ekel verzogenem Gesicht hob der Pater den Fuß und trat die Schabe tot. Es gab ein häßliches, knakkendes Geräusch. Der kleine Junge schrie auf, zerrte am Hosenbein des Priesters und versuchte, dessen Fuß von der toten Schabe zu ziehen.

»Pater Antoine! Warum haben Sie den Käfer totgemacht? Er hat Ihnen doch nichts getan. Wir haben bloß miteinander gespielt. Er war so schön...« Dem kleinen Jungen liefen Tränen über die Wangen. Verzweifelt kniete er vor dem zerquetschten Tier. Der Pater packte ihn am Kragen und stellte ihn auf die Füße. Er war noch wütender als zuvor.

»Schluß mit dem Unsinn. Ich höre mir das nicht länger an. Du bist noch dümmer, als ich dachte. Mit einer Küchenschabe will der junge Herr gespielt haben! Du Strohkopf! Das sind Schädlinge, die ausgerottet werden müssen. Höchst gefährliche Krankheitsüberträger.«

»Der Käfer hat mir bestimmt keine Krankheit übertragen«, schluchzte das Kind. »Er hat... er ist doch nur so rumgekrabbelt. Und... und, Sie haben gesagt, daß der liebe Gott alles auf der Welt erschaffen hat, und... und in den zehn Geboten steht: Du sollst nicht töten. Das mußte ich doch auswendig lernen.«

»Frech wirst du auch noch? Aufsässig, wie? Übrigens – es heißt nicht ›der Käfer‹, sondern ›die Küchenschabe‹, verstanden? Wie heißt es? Wiederhole!«
»Die Küchenschabe«, sagte der Junge leise und sehr unglücklich.
»Gut. Das wenigstens hast du begriffen. Daß Ungeziefer kein Spielzeug ist und gotteslästerliche Fragen nicht ungestraft bleiben, werde ich dir auf andere Weise beibringen. Du hast zwei Stunden im Keller Gelegenheit, darüber nachzudenken. Vielleicht gesellen sich zu deinen Schaben ja auch noch ein paar Ratten? Da dir deine übertriebene Tierliebe nicht anders auszutreiben ist, hilft das vielleicht.«
Pierre war vor Schreck wie erstarrt. Der Keller! Die furchtbarste Strafe, die er kannte. Es war dunkel und feucht in den Gewölben des alten Hauses und voller unheimlicher Geräusche. Er hatte schreckliche Angst und fühlte, wie ihm etwas Warmes an den Hosenbeinen entlangrann. Er faltete die kleinen Hände und bat flehentlich:
»Bitte, Pater Antoine, bitte, nicht in den Keller! Was hab ich denn Schlimmes gemacht? Ich will auch ganz brav sein und heute abend drei ›Vaterunser‹ extra beten. Nicht in den Keller...«
Kalt sah der Pater seinen Schützling an, ergriff die kleine Hand und zerrte das widerstrebende Kind mit sich. Dabei predigte er mit seiner unangenehmen, monotonen Stimme:
»Es ist gut, wenn der Mensch bereut, doch aus Erfahrung wissen wir, daß die Reue meistens zu spät kommt. Deshalb muß man schon als Kind lernen, sich vorher zu überlegen, was man sagt oder tut. Du hast den Herrn beleidigt, indem du aufsässig und frech zu mir warst, obwohl du genau weißt, daß ich als Priester sein Stellverteter auf Erden bin. Glaub nicht, daß ich oder der liebe Gott dich nicht lieben, aber es steht schon in der Bibel geschrieben: *Wen der liebe Gott*

liebt, den züchtigt er. Außerdem wirst du heute abend fünf ›Vaterunser‹ beten, und zwar laut und in meiner Gegenwart.«
Pierre stolperte benommen neben seinem Peiniger die Treppen hinunter. In seinem kleinen Kopf ging alles wirr durcheinander. Er verstand oft nicht, was der Pater eigentlich von ihm wollte oder was er meinte. Vielleicht gelang es ihm, dem Keller zu entkommen, wenn er kluge Fragen stellte, wenn er Interesse an dem zeigte, was sein Erzieher gesagt hatte. Deshalb fragte er tapfer:
»Pater Antoine, was bedeutet das: ›Wen der liebe Gott liebt, den züchtigt er?‹ Was ist das: ›züchtigen‹?«
»Züchtigung bedeutet Strafe im weitesten Sinn«, wurde der Sechsjährige belehrt. »Es gibt eine Vielzahl von Strafen, die der liebe Gott uns auferlegt und die wir in Demut annehmen müssen. Um es dir genauer zu erklären – auch Schlagen gehört dazu. Wenn ich dir zum Beispiel mit dem kleinen Rohrstock auf die Finger haue, dann ist auch das eine Strafe Gottes, denn ich tue es an seiner Statt. So wie der Keller jetzt. Der liebe Gott und ich – wir sind traurig, daß ein Schäfchen unserer Herde sich immer wieder verirrt. Wir wollen es doch auf den rechten Weg führen. Aber wir sind auch froh, wenn du wirklich bereust und zur Herde zurückkehrst.«
Der kleine Pierre begriff so gut wie nichts von der salbungsvollen Rede. Nur eines hatte sich in seinem Kopf festgesetzt: Der liebe Gott liebte und strafte – sprich schlug – zugleich? Das konnte doch wohl nicht stimmen!
Pierre war ein braves, tiefgläubiges Kind. Der liebe Gott im Himmel, das Jesuskind in der Krippe, die Engel, die auf goldenen Harfen spielten, die drei Mohren aus dem Morgenland – böse Menschen nannten sie einfach Neger –, all das waren für den sechsjährigen Jungen feststehende Begriffe, genauso, wie er die zehn Gebote hersagen konnte, ohne steckenzubleiben.

Doch jetzt, im Angesicht der furchtbaren Strafe, die ihm drohte, hatte er eine sehr frühe Erkenntnis. Und die Angst beflügelte ihn, sie auszusprechen. Verzweifelt, aber auch mit einem gewissen Trotz, sagte er:
»Wie kann der liebe Gott lieb sein, wenn er schlägt? Wenn Sie mir weh tun, dann sind Sie doch nicht lieb zu mir. Dann sind Sie böse, ganz böse. Und wenn der liebe Gott immer nur schlägt, dann ist er kein ›lieber Gott‹.«
Pater Antoine verschlug es die Sprache. Ja, war das denn die Möglichkeit? Seit zwei Jahren bemühte er sich, in die Seele dieses Kindes die Lehren der heiligen, alleinseligmachenden Kirche zu pflanzen. Und das war der Erfolg?
Sie waren inzwischen vor den Gewölben des Weinkellers angelangt. Doch der war dem Pater zu sauber, zu aufgeräumt. Dahinter gab es noch Keller aus der Zeit der Französischen Revolution. Damals dienten sie als Zufluchtsort für Flüchtlinge. Nachdem die Villa um die Jahrhundertwende auf den Fundamenten einer viel älteren Fluchtburg gebaut worden war, waren diese Keller nur noch Gerümpelkammern. Hierhin führte Pater Antoine seinen Zögling. Schon die Tür mit dem großen alten Schloß knarrte unheilverkündend, als sie aufgestoßen wurde.
Der Pater zerrte Pierre hinein. Noch leuchtete eine Taschenlampe in seiner Hand. Ihr dünnes Licht flackerte über zerbrochene Möbel, ausgedientes Fischereigerät, verschlossene Truhen, kaputte Ölgemälde längst Verblichener und eine Gartenstatue aus Gips, die einen häßlichen Faun darstellte.
Der Strahl der Taschenlampe erhaschte einen Stapel von Säkken.
»Da, junger Herr, darauf kannst du es dir gemütlich machen. Ich werde wissen, wenn du wirklich bereust, wenn nicht... weißt du, Pierre Vallier, manchmal bin ich sehr vergeßlich! Wir verstehen uns?«

Das Licht erlosch. Die Tür schloß sich. Ein Schlüssel wurde umgedreht. Undurchdringliche Finsternis umgab das Kind. Sein Herz klopfte vor Angst zum Zerspringen. Es hockte sich auf die Säcke, umschlang mit beiden Armen die Knie, machte sich so klein wie möglich, um so wenig Angriffsfläche wie möglich zu bieten. Man hatte ihm den Glauben an Engel und Heilige beigebracht, aber auch an Teufel und Dämonen, die im Dunkel lauerten.

Der kleine Pierre war in diesem Augenblick der einsamste, unglücklichste Junge der Welt. Für ein Kind ist Zeit noch kein Begriff. Sie dehnt sich vor ihm ins Endlose. Deshalb erschienen zwei Stunden in gefürchteter Dunkelheit und Stille einem Sechsjährigen wie die Ewigkeit einem Erwachsenen. Und diese Ewigkeit hinterließ unauslöschbare Spuren...

Villefranche, sechs Jahre früher

In dem prachtvollen Haus an der Bucht von Villefranche saß der Hausherr, der Parfumfabrikant Jean Vallier, in seinem stilvoll eingerichteten Arbeitszimmer und telefonierte. Dabei fiel sein Blick immer wieder auf die junge Dame, die ruhig wartend auf einem Stuhl vor seinem Schreibtisch saß. Sie war auf eine kühle Art hübsch, das braune Haar kurzgeschnitten und leicht gewellt. Eine hohe Stirn und kluge graue Augen zeugten von Intelligenz. Nase und Mund waren etwas klein geraten, doch ihre Haut war makellos rein. Sie strahlte innere und äußere Sauberkeit aus.

Jean Vallier gefiel, was er sah. Er beendete sein Telefongespräch und wandte sich seiner Besucherin zu. Ein nur kurz angedeutetes Lächeln flog über sein Gesicht, verschwand aber sofort wieder. Immerhin – er hatte gelächelt, was bei diesem ernsten, strengen Mann nur selten vorkam.

»Nun, Mademoiselle Lemaire, ich denke, Sie entsprechen meinen Vorstellungen, auch äußerlich. Fassen Sie das nicht als Kompliment auf, es ist keines. Nur eine Feststellung. Ich suche mein Personal auch nach ästhetischen Ansprüchen aus. Ich habe Sie unter zehn jungen Damen ausgewählt, weil ich Ihrer Bewerbung und Ihren Zeugnissen entnehme, daß Sie die geeignete Person sind, meinem Sohn die beste Pflege zukommen zu lassen. Vor allem deshalb, weil Sie ausgebildete Säuglings- und Kinderschwester zugleich sind. Ich halte nichts von häufigen Wechseln. Kinder brauchen eine feste Bezugsperson.

Meine Frau ist sehr zart und nicht in der Lage, die Erziehung selbst in die Hand zu nehmen. Eines allerdings will ich von vornherein klarstellen. Sie werden die Erziehung meines Sohnes nur bis zu seinem vierten Lebensjahr bestimmen. Danach habe ich beschlossen, diese Aufgabe einem priesterlichen Lehrer und Mentor zu übergeben. Sie hätten dann nur noch für sein körperliches Wohlbefinden zu sorgen. Das ist kein Affront gegen Sie oder Ihre Fähigkeiten. Ich gehe nur von dem Prinzip aus, daß mein einziger Sohn, der einmal der Erbe eines großen Betriebes und eines beachtlichen Vermögens sein wird, eine unnachgiebige, feste Hand und einen männlichen Erzieher braucht.
Ich erwarte dementsprechend auch von Ihnen, daß Sie den Jungen, der ja noch ein Baby ist, nicht unnötig verzärteln. Übertriebene Liebe führt zu Abhängigkeiten. Ein Mann, der in zwanzig, dreißig Jahren eine Spitzenstellung einnehmen soll, kann sich Sentimentalitäten nicht leisten. Also ist es am besten, er lernt sie gar nicht erst kennen.«
Ein kurzes, plötzliches Aufblitzen in den grauen Augen seines Gegenübers entging Jean Vallier nicht. Sofort hakte er nach. »Sie sind nicht meiner Auffassung?«
Juliette Lemaire war auf der Hut. Dieser Mann, ihr neuer Arbeitgeber, war ein scharfer Beobachter. Sie mußte die Stellung bekommen, denn sie stand vor dem Nichts. Doch das wußte Monsieur Vallier nicht.
Juliette Lemaire war klar, daß ihre Chance im klugen Abwägen lag. Ein kleiner Widerstand wird oft als Charakterstärke gedeutet und ist notwendig. In der großen Linie aber mußte Übereinstimmung erzielt werden. Diese Lebensweisheit bestimmte ihre Antwort.
»Monsieur Vallier, nehmen Sie mir meine Offenheit nicht übel. Doch glauben Sie nicht selbst, daß ein Baby schon ein bißchen Zärtlichkeit braucht? Sie wollen ja sicher kein Mon-

ster heranziehen. Selbstverständlich stimme ich mit Ihnen darin überein, daß ein Erzieher bei Beginn der sogenannten Trotzphase – sie fängt im allgemeinen mit dem zweiten Lebensjahr an, wo jedes Kind versucht, seinen Willen an dem der Erwachsenen zu messen – energisch eingreifen muß. Es ist die Aufgabe jeder geschulten Erzieherin, schon früh den Charakter des Kindes zu formen. Dabei ist die christliche Lehre eine große Hilfe. Bestimmt sie doch von Anfang an das moralische Verhalten eines Menschen auf Lebenszeit.«

Jean Vallier beglückwünschte sich im stillen, und zum zweitenmal an diesem Tag lächelte er.

»Ich bin beeindruckt, Mademoiselle Lemaire. Sie erfassen das, was ich unter Erziehung verstehe, intuitiv. Natürlich soll mein Sohn Pierre Fürsorglichkeit erfahren. Es darf ihm an nichts fehlen. Aber ich sehe, Sie haben begriffen, worauf ich mit meiner Erziehung hinaus will. Ich hoffe, daß Sie lange in meinem Haus bleiben. Sie sind nicht in irgendeiner Weise gebunden?«

»Das schrieb ich schon, Monsieur. Ich habe keine Verwandten mehr und auch nicht die Absicht, mich in absehbarer Zeit zu binden.«

»Sehr gut. Sind Sie mit Ihren Bezügen zufrieden?«

»Ja, danke, Monsieur Vallier. Mein Gehalt ist wirklich großzügig bemessen.«

»Es entspricht nur Ihrer Aufgabe und Ihren Fähigkeiten, von denen ich jetzt, nach unserer Aussprache, mehr denn je überzeugt bin. Madame Durant, meine Hausdame, wird Ihnen nun Ihre Suite zeigen. Sie liegt unmittelbar neben dem Säuglingszimmer. Sie werden jeglichen Komfort vorfinden. Wenn Ihnen dennoch etwas fehlt – sagen Sie mir Bescheid. Ach ja, noch eines: Wundern Sie sich bitte nicht, daß Sie im westlichen, etwas abgelegenen Flügel des Hauses untergebracht sind. Das bedeutet keine Degradierung. Ich habe noch eine

dreijährige Tochter, die als Erstgeborene mit ihrer Erzieherin im Haupthaus wohnt. Sie werden bemerkt haben, daß wir eine sehr konservative Familie sind. Ich bin nun mal nicht der Meinung, daß Mädchen und Jungen zusammen erzogen werden sollen. Der Unterschied zwischen Mann und Frau erscheint mir – trotz Emanzipation« – er sprach diese Bezeichnung wie ein Schimpfwort aus – »ziemlich weitgreifend. Ich weiß nicht, inwieweit Sie mir darin folgen können.«
Juliette Lemaire war eine kluge Frau. Sie wußte schon jetzt, daß sie ihren zukünftigen Brotgeber nicht ausstehen konnte. Seine Kälte, seine Arroganz, seine Herablassung waren eigentlich unerträglich. Doch sie wußte auch, daß sie mit ihm nicht allzuviel zu tun haben würde. Er war nicht der Typ, dem das Wohlergehen seiner Kinder am Herzen lag. Er glich eher einem Gentechniker der Neuzeit, dem nur daran gelegen ist, einen bestimmten Typ Mensch zu erschaffen, der in sein Konzept paßte. Was für eine Art Mensch wohl seine Frau sein mochte? Juliette sagte höflich und kühl:
»Ich stimme Ihnen zu, Monsieur. Die meisten Männer und Frauen sind sehr unterschiedlich. Und wenn es dann mal eine Übereinstimmung gibt – was selten vorkommt –, dann ist sie in der Intelligenz zu suchen ...«
Für einen winzigen Augenblick fühlte sich Jean Vallier unsicher.
»Darf ich fragen, wie Sie das meinen, Mademoiselle Lemaire?«
»Aber natürlich, Monsieur. Welche Frau könnte – zum Beispiel – Ihnen Paroli bieten? Lächerlich. Sie würde schon in den Anfängen steckenbleiben. Nein, nein – jeder Mensch sollte seine Grenzen kennen und beachten.«
Vallier überhörte den unterschwelligen ironischen Ton. Er war einfach zu eingebildet, zu sehr Macho, um überhaupt auf den Gedanken zu kommen, daß sich da eine gescheite Frau über ihn lustig machte. Und er sagte sehr befriedigt:

»Mademoiselle Lemaire, ich freue mich aufrichtig, Sie als ein Mitglied unseres Hauses begrüßen zu können. Von Zeit zu Zeit werden Sie mir Bericht erstatten. Ich sage Ihnen schon jetzt, es wird nicht allzu häufig sein, denn meine Zeit ist knapp bemessen, aber ich denke, wir verstehen uns. Mein Sohn wird bei Ihnen in besten Händen sein. Davon haben Sie mich überzeugt.«

Einen kleinen Vorstoß wagte Juliette Lemaire noch. Sie fragte:

»Verzeihen Sie, Monsieur, wird Ihre Frau auch mit mir einverstanden sein? Ich meine ...«

Er unterbrach sie schnell.

»Ich sagte Ihnen schon, meine Frau ist sehr zart und von der Geburt meines Sohnes sehr mitgenommen. Sie leidet unter den bekannten Depressionen, die Frauen nach einer schweren Geburt manchmal überfallen. Der Arzt hat ihr absolute Ruhe verschrieben. Um die Wahrheit zu sagen, Mademoiselle – sie will im Augenblick ihre Kinder nicht einmal sehen. Dieser Zustand wird sicher vorübergehen, doch inzwischen brauchen meine Kinder Fürsorge. Sie können also ganz nach Ihrem Gusto verfahren. Meine Frau ist die letzte, die Ihnen hineinreden wird.«

»Dann ist ja alles klar«, sagte Juliette und lächelte zuversichtlich, aber es war ihr überhaupt nichts klar, denn sie spürte, daß in dem Verhältnis der Eheleute und auch in ihrem Verhältnis zu ihren Kindern nichts, aber auch gar nichts stimmte!

Arme reiche Leute

Juliette Lemaire war dankbar, daß ihr ein ganzer Tag zugestanden wurde, um sich in ihrer neuen Umgebung einzurichten, Haus und Park kennenzulernen.

Sie hatte eine hübsche kleine Wohnung ganz für sich. »Suite« nannte sie der Hausherr hochtrabend. Sie blieb lieber bei dem altmodischen Begriff, obwohl die beiden Zimmer tatsächlich sehr elegant eingerichtet waren. So schön hatte sie noch nie gewohnt. Die Räume waren ganz in Weiß-Grün gehalten, selbst das geräumige Badezimmer mit seiner halbrunden Wanne. Weiße Kacheln, ein flauschiger moosgrüner Teppichboden, weiche Handtücher und Badelaken. Sogar ein Bademantel in den gleichen Farben fehlte nicht.

Es mangelte an überhaupt nichts, was der Bequemlichkeit in irgendeiner Weise diente. Hier hatte ein guter Innenarchitekt geschmackvolle Arbeit geleistet. Und das sicher vor noch nicht langer Zeit, denn alles sah absolut neu aus. Die hohen Fenstertüren mit den duftigen Vorhängen gingen auf eine von Rosen umrankte Terrasse hinaus. Ein paar Stufen führten in einen kleinen, etwas verwilderten Garten, der gerade durch seine Naturbelassenheit ganz bezaubernd wirkte. Er war durch eine Mauer aus grauen Natursteinen vom übrigen großen Park abgetrennt. Auch diese Mauer schien erst kürzlich errichtet worden zu sein.

Noch war Juliette zu begeistert, als daß sie das Vorhandensein dieser Mauer nachdenklich gestimmt hätte. Der Garten wurde begrenzt von einer Reihe schöner alter Ulmen und Akazien am Berghang, die so aussahen, als hielten sie sich an ihm fest. Ganz hinten stand ein windschiefes Bretterhäuschen, um das sich ebenfalls Rosen rankten. Drinnen war nicht viel zu sehen: ein paar alte Garten- und Angelgeräte, eine Kiste mit Netzen, Putzlumpen, Blechdosen, eine alte Tasse mit abgeschlagenem Henkel. An der rechten Seite des Gartens war eine etwa anderthalb mal zwei Meter große, flache Grube ausgehoben. Daneben standen ein Sack mit Zement, ein Spaten und eine Packung hellblauer Kacheln. Anscheinend sollte hier ein kleiner Teich entstehen.

Das Kinderzimmer war ebenfalls nagelneu und alles vorhanden, was ein Säugling brauchte. Der kleine Bewohner sollte erst morgen hier einziehen. Auch die Küche war zweckmäßig mit allem Nötigen ausgestattet. Das ganze kleine Reich wirkte hell und freundlich, vielleicht nur etwas zu abgeschieden. Die oberen Räume fand sie verschlossen vor. Wahrscheinlich standen sie leer.

Aber das machte Juliette Lemaire nichts aus. Sie war ans Alleinsein gewöhnt. Denn auch in den anderen Häusern, in denen sie Kinder betreut hatte, hatten die wohlhabenden Eltern selten Zeit oder Lust gehabt, sich mit ihren Sprößlingen selbst zu beschäftigen. Sie waren mehr oder weniger Vorzeigeobjekte für Gäste an Sonn- und Feiertagen. Warum das so war – darüber dachte Juliette schon lange nicht mehr nach. Auf jeden Fall waren ihr die Kinder immer lieber als die Eltern, und so würde es sicher auch in diesem Fall wieder sein. Davon war sie überzeugt.

Hier irrte die Kinderschwester. Denn was sie hier erleben sollte, war mit nichts vergleichbar. Wie auch die Bewohner der »Rosenvilla« – so nannten die Einheimischen das schöne Haus – mit niemandem zu vergleichen waren . . .

Die fünfunddreißig Jahre alte Juliette stammte aus kleinbür-

gerlichen Verhältnissen. Ihr Vater war Finanzbeamter, ein schüchterner, freundlicher Mann, der sich für seine kränkelnde Frau und die einzige Tochter aufopferte. Er gönnte sich nicht den kleinsten Luxus, sondern gab jeden Franc für Arztkosten und für die Ausbildung der Tochter aus. Deshalb erhielt sie eine sehr viel bessere Erziehung als andere Kinder dieser Kreise.
Nach dem Abitur studierte sie fünf Semester Psychologie und wurde danach auf eigenen Wunsch in einer bekannten Schule, der ein Kinderkrankenhaus angegliedert war, zur Säuglings- und Kinderschwester ausgebildet. Kurz nach Beendigung der Ausbildung starb ihre Mutter an Magenkrebs. Der Vater, ausgelaugt von der Pflege, durch ständige Überstunden völlig überarbeitet, erlag nur drei Monate nach dem Tod seiner Frau einem Herzinfarkt.
Von da an war Juliette ganz auf sich selbst gestellt. Dank ihrer hervorragenden Ausbildung fand sie mühelos eine Stellung und Zugang zu einer Welt, die sie bis dahin nur aus Filmen kannte. Sie übte ihren Beruf mit Freude, Ernst und Pflichtbewußtsein aus. Viele ihrer Zöglinge begleitete sie bis zum Internat, und es war ihrer einfühlsamen Erziehung zu verdanken, daß sie nicht allzu verkorkste Erwachsene wurden.

Der kleine Pierre Vallier war ein bezauberndes Baby. Gerade eben drei Wochen alt, sah er schon aus wie ein richtiges Menschlein. Weißblonder Haarflaum bedeckte üppig den winzigen Kopf. Öffnete er die Äuglein, so sah man, daß sie noch dunkelblau waren. Später sollten sie das helle Blau von Vergißmeinnicht annehmen. Ein ganz liebes Baby, das nicht die geringsten Schwierigkeiten machte. Er schlief sogar brav und zufrieden die Nächte durch, und schrie er einmal, dann hatte er Grund dazu: volle Windeln oder Bauchschmerzen.
Wieder einmal begriff Juliette nicht, wie ein so süßes Baby die

Mutter völlig kaltlassen konnte. Sie lernte sie drei Tage nach Antritt ihres Dienstes kennen.
Fleure Vallier lag bei ihrer Begegnung im Park in einem weichgepolsterten Gartenstuhl. Juliette war überzeugt davon, im Leben noch nie eine so schöne Frau gesehen zu haben. Eine wilde Mähne aus tiefschwarzem Haar umgab das blasse, schmale Gesicht. Ihre Haut war durchscheinend wie getöntes Milchglas. Der volle, sinnliche Mund, ungeschminkt und doch blutvoll rot, verstärkte noch die unnatürliche Blässe des Gesichtes. Doch das Schönste an ihr waren die Augen: tiefblau, fast violett. Manchmal, an besonderen Stellen, und wenn die Sonne aus einem bestimmten Winkel scheint, ist das Meer so gefärbt. So, genau so war die Augenfarbe dieser Frau. Juliette, keineswegs scheu oder kontaktarm, verschlug es fast die Sprache. Sie mußte sich zusammennehmen, um natürlich zu wirken.
»Madame Vallier«, sagte sie freundlich und bemüht, ihre Befangenheit abzulegen. »Ich möchte mich Ihnen vorstellen. Mein Name ist Juliette Lemaire. Ich bin die Kinderschwester Ihres kleinen Sohns Pierre. Darf ich Ihnen gratulieren? Er ist ein entzückendes Baby. Ich habe ihn vom ersten Augenblick an ins Herz geschlossen.«
Fleure Vallier sah sie groß an.
Nichts deutete darauf hin, daß sie das Kompliment, das jede Mutter erfreuen müßte, überhaupt zur Kenntnis genommen hatte.
Nach einer peinlichen Schweigeminute – Juliette brach schon der kalte Schweiß aus – sagte Madame Vallier vage:
»Ach ja? Ist er hübsch? Er ist mir noch nicht gezeigt worden...«
Juliette lief es kalt den Rücken hinunter. Das klang anders als das, was ihr der Hausherr gesagt hatte. Sie erinnerte sich nur zu genau: »Meine Frau leidet an Depressionen, wie sie

manchmal nach der Schwangerschaft auftreten. Zur Zeit will sie ihre Kinder nicht einmal sehen...«

Allerdings sah Juliette auch mit geschultem Blick, daß diese wunderschöne Frau vor ihr krank war. Nicht nur körperlich. Sie fühlte mit weiblicher Intuition, daß mehr dahintersteckte. Ein seelisches Leiden, fast eine Selbstaufgabe. Trotzdem empfing Juliette von Pierres Mutter starke, energische Impulse. Diese Frau war nicht wirklich schwach, nur momentan körperlich geschwächt, wahrscheinlich durch die schwere Geburt. Juliette hatte nicht umsonst Psychologie studiert. Hinter der scheinbaren Teilnahmslosigkeit der Mutter ihres Schützlings verbarg sich offenbar ein Geheimnis. Sanft sagte sie:

»Madame, möchten Sie nicht mit mir kommen, um Ihren hübschen Sohn anzusehen? Sein Anblick wird Ihnen helfen.«

»Helfen? Mir kann kein Mensch helfen.« Wieder Schweigen, das sich quälend dehnte. Dann aber kam Bewegung in die schöne Mutter. Sie warf die Decke, die ihre Knie bedeckte, von sich und sprang auf. In ihren Augen leuchtete ein plötzliches Feuer.

»Ja«, sagte sie. »Ja. Wer kann mir verbieten, mein eigenes Kind zu sehen? Wie war Ihr Name noch?«

»Juliette Lemaire, Madame.«

»Mein Mann hat Sie eingestellt?«

»Ja, Madame.«

»Dann müssen Sie ein Ausbund an Tugendhaftigkeit sein. Aber eigentlich sehen Sie gar nicht danach aus. Hah«, sie lachte kurz und ironisch. »Vielleicht hat der Herrscher dieses Reiches sich einmal geirrt. Ach, wäre das schön. Gut, gehen wir. Allerdings, Mademoiselle, muß ich Sie warnen. Sie könnten sich Ärger einhandeln.«

»Aber, ich bitte Sie, Madame«, sagte Juliette, nicht ohne ehrliche Empörung. »Es ist das natürliche Recht einer Mutter, ihr Kind zu sehen. Wahrscheinlich war Monsieur nur zu besorgt um Ihre Gesundheit. Er deutete so etwas an.«

»Das kann ich mir denken.« Fleures Worte hatten einen bitteren Unterton, der Juliette nicht entging. Und wieder hatte sie das untrügliche Gefühl, daß in diesem Haus so gut wie nichts stimmte.
»Gehen wir«, sagte Fleure Vallier, stützte sich aber im selben Augenblick auf den Arm der Kinderschwester. »Entschuldigen Sie, ich bin wirklich noch etwas zittrig. Mein Sohn wollte und wollte nicht ans Licht der Welt. Vielleicht war ich es auch, die es nicht wollte. Er hatte einen schweren Einstieg in das Leben. Haben Sie Kinder, Mademoiselle Lemaire?«
»Nein. Es gab in meiner Familie eine Erbkrankheit, an der die meisten gestorben sind. Ich will diese schlimme Tradition nicht fortsetzen.«
»Oh. Aber Sie lieben Kinder?«
»Ja, sehr. Es gibt für mich nichts Schöneres, als das Wachstum und die Entwicklung eines kleinen Menschen zu verfolgen und – natürlich auch, wenn möglich – zu beeinflussen. Positiv natürlich.«
»Erstaunlich. Sind Sie sich so sicher, daß Ihre Beeinflussung, wie Sie das nennen, wirklich positiv ist?«
»Ja. Denn dabei hilft mir mein Glaube«, war die schlichte Antwort. Zum erstenmal sah Fleure Vallier die Kinderschwester voll und bewußt an. Die junge Frau war auf ihre Weise durchaus attraktiv, und wie eine Betschwester sah sie nun wirklich nicht aus.
»Sie sind fromm? Gläubig? Katholisch?«
»Ja«, antwortete Juliette verwundert.
»Das dachte ich mir. Sonst hätte Sie mein Mann sicher nicht eingestellt.« Und dann gewann Fleures Stimme plötzlich an Eindringlichkeit, ja, sie wurde fast beschwörend.
»Mademoiselle Lemaire, Sie werden meinen Sohn erziehen. Er ist Ihnen ausgeliefert. Bitte, denken Sie immer daran, daß er nicht nur ein Kind Gottes ist, sondern ein Mensch, der sich

in dieser Welt zurechtfinden muß. Und diese Welt ist schlecht, voller Vorurteile, voller Intoleranz und Ignoranz. Voller Heuchelei und falscher Wertvorstellungen. Ich gehe so weit, Ihnen ein Geheimnis zu offenbaren, weil ich das Gefühl habe, daß Sie es ehrlich meinen. Ich werde keine Gelegenheit haben, die Erziehung meines Sohnes zu beeinflussen. Sehen Sie mich nicht so erstaunt an. In diesem Hause hat mein Mann das Sagen, und nur er!

Beschützen Sie Pierre, soweit es Ihnen möglich ist. Er ist nämlich kein Kind der Liebe, sondern ein Kind der Gewalt. Auch wenn es Sie schockiert – ich habe dieses Kind nicht gewollt. Es ist mir aufgezwungen worden. Alles, was mit ihm passiert, wird meiner Kontrolle entzogen. Sie verstehen?«

Juliettes Herz krampfte sich vor Mitleid zusammen. Was Menschen anderen Menschen nur antun konnten! Selbst solche, die sich einmal geliebt hatten.

»Kommen Sie, Madame«, sagte sie leise. »Monsieur Vallier ist nicht hier. Sie werden sehen, daß Ihr kleiner Sohn ein Prachtbursche ist. Und daß er nicht verdorben wird, dafür werde ich sorgen. Ich gebe Ihnen mein Wort darauf.«

Dieses Ehrenwort sollte Juliette Lemaire eines Tages das Leben kosten...

Als Fleure Vallier ihren kleinen Sohn das erste Mal sah, stockte ihr der Atem. Blitzartig wurde ihr klar, wieso ihr Mann eine derart bösartige Haltung ihr gegenüber einnahm. Der kleine Pierre war weißblond, seine Haut so zart und rosig wie die eines Rothaarigen. Sie beide, Fleure und Jean Vallier, hatten tiefschwarzes Haar und eine von Natur aus getönte Haut. Des Pudels Kern: Fleures Manager – sie war bis zu ihrer Heirat eine Sängerin mit aufsehenerregender Karriere gewesen – war ebenfalls das, was man einen Albino nannte. Die Möglichkeit eines dunkelhaarigen Ehepaars, einen Albino zu zeugen, steht eins zu tausend. Fleure wurde bewußt, daß

ihr Mann anscheinend glaubte, Pierre sei nicht sein Sohn. Jean Vallier war ein rasend eifersüchtiger Mann. In dieser Hinsicht hatte sie böse Dinge mit ihm erlebt. Er verbot ihr sogar den Umgang mit ihrem ehemaligen Freund und Mentor. Als ihre Ehe anfing zu zerbröckeln, durchbrach sie dieses Gebot einfach, weil sie sich bei dem alten Freund Rat holen und ausweinen wollte. Unglücklicherweise überraschte sie ihr Ehemann dabei, und es gab eine furchtbare Szene. Fleure war sich nicht mehr ganz sicher, aber es könnte zu der Zeit gewesen sein, als sie gerade wußte, daß sie wieder schwanger war.
Das alles ahnte Juliette natürlich nicht, als sie die junge Mutter in den Anblick ihres Kindes vertieft sah und hoffnungsvoll fragte:
»Nun, Madame, habe ich Ihnen zuviel versprochen?« Die Kinderschwester hatte noch keine Frau erlebt, die beim Anblick ihres Babys nicht in Begeisterung verfallen wäre. Diesmal sollte sie enttäuscht werden.
Fleure betrachtete ihren Sohn wie ein Wunder. Ein fremdes Wunder. Sie konnte auch diesmal – wie schon bei ihrem ersten Kind – einfach keine Gemeinsamkeit empfinden. Das ist mein Kind, dachte sie. Dieses Kind, das mir fast neun Monate meines Lebens zur Hölle gemacht hat?
Nein, Fleure war keine zärtliche Mutter. Sie war nicht dazu geboren. Dieses Mutter-Mysterium ging ihr einfach ab. Sie konnte nichts dafür. Sie hatte ja auch nie eine Mutter sein wollen, wie man ihr ehrlicherweise zugestehen mußte. In die Betrachtung ihres Sohnes versunken, war sie sogar so ehrlich, auch die Gefühle ihres Mannes zu begreifen. Dieses blondgelockte Baby mußte ihm ebenso fremd sein wie ihr selbst – nur aus einem anderen Grunde.
Juliette Lemaire wartete vergebens auf einen Freudenausbruch, und sie war ehrlich schockiert, als die Antwort auf ihre Frage nur lautete:

»Ein niedlicher Bursche. Er scheint die Geburt besser überstanden zu haben als ich. Sieht sehr gesund aus.«
So, wie sie es sagte, klang das beinahe wie ein Vorwurf. Juliette sah die schöne Frau fassungslos an. Wie war das nur möglich? Selbst wenn sie in Betracht zog, daß Madame Vallier das Kind nicht gewollt hatte, so hätte doch allein die lange Zeit der Schwangerschaft eine innige Verbindung zwischen Mutter und Kind hergestellt haben müssen. Wie konnte man so ein süßes Baby haben und nicht einmal den Wunsch verspüren, es ans Herz zu drücken?
»Möchten Sie den Kleinen nicht einmal auf den Arm nehmen?« versuchte sie zaghaft noch einmal das Interesse der jungen Mutter zu wecken. Fleure winkte heftig ab.
»Nein, nein. Ich würde ihn höchstens fallen lassen. Er ist bei Ihnen besser aufgehoben. So, und jetzt muß ich mich noch ein bißchen hinlegen. Mein Mann hat diesmal wohl einen guten Griff getan. Wie ich sehe, ist unser Sohn in besten Händen. Sie gefallen mir, Mademoiselle Lemaire.«
»Danke, Madame«, sagte Juliette kühler, als sie wollte. Sie sah der jungen Frau kopfschüttelnd nach. Was ging wohl vor in diesem schönen Kopf? Womit beschäftigte sich eine solche Frau den ganzen Tag? Diese Frage hatte sie sich schon manchmal gestellt. Zu viel Geld verdarb die Menschen. Da hatten sie nun alles, wovon andere nur träumten, aber ihre Herzen waren leer und ohne Liebe.
Zärtlich streichelte sie über den weichen Haarflaum des Babys, das friedlich schlief und kleine glucksende Geräusche von sich gab.
»Armer kleiner Kerl«, sagte sie. »Eine Mutter zu verlieren ist schlimm, aber eine zu haben, die nichts von einem wissen will – ich glaube, das ist noch schlimmer. Nun, ich werde versuchen, sie dir zu ersetzen, so gut es eben geht.«

Die Gerüchteküche

Juliette Lemaire lebte sich rasch ein. Zu ihrer Entlastung bekam sie ein Mädchen zugeteilt, falls sie auch einmal etwas zu erledigen oder zu besorgen hatte. Marie, ein pralles Bauernmädchen aus der Provence, war erst sechzehn Jahre alt, aber sehr verständig und zuverlässig. Daß sie im Haushalt des Parfumfabrikanten angestellt wurde, machte sie mächtig stolz. Sie kam sich überhaupt vor wie im Himmel. Was für ein Unterschied zu daheim! Sie hatte schon als Kind hart arbeiten müssen, wie das nun einmal auf einem kleinen Hof der Fall ist, der sich keine Angestellten leisten kann.

Ihre jetzige Tätigkeit war dagegen das reinste Vergnügen. Sie liebte das Baby voller Hingabe, versorgte den kleinen Haushalt gewissenhaft. Die Kinderschwester konnte sich voll auf sie verlassen. Überhaupt schien der Hausherr Glück mit seinem Personal zu haben. Nach und nach lernte Juliette die dienstbaren Geister kennen, die dafür sorgten, daß in dem großen weißen Haus alles wie am Schnürchen lief.

Wenn der kleine Pierre versorgt und abgefüttert war, Marie ihren Platz neben dem Bettchen eingenommen hatte, meistens strickend oder mit anderen Handarbeiten beschäftigt – sie war darin erstaunlich geschickt –, hatte Juliette Gelegenheit, die anderen Bewohner des Haupthauses, des Ostflügels, kennenzulernen.

Allen voran die Hausdame, Amélie Durant, eine hübsche, gepflegte, blonde Frau, etwa so alt wie Juliette selbst. Die beiden Frauen verstanden sich auf Anhieb. Madame Durant strahlte viel menschliche Wärme aus, ganz im Gegensatz zum Ehepaar Vallier. Schon eine knappe Woche nach Juliettes Dienstantritt lud Madame Durant sie zum Tee in den blauen Salon.

Juliette hatte schon bei vielen reichen Leuten gearbeitet, doch handelte es sich bei denen meistens um sogenannte Neureiche. Dementsprechend sahen auch ihre Häuser aus. Hauptsache, die Dinge, mit denen sie sich umgaben, waren schick und teuer. Sie hatte viel Monströses gesehen. Das Haus Vallier aber begeisterte sie immer aufs neue.

Hier strahlte alles Vornehmheit aus. Ererbtes und Neues standen sich nicht im Wege, im Gegenteil, sie bildeten ein harmonisches Ganzes. Jedes Detail stimmte, und zwar so unauffällig, daß sie es erst beim zweiten-, drittenmal entdeckte.

Dieser blaue Salon zum Beispiel, der an die riesige Terrasse aus weißem Marmor grenzte. Ein Zimmer in Blau-Weiß. Weiße Ledergarnituren, weiße Vitrinen, hinter deren funkelndem Glas kleine Kostbarkeiten aus aller Welt darauf warteten, bewundert zu werden. Blau waren die Seidentapeten und der glänzende chinesische Teppich, ebenfalls aus Seide. Juliette konnte sich nicht satt sehen. Eines mußte man dem Besitzer lassen: Sein Sinn für Schönheit und Harmonie war kaum zu übertreffen.

Amélie Durant erwartete Juliette schon, als diese in den Salon trat und sich staunend umsah. Ein kleiner Tisch war gedeckt mit zartestem chinesischen Porzellan. Schaumige, duftende Vanilleplätzchen lockten auf einem Teller, den handgemalte feurige Drachen zierten. Aus einer Jugendstilvase wuchsen rosafarbene Rosenknospen.

Madame Durant kam Juliette entgegen. Sie lachte leise.

»Ich sehe, das Zimmer findet Ihre Zustimmung. Es ist auch

wirklich zu schön. Es ist mein liebster Aufenthaltsraum im ganzen Haus. Kommen Sie, setzen Sie sich. Der Tee kommt sofort. Wie geht es unserem kleinen Pierre?«

»Großartig«, sagte Juliette lebhaft. »Er ist ein Schatz. Wirklich, Madame Durant, ich hatte selten ein Baby unter meiner Obhut, das so ›pflegeleicht‹ war, wenn Sie mir den Ausdruck erlauben. Er ist einfach immer zufrieden, der kleine Kerl. Spielt mit seinen Händchen, und wenn man sich über ihn beugt, lacht der kleine zahnlose Mund, daß es eine Wonne ist. Natürlich sind das unbewußte Reflexe, doch sie vermitteln unwillkürlich den Eindruck, als sei er das glücklichste Kind der Welt. Schade, daß ...«

Juliette brach den Satz erschrocken ab. Sie hatte sich hinreißen lassen. Kritik stand ihr nicht zu. Verunsichert sah sie die Hausdame an. Amélie Durant lächelte etwas traurig.

»Schade, daß die Mutter sich nicht um ihn kümmert«, vollendete sie den Satz ihrer Besucherin. »Das wollten Sie doch sagen, und das ist auch meine Meinung, Mademoiselle Lemaire. Und nicht nur meine. Doch damit Sie das verstehen, bin ich Ihnen eine Erklärung schuldig. Ich bin der Meinung, Sie haben ein Recht darauf, hoffe allerdings auf Ihr Stillschweigen. Schon wegen der Kinder. Ihretwegen können wir noch mehr Unfrieden nicht gebrauchen.«

»Ich verstehe. Sie können sich auf mich verlassen. Ich halte Tratschereien für höchst gefährlich und verabscheue sie.«

»So habe ich Sie auch eingeschätzt, Mademoiselle. Meine Menschenkenntnis läßt mich selten im Stich. Ah, da ist unser Tee.«

Ein junges Mädchen betrat mit einem Servierwagen den Salon. Juliette mußte innerlich lächeln, denn das Mädchen trug wie in einschlägigen Filmen ein schwarzes Kleid mit einer winzigen weißen Schürze. Später erst bemerkte sie, daß alle weiblichen Angestellten so gekleidet waren. Irgendwie paßte das nicht zu diesem modernen Haushalt, aber eine Marotte hatten wohl alle reichen Leute. Natürlich sah es netter aus, als wenn die Hausmädchen in Jeans servierten, was Juliette auch schon erlebt hatte. Ganz zu schweigen von jenem Butler, der mit offenem Hemd, einem Riesenkreuz auf der haarigen Brust und mit Ohrclips versehen seinen Dienst verrichtete.

»Das ist Jeannette, unser Serviermädchen«, stellte Madame Durant vor. »Mademoiselle Lemaire, die Kinderschwester unseres kleinen Pierre. Jeannette ist übrigens die heimliche Freundin von Vérénice, der Tochter des Hauses, die Sie heute kennenlernen werden. Sie ist gerade drei Jahre alt und schon gerissen wie ein Geheimpolizist. Die beiden haben eine gemeinsame Vorliebe für Eiscreme, nicht, Jeannette?«

»Oh, Madame, an mir liegt es nicht!« Das Mädchen bekam einen roten Kopf. »Es ist nur...« Amélie Durant unterbrach sie.

»Schon gut, Jeannette, ich mache Ihnen ja keinen Vorwurf. Ich kenne mein Nichtchen. Sie ist ein Racker, dem so leicht keiner widerstehen kann. Davon weiß Birdy Blanchi ein Lied zu singen. Das ist die Kinderschwester von Vera. Also, Jeannette, machen Sie sich deswegen keine Kopfschmerzen. Ab und zu mal ein Eis schadet nicht, auch wenn es der strenge Herr Papa verboten hat. Ich verrate Sie nicht.«

»Danke, Madame Durant. Vielen Dank.«

»Schon gut, Jeannette. Laufen Sie, und richten Sie Miß Blanchi aus, sie möchte in einer Stunde mit Vera hier sein. Aber bitte nicht eher.«

»Ja, Madame. Danke nochmals, Madame.« Das Mädchen war heilfroh, so gut weggekommen zu sein. Amélie Durant lächelte ihr hinterher.

»Wissen Sie, Juliette – darf ich Sie so nennen?« Auf ein zustimmendes Lächeln fuhr sie fort: »Mit der kleinen Vera fing alles an. Aber ich muß anders beginnen. Als Monsieur

Vallier, der ein Cousin von mir ist, Fleure Souchon heiratete, war diese eine unglaublich begabte Sängerin. Sozusagen auf dem Sprung nach oben. Von heute auf morgen gab sie ihre Karriere auf, was sich die Menschen nur damit erklären konnten, daß sie den Reichtum dem Ruhm vorzog. Sie war sehr jung und – wie Sie gesehen haben – sehr schön. An diesem Hause können Sie ermessen, welch hohe ästhetische Ansprüche mein Cousin stellt. Er erwirbt nur das Schönste vom Schönen. Kein Wunder also, daß Fleure Souchon dazugehörte. Nur war ihm wohl nicht klar, daß Menschen niemandes Eigentum sein können. Und natürlich auch nicht wollen. Er ist daran gewöhnt, Reichtümer zu erwerben und sich selbstverständlich als Eigentümer zu fühlen. In seiner Frau sah er seinen kostbarsten Besitz. Wenn ich so darüber nachdenke, so hätte er sie am liebsten in eine dieser Vitrinen gesteckt und nur ab und zu zur Bewunderung freigegeben. Das konnte natürlich nicht gutgehen. Madame Vallier war eine lebenslustige Künstlerin, die ihren Mann wohl liebte, aber in ihm doch mehr einen wohlhabenden Mäzen sah, der ihr den Weg zur höchsten Spitze ebnen konnte – hätte er es nur gewollt. Er wollte nicht. Er wollte seine schöne Frau für sich allein. Als Fleure Vallier das begriff, war sie schon schwanger. Sie fand sich wohl oder übel damit ab. Ich nehme an, sie glaubte mit der Geburt des Kindes ihre persönliche Freiheit wiederzuerlangen. Ein Trugschluß, wie sich herausstellte. Monsieur Vallier ist strenggläubig und erzkatholisch. Eine Scheidung wäre schon aus diesem Grunde niemals in Frage gekommen. Ganz abgesehen von seiner Stellung hier in der Region. Ich glaube übrigens, daß er überhaupt nicht wußte, daß seine Frau mit dem Gedanken an eine Scheidung spielte. Er liebte sie ja über alles. Er kannte sie nur nicht. Selbst, daß sie für das Kind, ein wirklich bezauberndes Kind, nicht das geringste Gefühl aufbrachte, fiel ihm nicht auf. Er liebte auch ihre Exaltiertheit, er liebte einfach alles an ihr. Ich bin heute davon überzeugt, sie hat alles versucht, auszubrechen. Es ist ihr nur nicht gelungen. Denn er hat ihr noch ein Kind gemacht. Von diesem Tag an war hier im Haus die Hölle los. Eine stumme Hölle. Wir alle leiden seitdem unter dieser Spannung, die bis heute nicht aufgehört hat, die sich seit der Geburt von Pierre sogar noch gesteigert hat. Madame Vallier hat ihr zweites Kind noch weniger zur Kenntnis genommen als ihr erstes. Wie gesagt, die Gründe dafür kann ich nur ahnen. Ich dachte mir nur, Sie sollten das wissen. Der kleine Pierre braucht viel Liebe und Fürsorge. Ich versuche, Vera die ihr vorenthaltene Liebe zu geben. Schenken Sie die Ihre dem unschuldigen Jungen. Niemand kann sich aussuchen, in welche Welt er hineingeboren wird.«

Eine ganze Weile herrschte Stille zwischen den Frauen. Dann sagte Juliette bewegt:

»Ich danke Ihnen für Ihre Offenheit und für Ihr Vertrauen. Es wird mir meine Aufgabe erleichtern, ganz gleich, wie die Dinge sich entwickeln. Ich bin sehr froh darüber, daß die Kinder so einen guten Anwalt in Ihnen gefunden haben. Nur eine Frage hätte ich noch: Sie haben nicht erwähnt, wie der Vater zu seinen Kindern steht. Lehnt er sie etwa auch ab?«

Amélie Durant zuckte leicht mit den Achseln. Sie sah nachdenklich aus, als sie antwortete: »Das ist eine schwierige Frage, die ich kaum beantworten kann. Mein Cousin ist ein strenger, schwer durchschaubarer Mann mit einem ernsten Naturell, manche gehen sogar so weit, ihn als rücksichtslos zu bezeichnen. Doch in seiner Stellung werden Ellenbogen gebraucht. Er zeigt niemals Gefühle, und so weiß auch kaum einer, wie er mit ihm dran ist. Und da er außerdem eine Neigung zum Jähzorn hat, ist er ein gefürchteter Mann. Wie er zu seinen Kindern steht? Ehrlich gesagt, ich weiß es nicht. Das kommt vor allem daher, daß er mit der Leitung der Fabrik in Grasse – einem weltweiten Unternehmen – überaus beschäftigt ist und sich nur selten hier im Hause aufhält. Manchmal besucht er Vera im Kinderzimmer, wobei er sich allerdings mehr mit der Kinderschwester unterhält, die ihm Bericht zu erstatten hat, als mit ihr. Es gibt viele Männer, die mit kleinen Kindern nichts anzufangen wissen, das sagt aber nichts über ihre Gefühle aus. Ich glaube, man wird abwarten müssen, bis sie größer sind.«

In diesem Augenblick klopfte es an die Tür.

»Ah, das wird unser kleiner Gast sein«, sagte Madame Durant und stand auf. »Herein mit dir«, rief sie, »aber schön langsam.«

Die letzten Worte wurden wohl nicht gehört oder nicht beachtet, was wahrscheinlicher war, denn herein stürmte wie der Wirbelwind ein kleines Mädchen, rannte auf Madame zu, umfing mit ihren Ärmchen deren Oberschenkel, denn größer war es noch nicht, und rief mit heller Stimme:

»Jetzt hab ich dich gefangen, Tante Amélie.«

»O weh«, klagte diese. »Da werde ich ja wieder Lösegeld bezahlen müssen. Wieviel ist es denn heute?« Das kleine Mädchen überlegte nur kurz. Schnell sagte es:

»Drei Franc.«

»Aber nein, das ist viel zuviel« protestierte die Hausdame.

»Dann eben zwei.«

»Immer noch zuviel.«

»Aber einen ganz bestimmt, ja?«

»Gut, einer ist bewilligt. Na, lauf, hol die Dose mit dem Zahlungsmittel.« Madame Durant blinzelte Juliette zu. Die nickte und war einfach hingerissen von dem Charme dieses kleinen Mädchens. Vera Vallier sah aus wie eine perfekte Miniaturausgabe ihrer Mutter. Das gleiche wellige, lange tiefschwarze Haar, die gleichen großen Augen von dem unwahrscheinlichen, kaum zu beschreibenden Blau. Ein bildhübsches

Kind. Jetzt hatte es die Dose geholt, sie der Tante überreicht und stand zappelnd und erwartungsvoll vor ihr. Juliette hatte längst begriffen, daß hier eine richtige Zeremonie ablief. Madame öffnete umständlich den Blechkasten – auch dieses Zögern gehörte zum Spiel –, und endlich kamen Schokoladentaler in glänzendem Goldpapier zum Vorschein. Dann wurde noch eifrig gestritten um die Größe der Taler, und selbstverständlich erkämpfte sich Vera den allergrößten.

Nun erst bemerkte Juliette das dickliche Mädchen, das bis dahin ruhig abwartend, mit über dem Bauch gefalteten Händen, an der Tür gestanden hatte. Es war die englische Kinderschwester von Vera, Miss Birdy Blanchi, mit der sie bekanntgemacht wurde. Juliette war die kleine dicke Engländerin sofort sympathisch. Sie schien freundlich und von sanftem Gemüt zu sein.

»So, Vera, Chérie, und nun sag bitte Mademoiselle Lemaire guten Tag«, forderte Amélie Durant ihre kleine Nichte auf. »Sie ist die Kinderschwester deines Brüderchens und wird gut für ihn sorgen.«

Gehorsam ging Vera auf Juliette zu. Doch bevor sie ihr die Hand zum Gruß entgegenstreckte, betrachtete sie die fremde Frau sehr eingehend, was in Juliette ein merkwürdiges Gefühl hervorrief. Dieser Blick...

Das Gefühl verflog schnell, als ihr das Kind die Hand zum Gruß reichte und höflich sagte:

»Bonjour, Mademoiselle.«

»Bonjour, Vera. Ich freue mich, dich kennenzulernen.«

»Warum?«

Diese seltsame Frage brachte Juliette aus dem Konzept. Birdy Blanchi lächelte breit, Madame Durant schmunzelte. Sie wußten, was für verblüffende Fragen die Kleine schon stellen konnte. Überhaupt war es erstaunlich, wie perfekt das Kind sprach.

Mademoiselle Lemaire wäre keine gute Kinderschwester gewesen, hätte sie nicht sofort eine Antwort parat gehabt. Sie sagte schlicht: »Weil ich kleine Mädchen liebhabe.«
»Kleine Jungen auch?«
»Selbstverständlich«
»Haben Sie Pierre lieb?«
»Ja, sehr. Du hast ein reizendes Brüderchen.«
»Ist er heil?«
Das war schon wieder so eine merkwürdige Frage. Was wollte das Kind damit sagen? Sie dachte, mal sehen, vielleicht kommt eine Erklärung hinterher. Und so antwortete sie nur:
»Natürlich ist er heil.«
»Ätsch, das stimmt nicht. Er hat ein Loch im Bauch.«
»Warum soll er denn ein Loch im Bauch haben?« fragte Juliette verblüfft. »Wie kommst du denn darauf?«
»Weil ich gesehen habe, wie Birdy ihm den Bauch verbunden hat und ein dickes Pflaster daraufgeklebt. So.«
Die drei Frauen sahen sich an. Jetzt wurde das Thema heikel. Wie einer Dreijährigen die Existenz einer Nabelschnur erklären? Juliette hätte schon eine Antwort gehabt, doch sie wußte, daß in katholischen Familien den Kindern noch immer oftmals die Mär vom Klapperstorch aufgetischt wurde. Sie war zu neu hier, um zu wissen, wie man es damit in dieser Familie hielt.
Glücklicherweise waren Kinder in Veras Alter noch sprunghaft. Die Kleine wechselte das Thema und enthob die Kinderschwester einer Antwort.
»Ich will jetzt mit Pierre spielen«, verkündete sie.
Madame Durant schüttelte den Kopf.
»Das geht nicht, Chérie, dazu ist er noch zu klein.«
»Er kann nicht spielen?« fragte Vera erstaunt und ungläubig.
»Noch nicht, er ist ja noch ein Baby.«
Klein-Vera steckte den Zeigefinger in den Mund und dachte

nach. Juliette konnte richtig nachempfinden, wie die kleinen grauen Zellen in dem hübschen Köpfchen arbeiteten. Na, dachte sie belustigt, was kommt wohl jetzt? Sie brauchte nicht lange zu warten. Prompt hatte Vera eine Lösung ihres Problems gefunden.

»Dann tauschen wir ihn um. Madame Adéline aus der Wäscherei kann ihn haben, und wir nehmen Gilbert. Der kann prima Murmeln spielen.« Natürlich lachten jetzt alle. Schließlich sagte Miss Birdy:

»Oh, you shocking child! It's impossible. Man kann doch nicht alles umtauschen, was einem nicht gefällt.«

»Kann man doch«, sagte Vera beleidigt. »Sie haben gestern Ihre Perücke umgetauscht, und die neue ist viel schöner als die alte.« Wumm!

Die arme Miss Blanchi wurde rot und fingerte nervös an ihrer Haarpracht herum, von der nun alle wußten, daß sie falsch war. Sie hatte großen Kummer mit ihrem zu dünnen Haar und wollte doch auch hübsch sein.

Madame Durant runzelte die Stirn, obwohl sie und auch Juliette bemüht waren, sich das Lachen zu verkneifen.

»Lassen wir das jetzt. Wir können ja später noch einmal darüber reden. Was hältst du davon, Chérie, wenn wir nun gemeinsam zu Madame Lumière in die Küche gehen und bitten, daß sie uns einen Plumpudding als Nachtisch zum Abendessen macht? Natürlich nach dem köstlichen Rezept von Miss Birdy.«

»Au, fein!« Vera klatschte in die Hände und war schon an der Tür. Für Plumpudding ließ sie sogar Eiscreme stehen.

Die große, anheimelnde Küche, in der die Köchin, Madame Lumière, das Zepter unangefochten schwang, lag im Souterrain des Hauses. Sie stammte noch aus der Zeit von Jean Valliers Großvater. Selbstverständlich fehlte es nicht an den

modernen Neuerungen der Gegenwart, aber es gab auch noch herrliche Kupfertöpfe und Pfannen, die, sorgfältig geputzt und gepflegt, noch heute zum Einsatz kamen. Der riesige Herd in der Mitte des quadratischen Raumes bildete den Mittelpunkt. Hier entstanden wahre Meisterwerke, denn Jean Vallier war ein ebenso großer Gourmet wie Ästhet. Zu Madame Lumières Kummer konnte sie ihr Können nur allzu selten unter Beweis stellen. Früher war das mal anders gewesen. Als der Herr des Hauses geheiratet hatte, gab es fast zweimal wöchentlich ein festliches Souper.
Doch diese Zeiten waren vorbei. Selten noch speiste ihr Dienstherr mit seiner Frau im Hause. Festlichkeiten gab es schon lange nicht mehr, und wenn Madame Vallier mit Madame Durant zu Abend aß, war das auch keine reine Freude für die Köchin. Wenn sie auch gelobt wurde – und Madame Durant vergaß das nie –, so aßen die beiden Damen doch nur wie die Vögelchen, und die meisten Gänge kamen unberührt in die Küche zurück. Das hatte einen Vorteil: Sie brauchte nicht mehr extra für das Personal kochen, denn nie wäre es der sparsamen Köchin eingefallen, die zurückgekommenen Delikatessen in den Müll zu werfen. Man sah ja, was berührt und was unberührt war. Der einzige Nachteil: Madames Hüften rundeten sich mit der Zeit bedenklich.
Als sie sich so plötzlich und zu ungewohnter Zeit einer kleinen Invasion gegenübersah, strahlten ihre kleinen Äuglein, und die feisten Apfelbäckchen wurden rot vor Freude.
»Ja, wen haben wir denn da?« sagte sie fröhlich und drückte Vera an ihren üppigen Busen. »Mein kleines Prinzeßchen besucht mich mal wieder. Madame Durant, welche Freude, Sie in meinem Reich zu sehen. Mimi, Josefine, rasch, rasch, macht Platz auf dem Tisch, bringt Stühle her. Ja, so beeilt euch doch. Ach, die heutige Jugend ist so träge. In meiner Lehrzeit hätte ich schon längst eine Ohrfeige gehabt. Wie geht es dir, Prinzeßchen? Laß dich anschauen.«

»Ich will Plumpudding, mit ganz vielen Rosinen«, rief Vera, stolz, Mittelpunkt zu sein.
»Pardon, Vera, Darling«, mischte sich Miss Birdy ein. »Es heißt nicht, ich will, sondern ich möchte bitte Plumpudding. Höflichkeit ist die Tugend der Könige, isn't it?«
Hier unten in der gemütlichen Küche lernte Juliette Lemaire das restliche Personal kennen. Max Dufuy, den Chauffeur, der sich in seiner schmucken Uniform Mühe gab, so elegant wie sein Chef auszusehen, die schnippische Nonette, Madame Valliers persönliches Mädchen, die Küchengeister Mimi und Josefine, den leicht verwachsenen Albert, zuständig für alle niedrigen Arbeiten, die Stubenmädchen Pauline und Marianne.
Sie alle nahmen Juliette Lemaire in ihrer Mitte auf, ganz selbstverständlich, denn ihre umgängliche, bescheidene Art weckte Sympathie. Vertrauen freilich wächst langsam, und so kam es mitunter vor, daß zwei verstummten, wenn Juliette vorüberging. Es wurde auch viel getuschelt, und Gerüchte schwirrten durchs Haus, die sich immer um das Ehepaar Vallier rankten.
Juliette hielt sich heraus, so gut es ging. Doch manchmal war es unvermeidlich, daß ihr Dinge zu Ohren kamen, die sie lieber nicht gehört hätte. Es ging um lautstarke Auseinandersetzungen, um Türenschlagen, um häßliche Eifersuchtsszenen, die jeder hören mußte, selbst wenn er sich die Ohren zugehalten hätte. Die Spannung im Hause wuchs ins Unerträgliche.
Bis Juliette eines Abends von Fleure Vallier überrascht wurde. Die schöne Frau war ungewöhnlich blaß, und in ihren Augen stand ein fiebriger Glanz, als sie an das abgeschlossene Reich ihres kleinen Sohnes klopfte. Juliette ließ sie erstaunt herein. In den nunmehr sechs Wochen, die sie im Hause war, hatte die Mutter ihr Kind nicht ein einziges Mal besucht.

»Ich wollte Sie nicht erschrecken, Mademoiselle Lemaire, aber ich hatte plötzlich das Bedürfnis, Pierre zu sehen. Es geht ihm gut?«
»Sehr gut, Madame. Er schläft viel, wächst und gedeiht. Hier hinein, bitte.«
Etwa zwei Minuten stand Fleure Vallier vor dem Kinderbettchen und sah regungslos auf das niedliche Baby, das in der Tat schon recht gewachsen war. In diesem Alter konnte man dabei ja fast zuschauen. Sie sagte kein Wort, faßte das Kind auch nicht an, aber diesmal hatte Juliette das Gefühl, daß sie es nicht tat, weil sie den Jungen ablehnte, sondern aus Angst, es könnten Empfindungen in ihr aufsteigen, die sie nicht wünschte.
Dann wandte sie sich ab. Konnte es möglich sein? Juliette glaubte in ihren schönen Augen Tränen zu sehen.
»Passen Sie gut auf ihn auf«, sagte Fleure Vallier leise. »Leben Sie wohl, Mademoiselle Lemaire.«
Leben Sie wohl?
Erst am nächsten Vormittag verstand Juliette Madame Valliers letzte Worte. Auf dem Weg zu Amélie Durant sah sie durch ein Fenster den schwarzen Mercedes vorfahren, den Madame bevorzugte. Max Dufuy stieg aus und blieb neben der Wagentür stehen. Und dann trat Fleure Vallier aus dem Haus. Sie trug ein elegantes rotes Kostüm mit schwarzer Lacktasche, an den Füßen ebensolche Lackschuhe. Mit raschen Schritten ging sie auf Max zu, sprach ein paar Worte mit ihm und sah sich dann ungeduldig um. Juliette folgte ihrem Blick und entdeckte Nonette, die sich mit Bergen von Koffern abmühte. Schließlich ermannte sich Max und half dem Mädchen, das Gepäck im Kofferraum zu verstauen. Als das erledigt war, übergab Max Madame Vallier die Autoschlüssel. Noch ein Händedruck, und sie setzte sich hinter das Steuer. Sie fuhr also ohne Chauffeur. Das und das viele

Gepäck konnten nur bedeuten, daß sie eine längere Reise antrat. Der Motor des schweren Wagens brummte leise, die Räder knirschten über den Kies. Wenig später war das Auto Juliettes Blicken entschwunden. Max und Nonette gingen ins Haus.

Es war schon sehr eigenartig. Nicht einen einzigen Blick zurück hatte Fleure Vallier getan, Monsieur Vallier hatte sie nicht verabschiedet, obwohl er sich im Hause befand, wie die Kinderschwester wußte, und auch vom Personal ließ sich niemand blicken. Vielleicht wußte Amélie Durant, was das zu bedeuten hatte.

Ja, die Cousine des Hausherrn wußte es, oder besser, sie vermutete es.

»Ich nehme an, sie haben sich getrennt. Nonette kam gestern abend ganz aufgeregt zu mir und erzählte, daß Madame die Absicht hat, wieder zu singen, ihre Karriere wenn möglich fortzusetzen. Ich wollte es nicht glauben, aber das Mädchen behauptete, sie hätte schon alle Koffer packen müssen. Heute morgen beim Frühstück nahm ich mir ein Herz und fragte meinen Cousin, was daran wahr sei. Meine liebe Juliette«, Amelie seufzte, »Monsieur sah furchtbar aus. So wie ein Mensch, der die ganze Nacht kein Auge zugetan hat. Doch er antwortete sehr kühl, daß seine Frau eine längere Reise unternehme, alles andere sei Dienstbotengeschwätz, und ich solle dafür sorgen, daß derartige Tratschereien unterblieben.«

»Um diese Aufgabe beneide ich Sie nicht«, sagte Mademoiselle Lemaire mitfühlend. »Als ich vorhin in der Küche war, fiel mir auf, daß die Leute irgendwie verstört wirkten. Ist ja auch kein Wunder. Sie machen sich natürlich so ihre Gedanken.«

»So lange, wie sie sie bei sich behalten, ist alles gut. Nur aus dem Haus getragen werden darf nichts. Ich denke aber, daß sich das keiner traut. Dazu fürchten sie Monsieur Vallier zu sehr.«

»Weiß es Klein-Vera schon?«
»Ja, sie hat die Maman wegfahren sehen. Aber wissen Sie, Vera ist ein eigenartiges Kind. Sie ist ungeheuer phantasievoll und lebt in ihrer ganz eigenen kleinen Welt. Ich habe fast den Eindruck, sie hat ihre Maman nie vermißt, die sich ja auch nur sehr wenig mit ihr beschäftigt hat. Vielleicht schafft der Herrgott ja so eine Art Ausgleich?«
»Sie sind gläubig?«
Madame Durant schüttelte den Kopf. »Nicht sehr, aber ich glaube an ein Schicksal, das jedem Menschen vorbestimmt ist.«
Juliette Lemaire nickte. Das war auch ihre Meinung.

Drei Tage später kam die Polizei ins Haus. Es wurde ein schwarzer Tag für die Bewohner der Rosenvilla. Fleure Souchon hatte aus unbekanntem Grund die Gewalt über den Mercedes verloren und war auf einer steilen Küstenstraße die Klippen hinuntergestürzt. Der Wagen konnte geborgen werden, von Madame Vallier fehlte jede Spur, was die Polizei nicht wunderte, denn am Ort des Geschehens herrschte starke Strömung.
Jean Vallier nahm die schreckliche Nachricht mit steinernem Gesicht zur Kenntnis. Er besprach mit den Polizisten nur das Nötigste, sicherte zu, am nächsten Tag nach Nizza zu kommen, um ein Protokoll zu unterschreiben, und schloß sich dann in sein Arbeitszimmer ein. Beim Personal herrschte echte Trauer. Immer wieder hörte man es von irgendwoher schluchzen. Der arme Mann, die armen Kinder!
Nur die kleine Vera nahm die Nachricht vom Tode ihrer Maman sehr merkwürdig auf. Madame Durant hatte zunächst erwogen, dem Kind die schlimme Wahrheit noch eine Weile zu verheimlichen. Aber natürlich fragte das aufgeweckte Mädchen, warum Birdy Blanchi immerzu in Tränen

ausbrach, sie ständig an ihren üppigen Busen drückte und »arme, arme Vera« sagte. Und als auch die Köchin, Madame Lumière, sie mit tränenfeuchten Augen ein armes Kind nannte, rannte Vera zu ihrer Tante und verlangte Aufklärung.

»Ma tante, warum heulen alle?«

Noch nie war Amélie Durant etwas so schwergefallen, wie diesem Kind zu sagen, daß seine Mutter tot war.

»Komm, mein Schatz, setz dich zu mir. Ich muß dir etwas erklären. Du weißt doch, daß deine Maman ...« Vera unterbrach sie.

»Maman ist weg.«

»Ja, aber ... aber weißt du, sie wird nicht wiederkommen. Sie kann es nicht.«

»Warum?«

»Kleines, deine Maman ist tot. Sie ist nun ein Engel und beim lieben Gott im Himmel.«

»Stimmt ja nicht«, sagte Vera sehr bestimmt. »Maman hat nicht gesagt, daß sie in den Himmel fährt. Sie hat nur gesagt, ich soll brav sein. Das sagt sie immer. Sie ist auch kein Engel. Engel kann man nicht anfassen, aber Maman habe ich angefaßt. Wie kann sie im Himmel sein, wenn sie kein Engel ist?«

»Chérie, du verstehst es noch nicht richtig. Die Maman ist mit dem Auto verunglückt.«

Vera schüttelte eigensinnig den Kopf.

»Glaub ich nicht. Sie hat mir auch nicht gesagt, daß sie verunglückt. Maman ist nicht tot. Basta.«

Amélie Durant seufzte. Sie strich dem Kind liebevoll über das tiefschwarze Haar und küßte es auf die Stirn. Vielleicht war es gut, daß Vera noch nicht begriff, was geschehen war. Weich sagte sie: »Gut, lassen wir es dabei bewenden. Wenn du älter geworden bist, wirst du verstehen, was ich dir sagen wollte. Nun lauf und sage Birdy, daß sie aufhören soll zu weinen.«

»Glaubt die auch, daß Maman tot ist?«
»Ja.«
Da stampfte das kleine Mädchen mit dem Fuß auf und rief zornig: »Die dicke Birdy ist dumm! Ich hab sie nicht mehr lieb.«
»Vera, so etwas sagt man nicht«, mahnte die Tante milde.
»Wenn es aber stimmt? Maman ist nicht tot!«
Mit dieser Feststellung stürmte Vera aus dem Zimmer. Sie blieb auch allen anderen gegenüber und in Zukunft bei ihrer Behauptung, bis ihr der Vater eines Tages verbot, überhaupt noch über die Maman zu reden. Er hoffte wohl, daß sie sie so eher vergessen würde. Was sich als Trugschluß herausstellte.

Fleure Valliers Leiche wurde nie gefunden, und so gab es auch kein Grab. Nach sechs Wochen fand eine stille Trauerfeier in der alten Kirche von Villefranche statt. Nur das Personal und wenige Freunde nahmen daran teil. Die Öffentlichkeit war ausgeschlossen worden. Dennoch stand eine Menge Alteingesessener auf dem Platz vor der Kirche. Sie warteten neugierig, um einen Blick auf die Trauergemeinde werfen zu können. Und sie tuschelten. Der Fabrikherr war nicht gut gelitten in der kleinen Stadt. Sein Hochmut, seine Arroganz, seine ständig düstere Miene und sein Reichtum ließen kein Wohlwollen aufkommen. Und einer verstieg sich sogar zu der böswilligen Vermutung, daß Vallier seine schöne Frau umgebracht habe. Was gehässig und dumm war. Denn als das Unglück geschah, befand sich der Fabrikant erlesener Düfte Hunderte Kilometer vom Ort des Geschehens entfernt. Doch mit der Zeit wuchs Gras über die Geschichte, und alle gingen zur Tagesordnung über.

Die Jahre vergehen

Pater Antoine Frayne verabschiedete sich von seinem Superior. Er war ausersehen, einen ganz privaten Lehrauftrag zu übernehmen. Der Pater gehörte den Jesuiten an, einem katholischen Orden, dessen Ziel die Verbreitung und Festigung des katholischen Glaubens war und ist. Die Mitglieder der Gesellschaft Jesu galten von jeher als eine sorgfältig ausgesuchte Kaste, aus deren Reihen viele höhere kirchliche Ämter besetzt wurden. Allerdings zerfiel diese Kaste wiederum in zwei Teile: die sogenannten Koadjutoren und Professen. Die Koadjutoren legten nur das einfache Gelübde ab: Armut, Keuschheit, Gehorsam, die Professen noch das vierte Gelübde des unbedingten Gehorsams gegenüber jedem päpstlichen Missionsauftrag. Bei den Koadjutoren gab es Geistliche, die Priester waren und als solche arbeiteten, und weltliche, die Laienbrüder.

Ihre Ausbildung war gleich lang: zwei Jahre Novizentum, zehn Jahre philosophisch-theologisches Studium. Bei den Professen waren es sogar siebzehn Jahre.

Pater Antoine war Profeß, trotzdem nahm er eine Sonderstellung ein, denn er war Priester und Laienbruder zugleich.

Der greise Superior nahm den scheidenden Pater noch einmal ins Gebet.

»Bruder Antoine, du übernimmst eine verantwortungsvolle Aufgabe. Den Geist eines Kindes im Sinne des Herrn zu formen verlangt Güte, aber auch Strenge. Laß dich nicht

durch bettelnde Kinderaugen vom Gottesweg abbringen. Kinder wissen noch nicht, was sie tun. Aber gerade darum vergiß auch nicht, nach den Strafen, die du genötigt sein wirst auszusprechen, Verzeihung zu gewähren. Nur wenn ein Menschenkind lernt, daß auf alles Böse, was es tut, die Strafe, aber auch die Verzeihung Gottes folgt, wird es freiwillig versuchen, dem Teufel aus dem Weg zu gehen. Ich habe dich für diesen Auftrag ausgesucht, weil ich deine strengen Prinzipien kenne, deine Unbestechlichkeit, deine Wahrheitsliebe. Monsieur Vallier, ein gottesfürchtiger, frommer Mann, unterstützt unseren Orden schon lange. Mit seiner Hilfe konnten wir in Indien eine weitere Missionsschule errichten. Er will seinem einzigen Sohn und Erben die beste Ausbildung zuteil werden lassen, die möglich ist. Ich sehe es daher als meine Gottespflicht an, ihn nach Kräften darin zu unterstützen. Bruder Antoine, ich bin sicher, du wirst mich nicht enttäuschen. Gehe also hin in Frieden und wirke demütig im Sinne unseres Herrn Jesu Christi, dem allmächtigen Vater im Himmel wie auf Erden. In Ewigkeit, Amen.«
»Gelobt sei Jesus Christus. In Ewigkeit, Amen«, sagte Pater Antoine und verbeugte sich tief. Er war entlassen.
Pater Antoine Frayne nahm diesen Auftrag nicht besonders gerne an. Er mochte keine Kinder und schon gar keine Vierjährigen, die noch in die Hosen machten. Mit Studenten setzte er sich gerne auseinander, da konnte er seine geschliffenen Reden loswerden, sich messen mit rebellischen Geistern, sie in die Knie zwingen, weil er der bessere Rhetoriker war. Die Aussicht, einem kleinen, sicher verwöhnten Jungen das Reich Gottes näherzubringen, reizte ihn nicht im geringsten. Aber er hatte das Gelübde des Gehorsams abgelegt, und so würde er sich seiner neuen Aufgabe mit aller Kraft widmen. Er packte die wenigen persönlichen Sachen ein, die ihm, der aus Glaubensgründen arm sein mußte, gehörten. Es war nur

ein kleiner Koffer. Zwei Hemden zum Wechseln, zwei Wäschegarnituren, ein zweiter schäbiger schwarzer Anzug und ein Dutzend weißer, runder Kragen. Und natürlich die Bibel und sein Exerzitienbüchlein. Noch eine kleine Tasche mit den notwendigen Kosmetikartikeln – von Duftwässern war keine Rede, auch wenn er in den Haushalt eines Parfumfabrikanten kam –, er war schnell fertig.

Der kleine Pierre war nun vier Jahre alt, ein hübsches, versonnenes Kind, das mit seinem hellblonden Lockenkopf von manchen Menschen auf der Straße für ein Mädchen gehalten wurde. Ganz im Gegensatz zu seiner Schwester Vera war Pierre ein schüchternes, eher stilles Kind, leicht zu lenken und sehr liebebedürftig. Juliette Lemaire hatte sich in den Jahren gut eingelebt. Sie hing an dem Jungen, als wäre er ihr eigenes Kind, und schenkte ihm all die Liebe, derer sie fähig war. Auch Marie war noch da, treusorgend wie vom ersten Tag an. Zufrieden lebten sie wie eine kleine Familie zusammen, nur eines machte die Kinderschwester traurig: daß Pierre fast nie mit seiner Schwester zusammenkam. Jean Vallier war bei seiner strikten Anordnung geblieben, nach der Bruder und Schwester getrennt erzogen werden sollten.
Doch dem Kleinen schien das nicht viel auszumachen. Er fragte nie nach seiner Schwester. Es sah sogar so aus, als mochte er sie nicht besonders. Manchmal riß Vera nämlich aus, um den Bruder zu besuchen, und dann zankten sich die beiden, daß die Fetzen flogen. Nein, Pierre war lieber alleine in seinem über alles geliebten Garten mit dem Goldfischteich. Dort konnte er sich stundenlang beschäftigen. Er spielte mit allem, was da kreuchte und fleuchte: mit Käfern und Schnekken, Regenwürmern und Spinnen und was sonst noch auf Rasen und Bäumen herumkrabbelte. Zu seinem namenlosen Entzücken hatte sich im Frühling ein Frosch im Teich angesie-

delt. Juliette mußte alles stehen und liegen lassen, weil sie sofort dieses Wundertier begutachten mußte. Zusammen tauften sie ihn »Plumplori«. Das war zwar die Bezeichnung für einen kleinen Halbaffen, aber das wußte der Frosch ja nicht.

Seltsamerweise zeigte der Frosch keinerlei Scheu vor dem Kind. Ja, Pierre durfte ihn sogar in die Hand nehmen. Er hüpfte nicht davon. Nur als der kleine Junge ihm in seiner Sandkiste ein Haus baute, es mit Gras und Blättern weich auspolsterte und den grünen Hüpfer hineinsetzte, suchte der schleunigst Zuflucht in seinem Teich.

»Plumplori mag mein Haus nicht«, beklagte sich Pierre betrübt bei Juliette, die ihm erklärte:

»Schau, mein Schatz, das darfst du ihm nicht übelnehmen. Frösche leben im Wasser, das ist ihr Element. Sie brauchen es zum Leben wie die Vögel die Luft zum Fliegen. Plumplori hat sich bestimmt über dein Haus gefreut, nur, es nützt ihm nichts. Es ist so, als wenn ich dir ein Nest auf einem hohen Baum bauen und dich hineinlegen würde. Da hättest du auch nur Angst, aber keine Freude. Verstehst du das?«

Juliette hatte eine wundervolle Art, mit Kindern umzugehen, ihnen Unverständliches verständlich zu machen. Sie fürchtete sich auch nicht vor dem Getier, das Pierre so entzückte, ließ Maikäfer auf ihrer Nase krabbeln und förderte die Tierliebe des Kindes. Wer zu Tieren gut ist, ist es auch zu Menschen, war ihre Devise.

Kurz nach Pierres viertem Geburtstag wurde sie eines Nachmittags zu Jean Vallier gerufen. Noch ahnte sie nicht, daß die Idylle, in der sie bisher mit dem Kind gelebt hatte, ein jähes Ende nehmen sollte. Sie dachte, sie würde zu einer Berichterstattung gebeten werden, wie ihr Brotherr sie von Zeit zu Zeit von ihr verlangte. Er selbst war noch nicht ein einziges Mal in Pierres und ihrem Reich gewesen, sondern sah seinen Sohn

eigentlich nur zu Feiertagen, wenn gemeinsamer Kirchgang angesagt war.
Mademoiselle Lemaire hatte es längst aufgegeben, sich über die Kaltherzigkeit des Fabrikanten aufzuregen oder sich gar zu wundern. Fest stand, daß er sich aus seinen Kindern nichts machte und daß sie Angst vor ihm hatten. Doch da Juliette immer bereit war, in jedem Menschen auch Gutes zu vermuten, räumte sie ein, daß der Tod seiner Frau ihn so verbittert hatte und er die Kinder nicht ertragen konnte, weil sie ihn an die Verstorbene erinnerten. Sie wußte nicht, daß sie der Wahrheit sehr nahe kam – wenn auch in einem ganz anderen Sinn.
Jean Vallier stand mit auf dem Rücken verschränkten Händen am Fenster seines Arbeitszimmers, als sie eintrat. Er drehte sich um und sah sie mit seinen brennenden Augen durchdringend an, bevor er sie knapp begrüßte. Das erschreckte die Kinderschwester nicht mehr wie in der ersten Zeit, als sie die starke Autorität, die er ausstrahlte, als geradezu bedrohlich empfunden hatte. Jetzt war sie an die Art seiner Begrüßung schon gewöhnt.
Wie sonst wollte sie ohne Umschweife mit ihrem Bericht beginnen, als er ihr höflich, aber bestimmt Schweigen gebot.
»Bitte, nehmen Sie Platz, Mademoiselle Lemaire. Ich habe uns Tee bestellt, denn es wird heute etwas länger dauern als gewöhnlich. Pierre geht es gut?«
»Oui, Monsieur, ausgezeichnet. Er entwickelt sich prachtvoll.«
Er nickte, setzte sich ihr gegenüber. Zwischen ihnen stand ein Teetisch mit zartem fernöstlichem Geschirr für zwei Personen. Juliette wurde es jetzt doch etwas mulmig. Was hatte das alles zu bedeuten? Sie mußte noch etwas warten, bis sie es erfuhr, denn jetzt kam ein Mädchen mit dem Tee und noch warmem, knusprigem Gebäck.

»Soll ich das Einschenken übernehmen?« fragte sie höflich. Ein winziges, angedeutetes Lächeln flog über sein Gesicht, so flüchtig wie ein Sonnenstrahl eine düstere Landschaft streift. Juliette durchzuckte der Gedanke, wie blendend dieser Mann aussah, wie ungewöhnlich »schön« sein Gesicht wurde, wenn er lächelte. Der Eindruck schwand so schnell, wie er aufgekommen war.
»Das ist sehr liebenswürdig, Mademoiselle«, sagte er und zu dem Mädchen gewandt schon wieder unwirsch: »Danke, Marianne. Sie haben doch gehört, Sie werden nicht mehr gebraucht. Sie können gehen.«
»Oui, Monsieur.« Das Mädchen deutete einen Knicks an und verließ schleunigst das Zimmer. Sie beneidete die nette Mademoiselle Lemaire nicht darum, mit dem Hausherrn Tee trinken zu müssen. Nie im Leben hätte sie sich das gewünscht. Sie liebte ihre Stellung solange, wie ihr Chef nicht im Hause war, und das war er glücklicherweise selten.
Nachdem Juliette die feinen Tassen gefüllt hatte, sah sie Vallier fragend an. Jetzt mußte er doch herausrücken mit dem, was er auf dem Herzen hatte. Zu ihrem Erstaunen bot er ihr eine Zigarette an. Sie schüttelte den Kopf.
»Danke, Monsieur, ich rauche nicht.«
»Nicht? Ich dachte, alle Schwestern rauchen.«
»Kinderschwestern nicht«, sagte sie und lächelte gezwungen.
»Sehr vernünftig. Verzeihen Sie, es war gedankenlos von mir. Ich weiß ja längst, wie vernünftig Sie sind. Und das erleichtert es mir auch jetzt, Ihnen meine Entscheidung mitzuteilen.« Vallier schwieg einen Moment und zündete sich selbst eine Zigarette an. »Sie gestatten doch?« fragte er weniger höflich als aus Gewohnheit.
»Selbstverständlich, Monsieur.« Juliette wurde immer neugieriger.
»Mademoiselle, Sie erinnern sich vielleicht an unser erstes

Gespräch? Ich hatte damals schon beschlossen, daß mein Sohn auf besondere Art erzogen werden sollte. Die Zeit ist nun reif, diese Erziehung zu beginnen. Ich möchte noch einmal betonen, daß das kein Affront gegen Sie ist. Im Gegenteil, ich war in den vergangenen Jahren sehr zufrieden mit Ihnen. Wir waren sicher nicht immer einer Meinung« – bei diesen Worten lächelte er wieder, doch diesmal handelte es sich um ein ironisches, wenn nicht zynisches Lächeln, das Juliette zeigte, daß er sehr wohl um die heimlichen Treffen der Geschwister wußte – »aber Sie haben sich im großen und ganzen an meine Weisungen gehalten. Kinder sind unberechenbar, nicht wahr? Vielleicht sind Sie der Meinung, Geschwister sollten gemeinsam aufwachsen, doch das widerspricht meinen Prinzipien, wie Sie wissen. Es ist mir gelungen, einen hervorragenden Lehrer für meinen Sohn zu gewinnen. Pater Antoine Frayne, der morgen hier eintreffen wird, gehört dem Orden der Jesuiten an. Ein hochbegabter, pädagogisch geschulter Mann, der Pierre von nun an nicht nur im christlichen Glauben, sondern in allen Fächern unterrichten wird.

Für Sie, Mademoiselle Lemaire, bedeutet das eine wesentliche Erleichterung Ihrer schweren Erziehungsaufgabe. Sie sind mir nur noch für das körperliche Wohl und Wehe meines Sohnes verantwortlich. Alle erzieherische Verantwortung übernimmt ab morgen Pater Antoine. Ich hoffe in unser aller Interesse, daß Sie sich mit dem Pater gut verstehen, die Teilung der Kompetenzen streng einhalten und Pierre klarmachen, daß für ihn der Ernst des Lebens beginnt.«

Juliette Lemaire hatte das Gefühl, als ob sich eine kalte Hand um ihr Herz schließe. Sie sah den kleinen, zarten Jungen vor sich, dachte an sein ängstliches, verletzbares Wesen, sah die unschuldigen Kinderaugen. Dieser Vater gestand seinem Sohn nicht einmal eine unbeschwerte Kindheit zu. Natürlich waren die Jesuiten hervorragende Lehrer, aber auch von unbarmherziger Strenge. Üblich war eine solche Erziehung in dem Alter, in dem ein Kind die Gymnasialstufe erreichte, also mit zehn oder zwölf Jahren. Pierre Vallier hatte gerade seinen vierten Geburtstag hinter sich. Ein wehrloses, mutterloses Kind sollte zu einer Zeit, in der andere Kinder spielen durften, einer gnadenlosen Zucht unterworfen werden. Gerade weil Juliette Lemaire selbst gläubige Katholikin war, wußte sie, daß das der falsche Weg war. Sie fand den Mut, es frei heraus zu sagen.

»Monsieur Vallier, haben Sie bedacht, daß Pierre fast noch ein Baby ist? Ein kleines Kind, das im Spiel die Welt entdeckt? Es ist doch viel zu früh für ihn, an den Ernst des Lebens herangeführt zu werden. In dem Alter ist kein Kind in der Lage, bestimmte Dinge zu begreifen.«

»Das sehe ich anders, Mademoiselle Lemaire«, sagte Jean Vallier kühl. »Je früher ein Kind auf seine bevorstehende Lebensaufgabe vorbereitet wird, desto besser wird es sie einmal bewältigen können. Mir ist durchaus bekannt, daß die landläufige Meinung ist, Kinder reicher Leute würden zu Drohnen herangezogen. Mein Sohn nicht! Ich habe ihm einen jahrhundertealten Betrieb zu vererben. Kein Schwächling könnte diese Erbschaft antreten. Mag sein, daß Ihnen mein Verhalten grausam vorkommt. Die Welt ist grausam, Mademoiselle, und sie geht grausam mit Versagern um. So sieht es aus.«

»Nicht die Welt ist grausam«, wagte Juliette in heller Empörung zu sagen. »Sie sind es, Monsieur. Sie rauben Ihrem Sohn die Kindheit. Sie wollen eine Marionette aus ihm machen, nur, damit Ihr Imperium weiterbesteht. Was, Monsieur Vallier, haben Sie davon, wenn Sie einmal gestorben sind? Was wollen Sie Ihrem Gott und Richter zu Ihrer Verteidigung sagen? Daß Sie Ihren Sohn geliebt haben? Bis jetzt wußte ich es noch nicht, habe es auch nicht für möglich gehalten. Sie hassen Ihren Sohn!«

Eine lange Pause trat ein. Juliette war überzeugt davon, daß Vallier sie auf der Stelle entlassen würde. Sie stand auf. Jean Vallier sagte:
»Setzen Sie sich wieder, Mademoiselle. Ich verstehe Ihre Erregung. Sie lieben meinen Sohn. Sie sind aufgebracht. Ich will Ihren unkontrollierten Ausbruch vergessen, denn ich schätze Sie. Ich hasse meinen Sohn nicht. Ich will ihn nur vor Anfechtungen bewahren, denen ich selber einmal ausgesetzt war. Eine Erziehung im streng christlichen Sinne hat den Vorteil, daß man solchen Anfechtungen erst gar nicht erliegen kann.«
»Ich fürchte, ich verstehe Sie nicht, Monsieur Vallier.«
»Das ist auch nicht notwendig, Mademoiselle Lemaire. Ich will nichts anderes, als meinen Sohn zu einem verantwortungsbewußten Menschen zu erziehen. Ist das in Ihren Augen ein Fehler?«
Juliette wurde unsicher. Es klang schon logisch, was er da sagte, und sie hatte auch gegen einen Pater als Lehrer nichts einzuwenden, aber hätte es ein weniger strenger Franziskaner nicht auch getan? Natürlich sah sie ein, daß sie gar nichts dagegen tun konnte. Immerhin war es erstaunlich genug, daß er versuchte, ihr seine Gründe zu erklären. Sie sagte:
»Entschuldigen Sie meine Heftigkeit, Monsieur Vallier. Es war anmaßend von mir. Wenn Sie mir jetzt noch mitteilen wollen, wie sich unser Leben ab morgen gestaltet?«
»Gerne. Ich wußte, daß Sie einsichtig sind. Also: Sie werden Pierre gegen sieben Uhr wecken, baden, anziehen wie immer, dann mit ihm frühstücken. Pater Antoine wird die Wohnräume über den Ihren beziehen. Daneben ist ein Schulzimmer mit anschließender Bibliothek eingerichtet worden. Dorthin bringen Sie ihn jeden Morgen um Punkt acht Uhr zum Unterricht. Um zwölf Uhr ist Mittagessen, danach muß er eine Stunde schlafen, um zwei Uhr bringen Sie ihn wieder zu Pater

Antoine, wo der Unterricht bis sechzehn Uhr fortgesetzt wird. Daran schließt sich eine Stunde Leibesertüchtigung an. Um fünf holen Sie ihn wieder ab. Es folgt das Abendessen. Um halb sieben ist Abendandacht. Spätestens eine Stunde danach hat er im Bett zu liegen. Marie wird den Pater mitbeköstigen, doch er speist auf eigenen Wunsch allein. Er möchte die Mahlzeiten auf seinem Zimmer serviert bekommen.«

Juliette sank das Herz. Das war kein Stundenplan für einen Vierjährigen, sondern ein Exerzierplan für Kadetten.

»Und wann, Monsieur, darf er spielen?« fragte sie eingeschüchtert.

»Nun, das Abendessen wird ja wohl nicht länger als eine halbe Stunde in Anspruch nehmen. Da bleibt zwischen fünf und sechs Zeit genug für unnütze Dinge, nicht wahr?«

Juliette Lemaire verzichtete darauf, ihm zu erklären, daß Spielen für ein Kind nichts Unnützes, sondern im Gegenteil etwas höchst Notwendiges ist. Sie wußte als geschulte Kinderbetreuerin aus Erfahrung, daß Kinder, die nicht spielen lernen, zu ihrer Umwelt meistens ein gestörtes Verhältnis entwickeln. Warum ihm das noch erklären? Er würde dennoch keine Handbreit von seinem Plan abweichen. So sagte sie nur schweren Herzens:

»Wie Sie meinen, Monsieur. Dann kann ich jetzt gehen?«

»Ja, natürlich. Noch eines, Mademoiselle. Pater Antoine Frayne trifft heute abend mit dem Nachtzug ein. Wundern Sie sich also nicht, sollten Sie Schritte im ersten Stock hören. Ich werde Ihnen und dem Jungen den Pater morgen früh um acht vorstellen. Danach wird der Unterricht unverzüglich beginnen.«

Juliette hatte Tränen in den Augen, als sie zu ihrem Schutzbefohlenen zurückkehrte. Nur ein paar kümmerliche Abendstunden blieben ihr, um das nichtsahnende Kind auf ein völlig neues, hartes Leben vorzubereiten. Wie konnte ein Vater nur

so grausam sein? Dieser Mann hatte kein Herz, sondern einen Stein in seiner Brust.
Armer kleiner Pierre! Von einem Tag auf den anderen, ohne jede Vorwarnung, wurde er aus dem Paradies der Kindheit verjagt.

Leidensjahre einer Kindheit

Pater Antoine Frayne hielt also Einzug in die Rosenvilla. Wenn es jemanden gab, der überhaupt nicht dorthin paßte, dann war er es. Keiner der Bewohner des schönen Hauses – mit Ausnahme des Hausherrn – brachte ihm Sympathie entgegen. Er suchte sie auch nicht, ebensowenig wie er Gesellschaft brauchte. Nie sah ihn jemand lächeln. Die tiefen Falten in seinem hageren Gesicht verzogen sich nicht, sie waren wie eingemeißelt, deshalb behielt es stets den Ausdruck mürrischer Strenge. Gefühlsbewegungen machten sich nur in seinen Augen bemerkbar. Unter buschigen Brauen, tief in den Höhlen gelegen, konnten sie aufblitzen wie teuflisches Feuer. Dann bekam jedermann augenblicklich das Gefühl, eine Todsünde begangen zu haben. Seine langen, schmalen, wohlgepflegten Finger waren bei seinen Schülern gefürchtete Marterinstrumente. Er schlug nicht, o nein, er kannte subtilere Möglichkeiten. So etwa die feinen Härchen über den Ohren zwischen Daumen und Zeigefinger zu nehmen und sie zu einem feinen Strang zu drehen oder Kinderbäckchen so zu kneifen, daß das rote Mal noch tagelang zu sehen war. Im Ausdenken dieser und anderer Möglichkeiten zeigte er sich sehr einfallsreich. Außerdem besaß er die unangenehme Eigenschaft, schleichend und unhörbar wie ein Geist hinter jemandem aufzutauchen.

Nein, Pater Antoine war alles andere als ein angenehmer Zeitgenosse. Wenn er mit seinem Gebetbuch wie ein Schatten im Park umherging, pflegte Madame Lumière zu sagen:

»Ein schrecklicher Mensch. Er verdunkelt sogar die Sonne, wenn er ins Licht tritt.«
Natürlich tat man ihm auch Unrecht. Er war ein hochintelligenter Mann, der nicht nur streng gegen andere, sondern auch gegen sich selbst war. Das Schicksal hatte es nicht gut mit ihm gemeint. Pater Antoine kannte seine Eltern nicht. Vor 34 Jahren fanden ihn die Brüder Jesu als Baby auf den Stufen ihrer Klosterkirche zum Heiligen Geist. Seine Herkunft wurde nie ermittelt. Er kam zunächst zu einer armen Witwe, die noch vier eigene Kinder, aber keine Liebe im Herzen hatte. Das Kloster zahlte für ihn, doch konnte er sich nicht erinnern, in diesen Jahren bei Madame Ludivine jemals satt geworden zu sein. Er lebte als männliches Aschenputtel, wurde geschlagen, gedemütigt und, nicht nur körperlich, mißhandelt. Deshalb kam er sich wie im Himmel vor, als die Brüder Jesu ihn mit zehn Jahren zu sich holten. Sie erkannten sehr bald seine hohe Intelligenz. Er fraß das Wissen nur so in sich hinein, aber war auch ein aufsässiger, jähzorniger Schüler, also mußte er lernen, demütig und gehorsam zu werden. Es wurde eine schwere und bittere Lehrzeit für das Findelkind.
Ein Nichtkatholik wird kaum verstehen, welche Methoden der Kirche schon immer zur Verfügung standen, einen »Sünder« zu bekehren. Bei Pater Antoine war es seine im Dunkel liegende Herkunft, die ihn Demut lehren sollte. Der Schluß lag nahe, daß er ein uneheliches Kind gewesen sein mußte. Also hatte seine Mutter doppelt schwere Schuld auf sich geladen. Da aber Jesus Christus die Schuld der Menschheit mit seinem Opfertod gesühnt hat, wird seitdem verlangt, daß jeder des anderen Last trage und durch gottesfürchtiges Leben und Wirken dazu beitrage, die große Schuld unserer Urväter zu sühnen, wie auch immer diese Schuld ausgesehen haben mag. In Pater Antoines persönlichem Fall hieß das, die Schuld der unbekannten Mutter zu sühnen.

Schuldgefühle zu wecken ist ein probates Mittel, Rebellen zu Gläubigen zu machen – und das nicht nur in der Kirche. Begünstigt durch die totale Isolierung des jungen Antoine im Kloster, gelang es den Patres, dieses Schuldgefühl fest in der Seele des Jungen zu verankern. Es verließ ihn seitdem nie mehr. Die Brüder Jesu hatten ihn da, wo sie ihn haben wollten. Er lernte Demut als Lebenshilfe, so verdreht das auch klingen mochte. Er war einer der eifrigsten Studenten, legte die Gelübde ab und wurde zu einem blendenden Lehrer und Scholastiker reinsten Wassers. Er hatte nie eine Familie oder auch nur die Zuneigung einer Frau kennengelernt. Die Kinderjahre waren geprägt von Hunger und Schlägen. Später wuchs er in einer reinen Männergesellschaft auf. Woher sollte ein Mann wie Pater Antoine Verständnis für ein Kind aufbringen, das – zwar mutterlos wie er, doch von Liebe umgeben – bisher Kind sein durfte?

Er war eindeutig überfordert, denn für ihn gab es keine unschuldigen Menschen. Schuld und Sühne hatten sich in ihm zu einem Dogma verdichtet. Er sah, ja, er mußte seine Erziehungsaufgabe darin sehen, seinen Zöglingen dieses Dogma einzutrichtern. Er konnte nur weitergeben, was er selbst unter Qualen hatte lernen müssen. Ein Kind war für ihn wie ein junger Baum, den man noch biegen konnte, doch er sah nicht, daß man mit Übereifer und sturer Selbstgerechtigkeit einen solchen jungen Baum auch *ver*biegen kann.

Pater Antoine war demütig und selbstgerecht zugleich. Er hielt seine Erziehungsmethode für die einzig richtige. Ein Mensch mußte Zucht und Ordnung lernen, damit er sich selbst in allen Lebenslagen in Zucht halten konnte. Dazu gehörte auch die Ehrfurcht vor Gott und die Angst vor dem allgegenwärtigen Teufel, die man nicht früh genug lernen konnte.

Pater Antoine war deshalb eigentlich unschuldig an der Entwicklung des kleinen Pierre. Er konnte nicht anders handeln, als er es tat. Verantwortlich zeichnete dafür Jean Vallier, der Vater.

Doch hatte er wirklich eine Ahnung davon, in welche Hände er seinen Sohn gab? Und wie reagierte Pierre auf Pater Antoine?

In den ersten Wochen mit Krankheit. Es war einfach zu viel für den kleinen Kerl. Aber der Arzt konnte außer dem enorm hohen Fieber, das bis auf vierzig Grad kletterte, keine organische Erkrankung entdecken. Auf die Frage, ob das Kind einen Schock irgendwelcher Art erlitten hätte, hörte er nur ein kühles »Nein«. Juliette wußte sehr wohl, was ihren Liebling quälte. Sie sprach mit Madame Durant darüber, doch die konnte ihr auch keinen Trost bieten.

»Wenn mein Cousin sich etwas in den Kopf gesetzt hat, bringen ihn keine zehn Pferde davon ab. Wirklich, Juliette, glauben Sie mir – uns sind die Hände gebunden.«

Pierre wurde wieder gesund. Und wie es seiner stillen Art entsprach, fügte er sich in das Unvermeidliche. Ja, er versuchte sogar, durch besondere Leistungen zu glänzen. So klein er war, hatte er doch schon verstanden, daß sein Vater von ihm Großes erwartete.

Das war das Hauptproblem des kleinen Jungen. Zwar hatte er irgendwie Angst vor seinem Vater, den er so selten zu Gesicht bekam. Trotzdem liebte er ihn auf eine seltsam entfernte Weise. Glaubte er sich allein, dann sprach er mit ihm.

»Papa, warum hast du mich nicht lieb? Warum darf ich nie bei dir sein? Ich hab dich sehr lieb. Auch mein Plumpori hat dich lieb, aber du magst ja keine Tiere. Dabei hätte ich so gern eine Katze oder einen Hund. Papa, warum darf ich keinen Hund haben? Pater Antoine sagt, daß Hunde die Hölle bewachen und deshalb unrein sind. Ich kann gar nicht glauben, daß Madame Gaspards kleiner Jo-Jo ein Höllenhund ist. Ich hab

Juliette danach gefragt, und sie glaubt auch nicht daran. Das ist schlimm, denn der Pater sagt auch, nicht zu glauben ist eine schwere Sünde. Hast du gewußt, Papa, daß Juliette eine Sünderin ist?«

So ähnlich lauteten die meisten Selbstgespräche von Pierre, deren Inhalt niemand erfuhr, am allerwenigsten der Vater. Wie Vera war auch ihr Bruder intelligent, wißbegierig und auf eine gewisse Art altklug, was nicht verwunderlich war, verkehrten die Kinder doch fast ausschließlich mit Erwachsenen. Er lernte schnell und gewissenhaft, doch wie sehr unterschied sich der Lehrstoff, den man beiden Kindern eintrichterte. Während andere Kinder mit sechs Jahren erst eingeschult werden, konnte Pierre in diesem Alter schon perfekt schreiben, sagte das kleine und große Einmaleins fehlerfrei auf. Er kannte aber auch den Katechismus auswendig, deklamierte lange Bibelsprüche, ohne zu stocken, und wußte, daß der Fürst der Finsternis, der Teufel, an jeder Ecke lauert, um die Menschen zum Bösen zu verführen.

Die ersten beiden Jahre seiner »Erziehung« überstand Pierre verhältnismäßig gut, weil er in den wenigen Stunden, die er noch mit seiner Kinderschwester verbringen durfte, bei ihr die Zärtlichkeit und Liebe fand, nach der er sich so sehnte. Besonders die Sonntagnachmittage entschädigten ihn für das strenge Reglement, dem er in der Woche unterworfen wurde. Vallier hatte es Juliette großzügig erlaubt, an den Sonntagen mit dem Kind spazierenzugehen oder sonst etwas zu unternehmen. Es war der einzige Tag, an dem der kleine Pierre das Haus ohne Pater Antoine verlassen durfte. Und es war auch die einzige Gelegenheit für ihn, andere Kinder kennenzulernen.

Juliette Lemaire sorgte bewußt dafür, obwohl ihr klar war, daß sie damit gegen die Verhaltensregeln verstieß, die der diktatorische Vater ihr zur Auflage gemacht hatte, als er die Spaziergänge gestattete.

»Ich will nicht, daß mein Sohn durch kindliche Phantastereien abgelenkt wird. Auch möchte ich ihm Gewissenskonflikte ersparen, die zweifellos auftreten würden, wenn er entdeckt, daß andere Kinder anders leben. Das verstehen Sie doch hoffentlich, Mademoiselle?«
»Oui, Monsieur«, war ihre kurze Antwort gewesen, obwohl sie wußte, daß sie genau das Gegenteil tun würde. Sie mußte das Kind aus seiner Isolation herausholen. Eine Notlüge war nur eine kleine Sünde gegenüber der großen, die der Vater an seinem Sohn beging. Natürlich war sie auf der Hut und fädelte alles sehr geschickt ein. Pierre brauchte sie nicht lange zu erklären, warum niemand wissen durfte, daß und wo sie sich heimlich mit den Gaspard-Geschwistern und dem niedlichen Mischlingshündchen Jo-Jo trafen. Er spürte einfach, daß der Pater verärgert sein würde, sollte er es erfahren. Und einen verärgerten Pater hatte er fürchten gelernt. Nie hätte jemand aus ihm ein Wort herausbekommen, dazu war er zu glücklich mit seinen neuen Freunden. Ein paar Stunden durfte er wieder Kind sein, seinem Alter entsprechend.
Juliette hatte sich schon vor zwei Jahren mit Madame Gaspard angefreundet. Sie war die Frau des Kinderarztes Emile Gaspard, der Pierre ein-, zweimal behandelt hatte. Deshalb wußten die Gaspards, wie es in etwa in dem weißen Haus zuging. Als das gegenseitige Vertrauen sich gefestigt hatte, erfuhren sie von Juliette Näheres und waren erschüttert. Der junge Arzt konnte es zuerst nicht fassen. Dann sagte er empört:
»Eigentlich müßte man den Herrn da oben anzeigen. Was der treibt, grenzt an Kindesmißhandlung.«
»Das laß schön bleiben«, mahnte ihn seine Frau Louise. »Monsieur Vallier hat weitreichende Beziehungen. Du glaubst doch nicht, daß sich ein Richter mit ihm anlegen würde? Was willst du ihm vorwerfen? Daß er für seinen Sohn einen Hauslehrer bestellt hat, der das Kind streng erzieht? Das steht nicht unter

Strafe und ist seit jeher in ›feinen‹ Kreisen üblich. Das Erziehungsrecht und wie es ausgeübt wird, steht allein dem Vater zu. Das weißt du so gut wie ich.«

»Ja, du kluges Weib«, gab Emile Gaspard grimmig zu. »Aber ist es nicht ein Jammer zuzusehen, wie nicht wiedergutzumachende Schäden angerichtet werden? Ich habe schon viele solcher neurotischen Kinder kennengelernt: Ich weiß, wovon ich spreche.«

»Monsieur le Docteur«, sagte Juliette traurig. »Sie würden dem kleinen Pierre nur einen Bärendienst erweisen. *Er* hätte es auszubaden. Die Wahrheit ist: Man kann nur wenig tun, um das Schlimmste von ihm abzuwenden, damit er nicht bleibende seelische Störungen zurückbehält. Deshalb habe ich mir gedacht...«

»Wie können wir helfen?« unterbrach sie der Arzt verständnisvoll.

Juliette brauchte nicht lange nachzudenken. »Kinder, Spielgefährten, das ist es, was ihm vor allem fehlt. Der Vater versagt sie ihm aus einem Grund, der ebenso falsch ist wie seine sogenannte Fürsorge. Wenn Sie mich fragen – Monsieur Vallier ist selbst ein seelisch zutiefst gestörter Mensch. Nur geht mich das nichts an. Doch ich habe Pierres Mutter, kurz bevor sie verunglückte, versprochen, den Jungen zu behüten. Und von Jahr zu Jahr macht man es mir schwerer.« In Juliettes Augen standen Tränen. Louise Gaspard reichte ihr ein Glas Pernod.

»Trinken Sie das, meine Liebe, wir verstehen Ihren Kummer. Und deshalb wiederhole ich die Frage meines Mannes: Wie können wir helfen?«

»Ich dachte an Ihre Kinder, Madame«, sagte Juliette nach einer kleinen Pause. »Ich habe sie beobachtet, sie sind reizend. Hector scheint das gleiche Naturell wie Pierre zu haben. Etwas verschlossen, aber neugierig. Außerdem konnte ich feststellen, daß er Ihren kleinen witzigen Hund Jo-Jo vergöttert. Auch Pierre ist von klein auf sehr tierlieb gewesen. Und Ihre kleine Valérie ist ein Ausbund an Fröhlichkeit. Freilich, sie sind ein, zwei Jahre älter als Pierre, doch das erscheint mir unwichtig. Es ist nur...«

»Mademoiselle Lemaire«, sagte der Arzt und lächelte. »Lassen Sie mich Gedanken lesen und Ihren Satz vollenden. Sie befürchten, daß unsere Kinder sich verplappern, nicht dichthalten könnten, nicht wahr? Das quält Sie. Ich kann Sie beruhigen. Hector und Valérie sind für ihr Alter recht vernünftig; es kommt immer darauf an, wie ihnen eine Sachlage erklärt wird, und sie lieben das Geheimnisvolle. Liebe Mademoiselle, wir brauchen ihnen nur die Wahrheit zu sagen. Sie sehen mich so erstaunt an? Nun, Sie sind doch auch Kinderpsychologin. Daß die Kinder sich schnell anfreunden, daran zweifle ich keinen Augenblick. Allein die Tatsache, daß ihr neuer Freund fast wie in einem Gefängnis gehalten wird, wird in unseren freiheitsliebenden Kindern sofort den Beschützerinstinkt wecken. Noch dazu, wo sie etwas älter sind. Ich bin sicher, sie werden schweigen wie ein Grab. Und der Vorteil für Pierre ist außerdem, daß er über seinen Kummer reden kann. Und das wird den kleinen Kerl zumindest vom größten Druck befreien.«

Doktor Gaspard behielt recht. Pierre, Hector und Valérie wurden dicke Freunde.

Ein Jahr lang blieb diese Freundschaft unentdeckt. Zu Juliettes großer Freude stabilisierte sich Pierres Verhalten. Er blieb ein eifriger Schüler, war seinen Altersgenossen weit voraus, denn – was immer man Pater Antoine vorwerfen konnte – seine Art, Wissen zu vermitteln, grenzte an Zauberei. In dieser Zeit versuchte der Junge immer wieder, die Aufmerksamkeit des Vaters zu erlangen. Selbst den strengen Pater beeindruckten zuweilen die Leistungen seines Zöglings. Natürlich verstieß

es gegen das Demutsgebot, Lob auszusprechen und damit eventuell Überlegenheitsgefühle oder gar Hochmut auszulösen.
Immerhin ging er so weit, Jean Vallier zuweilen die Fortschritte seines Sohnes vorzuführen, indem er diesen in Gegenwart des Vaters schwierige Rechenaufgaben lösen und – für ein Kind eigentlich unverständliche Texte – deklamieren ließ. Die von Pierre so heiß ersehnte Reaktion blieb aus. Einmal erschienen dem Vater die Rechenaufgaben zu leicht, dann mäkelte er an der Betonung der vorgetragenen Texte herum, ein andermal kritisierte er das nervöse Fingerspiel des Jungen als Unfähigkeit zur Konzentration. Kurz und gut – Pierre erfuhr weder von seinem Vater noch von Pater Antoine jemals ein Lob für seine überdurchschnittlichen Anstrengungen.

Irgendwann im Frühling des nächsten Jahres – Pierre war gerade sieben Jahre alt – bemerkte Juliette Lemaire Bauarbeiten im Haus. Das erste Stockwerk wurde umgebaut. Pater Antoine zog in den Westflügel. Die Schulstunden wurden ebenfalls dorthin verlegt. Niemand teilte Juliette Lemaire den Grund für die Bauarbeiten mit. Auch Madame Durant wußte nichts.
»Vielleicht will mein Cousin den Ostflügel endlich modernisieren? Meine liebe Juliette, ich kenne den Grund wirklich nicht. Sie sind inzwischen lange genug im Hause, um zu wissen, daß Monsieur Vallier einsame Beschlüsse faßt, die er auch mir nicht mitteilt. Unser Verhältnis ist nicht das beste. Obwohl mit ihm verwandt, bin ich für ihn nur eine Angestellte wie Sie auch. Der Zweig unserer Familie ist verarmt durch eigene Schuld, wie mir Jean Vallier mehr als einmal unter die Nase gerieben hat. Mein Vater liebte das Glücksspiel. Er verspielte alles, auch meine Zukunft. Ich war froh, als Jean mich als Hausdame engagierte. Nur – als Familienmitglied hat er mich nie angesehen.«

»Aber was baut er da?«
Des Rätsels Lösung war erschreckend, als sie es endlich erfuhren. Man hatte den ersten Stock und damit einige leerstehende Zimmer zu einer Wohnung für Pierre ausgebaut. Er sollte nicht länger in der Obhut der Kinderschwester bleiben, sondern nun ganz der Diktatur des Paters unterstellt werden. Jean Vallier war hinter ihr Geheimnis gekommen. Durch wen, blieb im dunkeln.
»Wenn ich Sie nicht entlasse, Mademoiselle Lemaire«, sagte Vallier kalt, »dann nur, weil ich weiß, daß Sie das Beste für meinen Sohn wollten. Ihre Aufgabe hier ist zwar erfüllt, doch ich könnte mir vorstellen, daß es Ihnen Freude bereiten würde, in der Nähe Ihres Schützlings zu bleiben. Ab und an erlaube ich Ihnen gern, Pierre zu sehen. Doktor Gaspard überzeugte mich, daß es für seine Entwicklung nützlich sein würde. Eine Beschäftigung für Sie läßt sich gewiß ohne Probleme finden. Sie könnten Madame Durant zur Hand gehen oder...«
Juliette sprang auf. Ihre Augen funkelten vor Zorn. Obwohl er ihr anbot, in seinen Diensten zu bleiben – wie zynisch menschenfreundlich er doch sein konnte –, stand für sie fest, daß sie zum baldmöglichsten Termin kündigen würde. Zuvor aber mußte sie ihrer Empörung Luft machen. Schließlich war es notwendig, diesem Mann endlich einmal die Wahrheit ins Gesicht zu sagen. Deshalb unterbrach sie seine wohlgesetzte Rede.
»... oder einen Roman über einen kleinen Jungen schreiben, der von seinem eigenen Vater zum seelischen Krüppel gemacht wird. Wäre diese Aufgabe nicht passender für mich? Monsieur Vallier, sind Sie wirklich so blind, daß Sie nicht sehen, was Sie Ihrem Sohn antun? Haben Sie Pierre noch nie gefragt, wie Pater Antoine sein Erzieherrecht ausübt? Interessiert es Sie wirklich nicht, was das Kind zu erdulden hat?«

Jean Vallier sah die Kinderschwester beinahe erstaunt an, und in seinem Blick lag sogar eine gewisse Hochachtung. So weit er zurückdachte – noch nie hatte ein Untergebener gewagt, so mit ihm zu reden. Diese Frau schien das Herz einer Löwin zu haben. Trotzdem, dulden würde er es nicht. Seine Stimme klang eisig, als er antwortete:

»Mademoiselle Lemaire, wer gibt Ihnen das Recht, mir solche Fragen zu stellen? Sie überschreiten Ihre Kompetenzen in einem Maße, die ich unverschämt nennen muß. Es steht Ihnen jederzeit frei, mein Haus zu verlassen. Ich werde mir meine Rechte von einer Angestellten weder vorhalten noch beschneiden lassen. Mehr habe ich Ihnen nicht zu sagen. Guten Tag, Mademoiselle Lemaire.«

Juliette, die mutige Kinderschwester, die dem gefürchteten Haustyrannen – wenn auch ohne Ergebnis – die Stirn geboten hatte, blieb noch etwa vier Wochen im weißen Haus am Meer. So lange, bis der kleine Pierre endgültig zu Pater Antoine übersiedeln mußte. Sie hatte sich in Nizza eine Tagesstelle in einem Kinderheim besorgt und in Villefranche ein Appartement gemietet, um dem verlassenen Kind nahe zu sein. Die Fahrt von Nizza nach Villefranche mit dem Bus dauert knappe zwanzig Minuten. So war die Entfernung kein Problem.

Ihr Abschied von Pierre war herzzerreißend. Verzweifelt klammerte er sich an die geliebte Kinderschwester.

»Du darfst nicht fortgehen. Bitte, liebe, liebe Juliette, laß mich nicht allein. Warum willst du denn weg? Ich war doch immer brav zu dir!« Der kleine Kerl weinte, daß es einen Stein hätte erweichen können. Am wehesten tat es Juliette, der auch die Tränen über die Wangen liefen, weil sie ihm nicht erklären konnte, warum sie gehen mußte, und er ihr Fortgehen zwangsläufig als Strafe ansah. Wurde er doch täglich vom Pater belehrt, daß alles, was weh tat, die Strafe für etwas Böses war. So brachte es der dogmatische Priester doch tatsächlich fertig, zu allem Unglück Juliette in den Augen des Kindes am Ende noch zu seiner Komplizin zu machen. Das erbitterte sie am allermeisten. In diesem Augenblick geriet ihr Glaube ins Wanken. Wenn Gott das zuließ, was hier geschah, wie konnte er dann ein gerechter Gott sein, wie die Kirche es lehrte?

Juliette versuchte, so gut es eben ging, den Jungen zu beruhigen.

»Mein Herzblatt, du bist doch ein tapferer Junge. Schau, ich bleibe ja in Villefranche. Ich habe da eine Wohnung, und irgendwann wirst du mich besuchen. Ich verspreche es dir. Deine Tante Amélie wird mir dabei helfen.«

»Tante Amélie hilft nur Vera. Mich kann sie nicht leiden«, sagte Pierre, noch immer schluchzend. Juliette verneinte heftig.

»Nicht doch, das stimmt nicht. Sie hat dich genauso lieb wie Vera.«

»Und warum kommt sie mich dann nicht öfter besuchen?« war die logische Antwort. Ja, warum wohl nicht! Sollte sie dem Kind sagen: »Weil es dein Vater verbietet?« Sie hatte den Mut zur halben Wahrheit: »Weil dein Papa glaubt, daß Tante Amélie nur mit Mädchen umgehen kann, und er will doch aus dir einen großen Mann machen, der einmal, in ferner Zukunft, seine Fabrik erben und leiten wird.«

»Ich will seine Fabrik nicht«, sagte Pierre, und etwas wie Trotz lag in seinen tränenumflorten Augen. »Und wenn du weggehst, will ich sie schon gar nicht.«

»Was willst du dann, mein kleiner Schatz?« fragte Juliette sanft.

»Ich will bei dir sein«, war die erschütternd einfache Antwort. »Wenn ich groß bin, heirate ich dich, Juliette. Du würdest mir doch einen Esel kaufen und vier Hunde und ganz viele

Katzen und vielleicht einen Elefanten? Das würdest du doch, oder?«

»Ja, Chéri, wenn ich es könnte, würde ich es. Aber darüber reden wir später noch einmal, ja? Jetzt müssen wir beide tapfer sein. Sieh mal, Pater Antoine wartet schon auf dich.«

Das Kind sah sich um. Für den Bruchteil einer Sekunde erschrak Juliette. In seinem Kinderblick blitzte ein Funken abgrundtiefer Haß auf. Etwa zehn Meter entfernt stand Pater Antoine. Es sah aus, als sei er in sein Gebetbuch vertieft, das er immer bei sich trug, doch sie war sich sicher, daß er nicht betete, sondern sie und Pierre belauerte wie eine Spinne, die sich ihres Opfers sicher ist.

Der Funke in den Augen des Kindes war erloschen. Wahrscheinlich hatte sie ihn sich auch nur eingebildet. Denn als sie nun endgültig Abschied nahm, stand in den hellblauen Augen nur tiefe Hoffnungslosigkeit. Nach einer letzten Umarmung und feuchten Küßchen ging der kleine Mann zurück zu seinem Peiniger, der doch nichts anderes wollte, als dem ihm anvertrauten Kind umfassendes Wissen und das Wort Gottes einzutrichtern.

Juliette sah dem Jungen hinterher, und der Magen drehte sich ihr um. Mit eingesunkenen Schultern und schlurfenden Schritten ging er wie ein alter Mann, der alle Hoffnung aufgegeben hatte. Sie sah noch, wie der Pater auf Pierre einredete, hörte aber seine salbungsvollen Worte nicht.

»Im Leben muß man immer wieder Abschied nehmen, Pierre, daran wirst du dich gewöhnen müssen. Menschen werden dich immer wieder alleine lassen. Das ist nun einmal so. Du bist allein, wenn du geboren wirst und um den ersten Atemzug kämpfen mußt, du bist allein, wenn du krank bist und auch der Arzt dir nicht helfen kann, und du bist allein, wenn du stirbst, denn kein Mensch sieht dann, was du siehst. Doch einer verläßt dich nie, begleitet dich vom Anfang bis zum Ende: Gott, der Herr, er ist immer für dich da!«

Große Worte, schöne Worte, zum Teil wahre Worte. Doch wie sollte sie ein siebenjähriges Kind verstehen, dem man den einzigen Menschen raubte, der ihm jemals Liebe entgegengebracht hatte?

Ein entscheidendes Jahr

In dem folgenden Jahr wurden für Pierre Vallier die Weichen gestellt. Hätte Jean Vallier, der Vater, wenigstens versucht, die Fragen der Kinderschwester Lemaire für sich zu beantworten, vielleicht wäre der Lebensweg des blondgelockten Kindes noch in normale Bahnen zu lenken gewesen. Vallier verspielte diese Chance um ein Jahr, und da war es bereits zu spät. Pierre hatte sich nun allein mit dem Pater auseinanderzusetzen. Er war ein Kind, ja, aber ein weit über sein Alter hinaus gereiftes Kind. Er begriff von Tag zu Tag mehr, wie er sich Strafen entziehen konnte, die er als Kleinkind wie ein Gewitter über sich ergehen zu lassen gelernt hatte. Er wußte natürlich nicht, was er tat, aber er lernte zu heucheln, zu lügen. Hatte er etwas angestellt – meistens waren es winzige Vergehen, wie sie einem normalen Kind eben passieren, zum Beispiel Fragen zu stellen, auf die Erwachsene keine Antwort wissen oder wissen wollen, oder zu spät zum Gottesdienst zu kommen –, übte er sich stets in Demut. Er beobachtete den Pater genau, und er tat in seiner Gegenwart, was dieser ihm vormachte. Er kniete vor dem Hausaltar und betete mit niedergeschlagenen Augen um Vergebung für Sünden, von denen er nicht wußte, was sie bedeuteten. Nach der heiligen Kommunion, die er schon mit sechs Jahren empfangen hatte, war er, wie alle Katholiken, zur wöchentlichen Beichte verpflichtet; das heißt, er mußte einem Priester, der ja als Stellvertreter Gottes galt, seine Sünden beichten. Es sei der Phantasie des Ungläubigen überlassen, was ein sechs- oder siebenjähriges Kind für Sünden begeht, für die es zu büßen hat, und sei es nur mit dem Aufsagen von vier »Vaterunsern«. Das regelte im allgemeinen der Büßerkatalog des Katechismus. Da waren alle Sünden aufgezählt – die wichtigsten –, die ein Menschenkind begehen konnte. Es gab einen Katechismus für kleine Kinder und einen für große. Vor der Beichte mußte ein Kind in sich gehen, den Katechismus genau studieren und sich die Sünden merken, die es begangen hatte.

Das fing an mit: Ich war meinen Eltern gegenüber unehrerbietig, ich habe wissentlich gelogen, ich habe gestohlen, ich habe das Wort Gottes unehrerbietig ausgesprochen, ich war unkeusch...

Das letzte war das Schrecklichste!

Unkeusch!

Was bedeutete das? Unkeusch war jede Körperlichkeit, vor allem das Bewußtwerden des eigenen Körpers. An sich herumzuspielen war Sünde, sich nackt im Spiegel zu betrachten war Sünde, ein anderes Kind nackt anzusehen war Sünde, es gar zu berühren eine besonders schlimme Sünde. Verstieß man gegen diese Regeln, mußte man sie beichten, im allgemeinen dem Kaplan oder dem Pfarrer seines Vertrauens.

Kinder wie Pierre hatten keine Wahl. Pierre mußte zu Pater Antoine zur Beichte gehen, damit er am Sonntag die heiligen Sakramente empfangen durfte.

Kann man ahnen, welchen Gewissensqualen ein Kind in dieser Situation ausgesetzt ist? Es lernt zwangsläufig, sich selbst zu belügen. Es beichtet vergleichsweise harmlose Sünden, die es nie begangen hat, nur um die, die laut Katechismus ganz schlimm sind, zu verheimlichen. Pierre erging es nicht anders. Er beichtete zum Beispiel, gestohlen zu haben, konnte aber nicht angeben, was und wo, so weit reichte seine Phantasie nicht. Darauf angesprochen, beichtete er, gelogen zu haben, war aber wiederum nicht in der Lage zu erklären, warum. Aus der Sicht des Priesters war er ein verstocktes, verlogenes Kind.

Pierre lernte, was es heißt, der Kirche und ihren Dogmen gehorsam sein zu müssen. Er lernte aber auch, sich auf seine Art zu wehren. Immer mehr erkannte der Junge die Wesensart des Priesters und machte ihm schwer zu schaffen. Die Kluft zwischen dem Lehrenden und dem Lernenden vergrößerte sich von Tag zu Tag, ohne daß Pater Antoine es bemerkte. Pierre trickste ihn oft genug aus. Und doch war er ein Kind, das nur kindliche Mittel anwenden konnte, auch wenn sein Einfallsreichtum überraschte.

Letzten Endes blieb der Pater natürlich Sieger. In dem Kampf, der von Anfang an ungleich war, mußte das Kind unterliegen.

Die »Verbrechen« eines Kindes

Pierre ging gern in die Kirche. Er liebte die tiefe Stille des alten Gotteshauses in Villefranche, die Zeremonie des Gottesdienstes faszinierte ihn immer wieder aufs neue, und er wurde nicht müde, mit den ihm nun schon vertrauten Heiligenfiguren stille Zwiesprache zu halten. Die Geschichten ihres Lebens hatte er von Pater Antoine erfahren, grausame Geschichten, denn die meisten von ihnen waren als Märtyrer gestorben. Er bedauerte sie sehr und versprach ihnen, für sie zu beten. Was er auch mit Inbrunst tat, denn noch war er ein tiefgläubiges Kind. Am liebsten aber war ihm die wunderschöne Mutter Maria mit dem Jesuskind auf dem Arm, das ihm mit seinen blonden Locken, die ihm der Bildhauer gegeben hatte, so ähnlich sah. Allerdings würde er das nie wieder jemandem gegenüber erwähnen, wie er das einmal in aller Unschuld dem Pater gegenüber getan hatte:
»Finden Sie nicht auch, Pater Antoine, daß das Jesuskind wie ich aussieht?«
»Was für eine Gotteslästerung!« hatte sich der Pater empört. »Du böser, böser Junge! Vergleicht sich mit Jesus Christus! Na warte, ich werde dir deinen Hochmut schon austreiben. Auf die Knie mit dir. Sofort betest du fünf Vaterunser, und danach kannst du im Keller deine Hoffart bereuen.«
Ach ja, der Keller. In den ersten Jahren stellte er eine furchtbare Strafe dar. Inzwischen hatte er für Pierre den größten Schrecken verloren, seit ihm sein Freund Hector eine kleine

Taschenlampe geschenkt hatte, die er, in der Unterhose versteckt, in den Keller schmuggelte. Nun mußte er wenigstens nicht mehr unter der gräßlichen, angsteinflößenden Dunkelheit leiden. Sobald der Pater den Schlüssel im Schloß umdrehte und seine Schritte sich entfernten, knipste Pierre seine Lampe an. Der mickrige, huschende Lichtstrahl war zwar noch gespenstisch genug, doch er vergaß seine Angst über dem, was er in dem Gerümpelkeller alles entdeckte. Später spielte er mit Kellerasseln und Küchenschaben, die in diesem uralten Vorratsraum ein für den kleinen Jungen geheimnisvolles Leben führten. Hörte er nach Stunden die Schritte des Paters zurückkommen, versteckte er seine kostbare Lampe an einem Platz, den er auch im Dunkeln fand. Tatsächlich entdeckte Pater Antoine sein Geheimnis nie, wunderte sich nur die ganzen Jahre, daß das Kind, wenn er es aus dem Keller holte, noch verstockter schien als zuvor – für seine Begriffe.
Mit der schönen Gottesmutter konnte Pierre stumme Dialoge halten. Sie lächelte so lieb wie seine Juliette, und mehr als einmal beschwor er sie, das Jesuskind niemals alleine zu lassen... Am allerschönsten aber waren die Feste der Heiligen, zu deren Ehre eine Prozession veranstaltet wurde. Die feierlichste die Fronleichnamsprozession. An vier, fünf Stellen der Altstadt wurden Altäre aufgebaut, zu denen die Gläubigen in langen Reihen pilgerten. Vorweg schritt ein Kaplan, in der Hand eine lange Stange, an deren Ende sich der gekreuzigte Jesus befand. Dann ein Baldachin, von Ministranten getragen, unter dem der Pfarrer mit der Monstranz in den Händen, in der sich die geweihte Hostie befand, würdevoll einherschritt. Hinter ihm kamen die Kinder. Erst Mädchen, dann Jungen, festlich gekleidet, mit brennenden Kerzen in den Händen. Erst dann folgte die übrige Gemeinde.
Für Pierre war dies das allergrößte Ereignis des Jahres, auf das ihn Pater Antoine sorgfältig vorbereitete. Er durfte in der

Prozession mitgehen, und sein kleines Herz klopfte vor Aufregung. Leider war das die einzige Prozession, die er mitmachen durfte, und leider gab es sie nur einmal im Jahr.
Doch der kleine Pierre wußte sich zu helfen. Seit dem Weggang der Kinderschwester hatte sich sein Tagesablauf etwas geändert, in gewisser Weise zu seinen Gunsten. Die Zeit, die er bisher bei Juliette verbracht hatte, waren Pater Antoines Ruhestunden gewesen. Auf die wollte der natürlich nicht verzichten, und so erhielt Pierre zwei Stunden mehr Freizeit. Zwei zwanglose Stunden, in denen der Pater mit sich und seinen Gebeten beschäftigt und der Junge sich selbst überlassen war.
In zwei Stunden kann ein Kind unheimlich viel unternehmen. Pierre nutzte sie. Er verbrachte sie in seinem geliebten Garten. Ach, wie viel Freunde hatte er dort! Der Frosch Plumplori war immer noch da. Vielleicht handelte es sich auch um einen Nachkommen. Wer sieht einem Frosch schon sein Alter an, und wer weiß, wie alt ein Frosch wird? Dann kam jeden Tag ein Eichhörnchen zu Besuch. Es wurde ganz zahm und fraß Pierre aus der Hand, was er sich von der gutmütigen Marie erbettelte. Merkwürdig – alle Tiere, mit denen Pierre jemals zu tun hatte, zeigten keine Scheu vor ihm, auch später nicht, als er erwachsen war. Es schien, als ob sie seine Sprache verstünden, als wüßten sie, daß ihnen von ihm keine Gefahr drohte.
Fronleichnam war noch nicht lange vorbei, da dachte Pierre schon darüber nach, wie lange es bis zur nächsten Prozession noch dauern würde. Dem Siebenjährigen kam ein Jahr schier endlos vor. Er wußte nicht so recht, warum Fronleichnam so gefeiert wurde, obwohl es ihm der Pater erklärt hatte. Nur so viel war bei ihm hängengeblieben, daß alles zur Ehre Gottes geschah. Daraus zog er die Schlußfolgerung, daß es nicht falsch sein konnte, wenn er ganz alleine etwas zur Ehre Gottes tat.

Diesen zündenden Gedanken setzte er sofort in die Tat um. In der Küche fand er einen Besen. Mit größter Anstrengung gelang es ihm, den Besen vom Stiel zu trennen. Dann holte er seinen geliebten Teddy. Der hatte zwar nur noch ein Auge und ein ziemlich struppiges Fell, aber gerade das adelte ihn. In einer Werkzeugkiste aus dem ehemaligen Gerätehaus fand er Draht und Schnur. Es war gar nicht so einfach, den Teddy mit ausgebreiteten Armen an dem Besenstiel zu befestigen. Die Arme klappten immer wieder runter. Mit viel Mühe und Schweiß schaffte Pierre schließlich sein schwieriges Werk. Der Teddy am Ende des Besenstiels sah jetzt fast so schön aus wie das kunstvolle Kruzifix, das der Kaplan vor der Prozession hertrug – fand Pierre. Wo aber jetzt einen weißen Talar hernehmen, das hemdartige Kleidungsstück, das katholische Priester bei festlichen Anlässen über dem Anzug trugen?
Pierre löste auch dieses schwierige Problem. Er nahm das Laken von seinem Bett und die Spitzengardine aus Maries Küche. Schließlich waren Talare immer spitzenverziert. Laken und Gardine wickelte er sich malerisch um den Körper und hielt sie mit aus Maries Nähkasten geklauten Sicherheitsnadeln zusammen.
Dann konnte es losgehen. Pierre war erfüllt von frommen Gedanken. Er nahm den Besenstiel mit seinem Teddy andächtig in beide Hände und schritt langsam, wie er es dem Kaplan abgeschaut hatte, in den Garten hinaus. Dabei sang er mit strahlendem Sopran sein Lieblingslied: »O Haupt voll Blut und Wunden«.
Dreimal umkreiste er den Garten, wobei er an bestimmten Stellen anhielt. Zum Beispiel dort, wo das Eichhörnchen zu sitzen pflegte. Da hielt er eine kleine Andacht. Er sagte: »Liebes Eichhörnchen, du mußt dich bessern. Pater Antoine sagt, daß du Nüsse stiehlst, aber stehlen ist eine große Sünde. Hör also damit auf, und der liebe Gott wird dir verzeihen.

Natürlich mußt du deine Sünden bereuen, sonst verzeiht er dir nicht, und du kommst in die Hölle.«
Dasselbe predigte er der Elster, die in einer Eibe ihr Nest gebaut hatte. »Du bist auch diebisch. Du räumst die Nester deiner Verwandten aus. Laß das, liebe Elster. Sonst kommt dich nämlich der Teufel holen. Der hat Pferdehufe und Hörner und einen langen Schwanz, und der würde dich sehr erschrecken.«
Nun schritt der kleine, selbsternannte Kaplan würdevoll zu seinem dritten »Altar«, dem Goldfischteich. Das heißt, es sollte würdevoll sein, leider verhedderten sich seine kurzen Beinchen in dem so kunstvoll geschürzten »Talar«, er geriet ins Stolpern und der Teddy am Ende des Besenstiels in arges Wackeln. Pierre konnte gerade noch verhindern, daß er auf die Nase fiel. Doch so ein kleines Mißgeschick focht seinen heiligen Eifer nicht an. Er rappelte sich wieder hoch, umklammerte seinen Kruzifixersatz mit beiden Händen und setzte die unterbrochene Zeremonie fort. Dabei stimmte er die zweite Strophe seines Lieblingsliedes an:
»Wenn ich einmal muß scheiden, dann scheide nicht von mir.« Als er damit fertig war, wollte er gerade dem Frosch Plumplori die dritte Predigt halten, da hörte er hinter sich einen wilden Aufschrei. Erschrocken drehte er sich um und sah den Pater quer über den Rasen auf sich zurennen.
»Ja, was machst du denn da?« schrie sein Lehrer den verdatterten Jungen an. »Bist du denn wirklich von allen guten Geistern verlassen? Wer hat dich zu diesem teuflischen Frevel angestiftet?«
Bevor Pierre überhaupt begriff, was passierte, ehe er auch nur ein einziges Wort herausbrachte, war der Pater bei ihm und über ihm.
So erbost war Pater Antoine noch nie gewesen. An den Haaren schleifte er das schreiende Kind ins Haus, und dort erhielt

Pierre seine erste Tracht Prügel. Der Pater drosch so lange auf sein kleines Hinterteil ein, bis er keine Kraft mehr hatte. Dann stieß er das schluchzende kleine Bündel Mensch in seine Schlafkammer und donnerte mit sich überschlagender Stimme:

»Du nichtswürdiger, verächtlicher Wicht! Daß du verstockt und verlogen bist, das wußte ich schon lange. Aber daß du es wagst, in diesem frommen Hause Gott den Herrn und die heilige Kirche so schamlos zu verhöhnen, das hätte ich selbst dir nicht zugetraut. Schäme dich bis in den tiefsten Winkel deines schlechten Herzens und bitte den Herrn um Vergebung für diese schlimmste deiner Sünden. Drei Tage bei Wasser und Brot hast du dazu Zeit. Ich werde inzwischen dafür beten, daß der himmlische Vater deine schwarze Seele dennoch errettet. Denn also sprach der Herr, wird Freude sein vor den Engeln Gottes über einen Sünder, der Buße tut!«

Die Tür wurde zugeschlagen, ein Schlüssel drehte sich im Schloß. Das erschrockene, total verängstigte Kind warf sich schluchzend auf sein Bett. Es war todunglücklich. Pierre hatte nicht die leiseste Ahnung, wofür er so hart bestraft worden war. Vor lauter Angst begriff er kein Wort von dem, was Pater Antoine ihm vorwarf.

Diese Strafaktion war so plötzlich über ihn gekommen, war ein solcher Schock, daß er nun in regelrechte Depressionen verfiel. Zum erstenmal in seinem kleinen Leben stellte sich ein tiefgreifendes Minderwertigkeitsgefühl ein. Wahrscheinlich war er wirklich ein schlechter Junge, wie der Pater immer wieder behauptete. Wenn ihm nur jemand erklärt hätte, was für schlimme Sachen er anstellte und wofür er den lieben Gott um Vergebung bitten sollte. Er wollte ja gerne bereuen, er wußte nur nicht, was!

Pierres Tränen versiegten. Er setzte sich auf, drehte sich aber gleich wieder um und legte sich auf den Bauch. Sein Hosenboden brannte wie Feuer. Doch die körperlichen Schmerzen taten ihm nicht so weh wie die Demütigung, geschlagen worden zu sein. Auch Kinder haben ihren Stolz. Wenn Erwachsene ihre geistige Überlegenheit manchmal einem Kind gegenüber aus erzieherischen Gründen zu stark betonten, so ist das schon schlimm genug und ein Armutszeugnis für den Erziehenden. Wenn sie aber ihre körperlichen Kräfte ins Spiel bringen, dann verletzen sie die Persönlichkeit des Kindes empfindlich. Kinder haben noch kein Unrechtsbewußtsein, man muß ihnen verständlich machen, was gut und böse ist, und Schläge sind das schlechteste Mittel, um Argumente zu ersetzen.

Der kleine Pierre grübelte und dachte über seine Sünden nach, doch es fielen ihm keine ein. Trotzdem kam er zu dem Entschluß, es sei vielleicht besser, vorsichtshalber um Verzeihung zu bitten. So rappelte er sich auf, ging zu dem kleinen Altar in der Ecke des Zimmers und kniete sich auf die Gebetbank, die davor stand. Er faltete die Hände, sah zu dem Kruzifix auf und sagte inbrünstig:

»Lieber Gott, in Reue und Demut bekenne ich meine Sünden. Ich kann dir nicht sagen, welche es sind, aber du kannst ja Pater Antoine fragen, der weiß es. Bestimmt sind es ganz schlimme Sünden, denn er hat mich sogar verhauen, was er noch nie getan hat. Bitte, lieber Gott, sei mir wieder gut, denn ich hab dich sehr lieb. Ich habe heute auch ein schönes Lied für dich gesungen und meinen Teddy Jesus Christus spielen lassen und dem Eichhörnchen und der Elster gesagt, daß sie nicht mehr stehlen sollen, weil das Sünde ist, wie du weißt. Dem Frosch wollte ich auch noch sagen, daß er nicht so viele Mücken fressen soll, denn die hast du doch auch erschaffen. Aber da kam Pater Antoine und war furchtbar wütend und hat mich verhauen. Ich weiß nicht, warum. Frag ihn halt. Lieber Gott, bestimmt bin ich ein schlechter Junge, aber ich möchte dir trotzdem so gerne gefallen. Wenn du willst, bereue ich auch schon im voraus. Ein Jahr vielleicht? Wäre dir das recht? Ach ja, grüße doch bitte deine Mutter Maria. Am nächsten Sonntag besuche ich sie wieder. Die habe ich fast so lieb wie dich. Nicht wahr, lieber Gott, du verzeihst mir meine schlimmen Sünden? Ich will auch in Zukunft immer brav sein und dich nicht mehr ärgern. Und sag doch bitte Pater Antoine, daß ich gebüßt habe, denn wie ich den kenne, glaubt er es mir nicht. Amen.«

Pierre fühlte sich sehr erleichtert. Manchmal tat es gut, sich aussprechen zu können.

Pierre vergaß die Schläge nie, zumal Pater Antoine nach den drei Tagen bei Wasser und Brot zur Tagesordnung überging und ihm jede Erklärung mit dem einzigen Hinweis verweigerte, keine dummen Fragen zu stellen, sondern »in sich« zu gehen. Was aber sollte der Siebenjährige unter »in sich gehen« verstehen?

So lebte Pierre weiter in Gottesliebe auf der einen Seite und Furcht vor der Verdammnis und dem Schrecken vor höllischen Qualen auf der anderen. Natürlich suchte sein kindliches Gemüt Auswege. Er fand sie in seinem Garten. Eines Tages nämlich verirrte sich ein Kaninchen dorthin. Es war an den Hinterläufen verletzt, wahrscheinlich einer heimtückischen Falle entkommen. Es ließ sich von Pierre anfassen, streicheln und sogar auf den Arm nehmen. Ganz heimlich und sehr geschickt baute ihm der Junge im hintersten Teil des Gartens, da, wo das Gras nie gemäht wurde und niemand außer ihm hinkam, einen kleinen Stall aus Dachpappe, die er im Gerätehaus fand.

Mummel war ein dankbares Karnickel. Es blieb im Ställchen und ließ sich füttern. Pierre entwendete aus der Küche ohne Gewissensbisse Karotten, Salat und auch Kartoffeln für seinen neuen Freund.

Bei Mummel handelte es sich nicht um ein Wildkaninchen, vielmehr um einen etwas zu groß geratenen Zwerghasen, der seinen Besitzern ausgebüxt war und nun bei Pierre ein neues Zuhause fand. Pierre liebte ihn innig. Er war ungeheuer vorsichtig. Wenn er sich im Garten aufhielt, schielte er immer mit einem Auge zum Haus hin, und nur, wenn er ganz sicher war, nicht beobachtet zu werden, beschäftigte er sich mit seinem Mummel. Er wußte nur zu genau, was passieren würde, entdeckte Pater Antoine eines Tages seinen kleinen Freund. Das zahme Eichhörnchen, das Pierre aus der Hand fraß, war ein Opfer des schießwütigen Paters geworden. Wie viele Franzosen frönte der Pater seiner Jagdleidenschaft. Er schoß auf alles, was sich regte, ob Amsel oder Storch, Ente oder Eichhörnchen. Wie er allerdings diese für ihn lustvolle Passion mit seinem Priesteramt in Einklang brachte, blieb sein Geheimnis.

Pierre tat alles, um seinen Mummel vor dem nun inzwischen verhaßten Pater zu schützen. Er tarnte das Ställchen mit buschigen Zweigen, übertrieb dabei vor lauter Sorge und machte die versteckte Ecke im Garten erst recht auffällig. Seit der verunglückten Prozession hatte der Pater ein besonders waches Auge auf seinen Schützling, auch und gerade im Garten – was der kleine Junge natürlich nicht wußte.

Eines Tages war Mummel verschwunden. Pierre suchte verzweifelt in allen Ecken des Gartens. Nichts! Keine Spur von dem geliebten Häschen. Pierre konnte es nicht verstehen. Mummel hatte sich so wohl gefühlt und nicht einmal den Versuch unternommen, davonzuhoppeln.

Tieftraurig saß er an diesem Tag beim Abendessen. Es gab ja niemanden, dem er seinen Kummer hätte mitteilen können. Lustlos und ohne Appetit schaufelte er das leckere Essen in sich hinein, denn Nichtessen war auch eine Sünde. Man war zur Dankbarkeit verpflichtet, weil Gott den Tisch so reichlich deckte, wo doch Millionen hungerten.

Pierre entgingen die aufmerksamen Blicke des Paters, die auf ihn gerichtet waren. Er war ganz mit seinem Kummer um das verschwundene Kaninchen beschäftigt. Plötzlich sagte Pater Antoine:
»Was hast du, Pierre? Schmeckt dir das Essen nicht?«
»O doch, natürlich«, beeilte sich das Kind zu sagen. Der Pater lächelte süffisant. »Ist das Fleisch nicht besonders zart?«
»Ja, Pater Antoine. Ich habe nur keinen großen Hunger heute.«
»Ach, wirklich? Darf ich fragen, warum? Gibt es einen Grund dafür?«
»Nein«, sagte der unglückliche Junge und wagte nicht, den Blick zu heben. Er hatte oft genug erlebt, daß der Pater in seinen Augen lesen konnte.
»Lügst du mich nicht schon wieder an?«
»Ich ... ich habe wirklich keinen Hunger.«
»Das meine ich nicht, und du weißt das sehr gut. Also will ich dir den Grund sagen, warum du keinen Appetit hast. Der junge Herr vermißt seinen Stallhasen, nicht wahr?«
Pierre sprang von seinem Stuhl auf und vergaß völlig, daß unerlaubtes Aufstehen auch verboten war. Mit bebender Stimme fragte er:
»Oh, Pater Antoine, bitte, bitte, sagen Sie es mir! Wissen Sie, wo er ist?« Der sah das Kind mit seinen kalten Augen eine Weile an. Kein Muskel zuckte in seinem Gesicht. Dann nickte er und sagte:
»Du hast ihn eben gegessen!! Tierhaltung ist in diesem Hause verboten. Das wußtest du doch.«
Von einer Sekunde zur anderen wurde Pierre leichenblaß. Die Ungeheuerlichkeit dessen, was ihm da angetan worden war, warf den Jungen um. Ein Zittern durchlief seinen Körper, unmittelbar darauf begann er zu würgen, und dann erbrach er sich auf den Teppich.

Jetzt sprang auch Pater Antoine auf. Wütend schrie er nach Marie und auf den Jungen ein. Doch Pierre hörte nichts davon. Von immer wiederkehrendem Brechreiz geschüttelt, lag er wimmernd am Boden.

Marie kam hereingestürzt, sah das Kind und erschrak fürchterlich.

»Was hat er denn?« fragte sie und beugte sich über Pierre.

»Wie soll ich das wissen?« schnauzte Pater Antoine. »Wahrscheinlich etwas Schlechtes gegessen.« Maries Blick irrte über den Tisch, auf dem noch die Reste des Abendessens standen. Verständnislos sagte sie:

»Aber er kann doch nichts anderes gegessen haben als das Ka...«

»Schweigen Sie endlich«, unterbrach sie der Pater schnell. »Heben Sie ihn endlich auf, säubern Sie ihn, und bringen Sie ihn zu Bett. Und dann bleiben Sie bei ihm, bis er sich beruhigt hat. Ihre Arbeit kann Florine übernehmen. Ich werde Madame Lumière Bescheid sagen.«

Mit diesen barschen Anordnungen und angewidertem Gesicht verließ der Pater den Schauplatz seiner häßlichen Tat. Marie nahm den Buben in ihre kräftigen Arme und sprach mitleidig und beruhigend auf ihn ein.

»Komm, mon cher, wird ja alles wieder gut. Mußt nicht mehr weinen, Marie ist ja da. Jetzt mach ich dich schön sauber, und dann gehst du in dein Bett, und ich bleibe bei dir, bis du eingeschlafen bist. Sei mein braver Junge, Marie hat dich lieb. Bald fühlst du dich besser.«

Doch so sehr sich die Gute auch Mühe gab, Pierres Befinden besserte sich keineswegs, sondern verschlechterte sich noch. Immer wieder mußte er sich erbrechen, obwohl er schon längst nichts mehr im Magen hatte. Dann fing er an zu fiebern und zu phantasieren – glaubte Marie zuerst. Doch während sie mit rührender Geduld seine heiße Stirn mit nassen Tüchern kühlte, dämmerte ihr nach und nach, daß das Kind in seinen Fieberträumen eine Wahrheit erzählte, die das einfache Mädchen zunächst nicht glauben konnte, so grausam und verabscheuenswürdig war sie.

Jetzt fiel ihr auch nach und nach ein, daß Pierre sich bei ihr öfter Nahrungsmittelreste geholt hatte. Sie war in dem Glauben gewesen, er füttere damit Tiere im Garten, Eichhörnchen, Krähen und die Goldfische. Nicht im Traum wäre sie auf den Gedanken gekommen, daß das Karnickel, das der Pater ihr am Morgen gebracht hatte, Pierre gehört haben könnte. Doch nach dem, was der Junge im Fieber vor sich hinredete, konnte es nur so gewesen sein.

Marie war eine unkomplizierte, nicht übermäßig intelligente Frau, doch sie besaß ein gutes Herz und Verantwortungsgefühl. Sie arbeitete gerne in diesem schönen Haus, wäre auch gerne weiter hiergeblieben, doch das Maß ihrer Empörung über die erbarmungslosen Erziehungsmethoden des Paters war voll. Vielleicht wäre sie ohne diesen letzten, grausamen Streich des Lehrers gar nicht auf die Idee gekommen, sich für Pierre so einzusetzen, wie sie es jetzt tat. Es mußte etwas geschehen, sonst ging das Kind vor die Hunde. Sie mußte Hilfe von außen holen.

Als Pater Antoine gegen zehn Uhr in Pierres Schlafzimmer kam und fragte: »Na, hat er sich beruhigt?«, antwortete Marie böse:

»Nein, Monsieur, es geht dem Jungen sehr schlecht. Er hat hohes Fieber und braucht einen Arzt.«

»Wie wollen *Sie* das denn beurteilen?« sagte Pater Antoine von oben herab.

»Ich habe Augen im Kopf, Monsieur. Sehen Sie ihn sich doch an.«

Widerwillig warf der Priester einen Blick auf das Kind und meinte: »Also gut, wenn Sie darauf bestehen. Ich werde Doktor Gaspard morgen kommen lassen.«

»Nein, Monsieur«, erwiderte Marie fest. »Nicht morgen, sondern sofort!«
»Was fällt Ihnen ein? Hier bestimme ich«, herrschte er sie an.
Doch Marie ließ sich nicht einschüchtern. Tapfer sagte sie:
»Das mag schon sein, Monsieur, aber wenn Sie den Doktor nicht anrufen, dann gehe *ich* ihn holen, und zwar sofort!«
»Was nehmen Sie sich denn heraus, Sie Küchentrampel? Ich werde mich über Sie beschweren. Wer, glauben Sie, sind Sie denn?«
An diesem Tag wuchs die sonst so gutmütige Marie über sich hinaus. Furchtlos sah sie dem wütenden Mann in die Augen.
»Ich bin nur ein einfaches Mädchen vom Lande, Monsieur, das dieses Kind hier seit seiner Geburt kennt und liebt.« Mehr sagte sie nicht, drehte sich um und wollte das Zimmer verlassen.
»Halt«, schrie Pater Antoine. »Sie bleiben hier.«
»Tut mir leid, Monsieur, meine Arbeitszeit ist seit zwei Stunden beendet. Ich werde Josefine bitten, herzukommen und bei Pierre Wache zu halten. Er darf nicht allein bleiben, denn er muß noch immer brechen. Er könnte daran ersticken.«
Mit dieser deutlichen Warnung ging Marie, ohne den Pater noch eines Blickes zu würdigen. Der lief unruhig im Zimmer auf und ab. Er biß sich auf die Lippen und dachte mit gerunzelter Stirn nach. War er zu weit gegangen? Ach, alles wegen eines albernen Karnickels! Mißmutig blickte er zu dem Kind hin, das in einen unruhigen Schlummer gefallen war. Dieser Bursche! Er würde noch einmal der Nagel zu seinem Sarg sein. Kinder waren nun mal nicht sein Fall. Doch ganz wohl schien er sich in seiner Haut nicht zu fühlen. Er ging in sein Zimmer und telefonierte.

Der Krug geht so lange zum Brunnen, bis er bricht

Marie Lombard rüttelte Josefine aus dem ersten Schlaf. Inzwischen war es fast elf Uhr nachts geworden.

»Was ist denn los?« fragte das verschlafene Mädchen. »Brennt es?«

»Nein, es brennt nicht, Josefine, aber Pierre ist sehr krank. Tut mir leid, aber du mußt aufstehen und eine Weile bei ihm Wache halten. Ich hole den Doktor.«

»Warum rufst du ihn nicht einfach an? Und überhaupt – wo ist der Pater?«

Ungeduldig antwortete Marie:

»Er ist oben, aber das ist eine lange Geschichte, die erzähle ich dir morgen. Jetzt zieh dich schon an, und beeil dich. Ich habe noch was zu erledigen. Noch eines, Josefine. Wenn der Doktor vor mir kommt, dann spitze deine Ohren. Ich möchte wissen, über was er sich mit Pater Antoine unterhält. Wirst du dir das merken können?«

Beleidigt sagte Josefine:

»Ich bin ja nicht ganz blöd.« Aber sie beeilte sich wirklich, um zu dem kranken Kind zu kommen.

Nachdem Marie ihren Liebling in guten Händen wußte, machte sie sich auf den Weg in die Altstadt. Hier war es heute nicht so still wie sonst, denn in der Bucht von Villefranche ankerte ein amerikanischer Kreuzer. Die Matrosen hatten Landgang und amüsierten sich mit den hübschen französischen Mädchen der kleinen Stadt. Marie schritt rasch aus. Sie wollte möglichst schnell bei Doktor Gaspard sein, dem sie voll vertraute und der sich trotz der späten Stunde sicher sofort auf den Weg machen würde. Sie aber hatte sich vorgenommen, nach Erledigung ihres selbsterteilten Auftrages die Kinderschwester Juliette Lemaire aus dem Schlaf zu klingeln. Juliette, mit der sie wunderbar zusammengearbeitet hatte, wußte bestimmt, was zu tun sei, um dem armen Jungen zu helfen. Juliette war klug und gebildet und außerdem mit der Hausdame, Madame Durant, befreundet, die wiederum eine Cousine von Monsieur Vallier war.

In Maries armem Kopf ging es ziemlich durcheinander. Denken war nicht unbedingt ihre Sache, und noch nie in ihrem Leben hatte sie Eigeninitiative entwickelt, doch für das, was sie heute tat, brauchte man keinen Kopf, nur das Herz auf dem richtigen Fleck. Während sie sich dem Hause des Doktors näherte, wunderte sie sich, daß es hellerleuchtet war. Als Madame Gaspard auf ihr Läuten öffnete, kam ihr der Doktor mit seinem Arztkoffer schon entgegen.

»Ach, Marie, Sie haben sich selber auf den Weg gemacht. Das ist brav, aber der Pater hat mich angerufen. Er sagte mir, daß Pierre fiebert und sich ständig erbricht. Vielleicht ist es eine Magen-Darm-Infektion. Na, mal sehen, der Pater wird mir ja sagen können, was der Junge gegessen hat. Danke, Marie, daß Sie gekommen sind. Soll ich Sie mit zurücknehmen?« Marie winkte hastig ab.

»Vielen Dank, Doktor, aber ich habe noch einen Weg zu erledigen.«

»Was denn, mitten in der Nacht? Marie, Marie, Sie sind doch nicht etwa verliebt?« Scherzhaft drohte er ihr mit dem Finger, bevor er zu seinem Wagen eilte.

Hastig verabschiedete sie sich von der Frau des Doktors, ehe diese ihr auch noch verfängliche Fragen stellen konnte. Auf dem Weg zu Juliette dachte sie grimmig an den Pater und zweifelte sehr daran, daß dieser dem Arzt erzählen würde, was für eine Sorte Kaninchen das Kind gegessen hatte. Aber Juliette besaß bestimmt den Mut und die Kraft, die Wahrheit ans Licht zu bringen.

Mademoiselle Lemaire schlief noch nicht. Sie machte im Augenblick eine depressive Phase durch, empfand die Arbeit im Kinderheim als unbefriedigend und überdachte zum wiederholten Male ihr bisheriges Leben. Ihre einzige Freude und Abwechslung bestand in ihren wöchentlichen Treffen mit Madame Durant. Tatsächlich ähnelten sich ihre Schicksale sehr. Beide Frauen hatten die Vierzig erreicht, beide stellten das Wohlergehen der ihnen anvertrauten Kinder über ihr eigenes, und beide verpaßten so den Anschluß. Dabei waren sie hübsch, gebildet und warmherzig und wären eigentlich ideale Ehefrauen und Mütter geworden.

Juliette hatte Pierre im letzten Jahr – er war nun fast acht Jahre alt – nur in der Kirche bei den Gottesdiensten gesehen und ab und zu zwei, drei Worte mit ihm wechseln können. Immer stiller kam ihr das Kind vor. Nur in seinen Augen las sie jedesmal drängender die Frage. »Wann darf ich dich endlich besuchen?« Doch obwohl Amélie Durant versuchte, ein Treffen zustande zu bringen – der Pater unterlief alle ihre Bemühungen. Es schien so, als sei Jean Vallier von dem priesterlichen Lehrer seines Sohnes geradezu verhext. Vielleicht stimmte das sogar, wenn auch nur im übertragenen Sinn. Beide Männer waren sich in ihrer überzogenen Pflichtauffassung und Strenge sehr ähnlich, genauso wie in der Unfähigkeit, ihre eigenen Fehler einzusehen.

Als Marie bei Mademoiselle Lemaire Sturm läutete, hörte diese gerade die Übertragung eines Mozart-Konzertes und erschrak fürchterlich. Wer konnte noch so spät an ihrer Türe klingeln? Ängstlich dachte sie an die vielen Überfälle, die sich in der letzten Zeit in Südfrankreich häuften und die auch von Klingelgangstern verübt wurden. Sie sah auf die Uhr.

Fast Mitternacht. Vorsichtig fragte sie über die Sprechanlage: »Wer ist da?« Sie erkannte sofort Maries aufgeregte Stimme, die sie unter Hunderten herausgehört hätte. Sie öffnete die Tür. Marie kam heraufgepoltert und fing schon auf der Treppe, noch atemlos, an, sich für ihren späten Besuch zu entschuldigen.

»Kommen Sie, Marie, kommen Sie herein, da können Sie mir alles erzählen. Wir wollen doch die anderen Mieter nicht aufwecken.« Sie führte das Mädchen in ihren behaglichen Wohnraum, drehte das Radio ab, drückte Marie sanft in einen Sessel und mixte ihr einen harmlosen Drink.

»So, nun trinken Sie einen Schluck, und dann erzählen Sie mir, was passiert ist. Ich tippe darauf, Sie hatten Ärger mit Pater Antoine. Habe ich recht?«

»Oh, Juliette, wenn es nur das wäre. Ich habe ein dickes Fell und kann vieles einstecken. Aber der kleine Pierre...«

Juliette Lemaire hörte, immer fassungsloser, der unglaublichen Geschichte zu, die Marie zu erzählen hatte. Zuerst dachte sie, daß es sich um einen Irrtum des Hausmädchens handeln müßte, das den Pater noch nie hatte leiden können, obwohl es stur seine Pflicht tat und für ihn arbeitete. Doch Marie überzeugte sie von der Wahrheit, von der gefühlsrohen Wahrheit.

»Bevor ich zum Doktor rannte«, erzählte Marie, »bin ich in den hinteren Garten geschlichen. Wenn überhaupt, dann konnte sich nur dort ein Versteck befinden, in dem Pierre das Karnickel – fragen Sie mich nicht, wie er es gefangen hat – verborgen hielt. Selbst wenn man dieses Versteck beseitigt hätte, müßten sich Spuren davon finden. Ich bin auf dem Lande groß geworden. Karnickel hinterlassen überall welche. Aber Pater Antoine hat sich nicht einmal die Mühe gemacht, sie zu verwischen. Es muß von Anfang an seine Absicht gewesen sein, dem Jungen auf diese teuflische Art und Weise die Tierhaltung ein für allemal zu vermiesen. Wie abscheulich dieser Mensch ist!«

Marie begann zu weinen. »Wie schrecklich für unseren kleinen Pierre. Juliette, ich fand ein kleines, primitives Ställchen aus Dachpappe, das sogar an einer Seite offen war. Wahrscheinlich fühlte sich der Hase darin sehr wohl, denn er ist ihm ja nicht davongelaufen, bis ihn Pater Antoines Schrotkugeln erwischten. Hätte ich nur eine Ahnung davon gehabt! Hätte Pierre mir nur eine winzige Andeutung über die Existenz seines Hasen gemacht, das alles wäre nicht passiert. Aber der Junge hat, seit Sie weg sind, zu niemandem mehr Vertrauen. Nicht einmal zu mir. Helfen Sie ihm!«

Juliette seufzte.

»Ich hoffe, ich kann es. Ich werde auf jeden Fall alles versuchen. Wissen Sie, Marie, Monsieur Vallier ist zwar ein harter Mann, der nach Prinzipien lebt, die er für richtig hält, aber ich kann mir nicht vorstellen, daß er, wenn er die Wahrheit über die heutigen Ereignisse erfährt, keine Konsequenzen zieht. Ich bin im Zorn mit ihm auseinandergegangen, hoffe aber, daß er mich trotzdem anhört. Sie sind ein wichtiger Zeuge, Marie. Haben Sie den Mut, zu dem zu stehen, was Sie gehört haben?«

»Wäre ich sonst hier?« fragte Marie einfach. »Verliere ich meine Stellung, stürzt der Himmel nicht ein. Ich werde eine andere finden.«

»Das ist der richtige Geist, Marie. Ich mochte Sie schon immer, aber heute, Marie, heute liebe ich Sie! Lassen Sie sich umarmen.«

Und Juliette umarmte die verlegene Marie, die sich auf der einen Seite tief unter Juliette stehend empfand, auf der anderen aber stolz auf sich war. Sie hatte der Welt zum erstenmal getrotzt, ihren kleinen, armseligen Geist – wie sie ihn selber nannte – gegen den des klugen, intriganten Priesters gewandt

und war Siegerin geblieben. Nachdem sie ihm ihre Meinung unmißverständlich kundgetan hatte, hatte er schnellstens den Doktor angerufen, um dem Vorwurf zu entgehen, daß ihn ein Hausmädchen auf seine Pflichten hatte aufmerksam machen müssen. Natürlich gab es keine Zeugen für ihre Unterhaltung, doch was machte das schon?
Marie schnappte nicht über. Sie blieb die, die sie war. Ihr neues Selbstbewußtsein verhalf ihr lediglich dazu, nicht nur bedingungslos Befehle auszuführen, ohne darüber nachzudenken, sondern sich eine eigene Meinung zu leisten und sie gegebenenfalls auch zu vertreten.

Drei Wochen nach diesen Ereignissen kehrte Jean Vallier von einer längeren Auslandsreise zurück. Wie immer bat er Pater Antoine zu einer Berichterstattung über die Fortschritte seines Sohnes. Der Pater zeigte sich ziemlich zurückhaltend, lobte sogar die Fortschritte, die Pierre gerade in Mathematik gemacht hatte, und beklagte sich nur darüber, daß der Junge sich seit einiger Zeit weigere, Fleisch zu essen.
»Wie kommt das?« Pater Antoine zuckte die Achseln.
»Ich weiß es nicht«, erwiderte er heuchlerisch. »Eine Marotte. Der Junge scheint in eine verfrühte Pubertät zu kommen.«
»Was denn! Mit acht Jahren? Pater Antoine, das glauben Sie doch wohl selbst nicht«, sagte Jean Vallier, ehrlich erstaunt.
»Was soll ich Ihnen darauf antworten, Monsieur Vallier? Ich bin kein Mediziner. Ich kann Ihnen nur Tatsachen berichten. Pierre war krank. Er hatte eine rätselhafte Infektion. Er erbrach sich dauernd. Auch Doktor Gaspard, den ich selbstverständlich sofort hinzugezogen hatte, konnte nichts Besonderes feststellen. Nach ein paar Tagen ging das Fieber erfreulicherweise zurück. Der Junge ist wieder ganz gesund, nur – er weigert sich, Fleisch zu essen.«
»Merkwürdig«, sagte Jean Vallier nachdenklich. »Na, hoffen

wir, daß sich das mit der Zeit gibt. Pierre hat uns ja schon manche Überraschung bereitet.«
Pater Antoine beeilte sich, das zu bestätigen. Das gefährliche Riff war umschifft, denn ihm waren schon Bedenken gekommen. Wer konnte denn auch vorausahnen, daß der Junge auf eine notwendige Erziehungsmaßnahme so überempfindlich reagieren würde.
Aber Pater Antoine wiegte sich in trügerischer Sicherheit. Wie ein Racheengel lauerte im Hintergrund die Kinderschwester Juliette Lemaire. Sie hatte, als die Heimkehr des Hausherrn bekannt wurde, sofort um eine Unterredung gebeten. Jean Vallier antwortete lange nicht. Freilich – sie war eine gute Kinderschwester gewesen. Doch der Fabrikant konnte nicht vergessen. Aufsässige Frauen haßte er. Eine Frau war in seinen Augen nur eine echte Frau, wenn sie sich ohne Murren dem Manne unterordnete, seine Überlegenheit anerkannte und sich mit ihrer Rolle als Zweiter abfand, und das auch noch mit Freuden!
Daß dem keineswegs mehr so war, wollte und konnte er nicht begreifen. Daran war seine Ehe gescheitert, daran scheiterten auch alle Versuche, eine neue Verbindung anzuknüpfen. Nun wollte ihn also diese aufmüpfige Kinderschwester sprechen. Warum, war ihm schleierhaft.
Nur weil ihn Amélie dazu drängte, gab er schließlich nach. Er hatte sich der Frauen letztendlich immer zu erwehren gewußt.
Diesmal erwartete ihn eine Überraschung. Juliette hatte sich, wie er feststellte, in den vier Jahren, in denen sie sich nicht gesehen hatten, noch zu ihrem Vorteil verändert. Sie war ein wenig voller, weicher und fraulicher geworden. Das gefiel Jean Vallier, und er gab sich freundlicher, als er es sich vorgenommen hatte.
»Nehmen Sie Platz, Mademoiselle Lemaire. Ich hoffe, es geht

Ihnen gut. Was für ein Anliegen führt Sie zu mir?« fragte er und lächelte sogar. Juliette sah ihm ohne Scheu in die Augen, in deren dunkler Tiefe noch immer versteckte Leidenschaft glühte. Ihr Herz klopfte ein bißchen schneller, fürchtete sie doch, daß allein die Erwähnung von Pierres Namen ihn wieder unzugänglich machen könnte.

So war es auch, wenigstens am Anfang. Sein Lächeln erlosch, und er versuchte, sie nach gewohnter Art sofort zu unterbrechen. Doch Juliette war darauf gefaßt, und sie verstand etwas von Psychologie. Sie sprach so schnell weiter, daß es eine grobe Unhöflichkeit gewesen wäre, ihren Redefluß zu stoppen. So hörte er ihr wohl oder übel zu. Und es gelang ihr tatsächlich, seine Aufmerksamkeit zu wecken. Hörte er ihr am Anfang nur widerstrebend zu, so steigerte sich sein Interesse von Minute zu Minute. Juliette bemerkte es mit innerem Jubel. Und als er sie dann später wirklich unterbrach, war es nur, um mit der Hand auf den Tisch zu schlagen und auszurufen:

»Was Sie mir da erzählen, ist in der Tat eine geradezu widerliche Geschichte! Ich sage Ihnen ehrlich, Mademoiselle, ich kann es kaum glauben. Würden Sie mir bitte verraten, woher Sie das alles so genau wissen? Es ist doch wohl nicht schon in der Stadt herum?« Wenn auch Juliette bitter zur Kenntnis nahm, daß seine erste Sorge seinem guten Ruf galt, so wollte sie doch nicht ungerecht gegen ihn sein. Sie beruhigte ihn.

»Natürlich nicht, Monsieur. Ich hielt es nur für unbedingt erforderlich, Dr. Gaspard einzuweihen, denn er konnte sich den Zustand des Jungen nicht erklären. Er ist an seinen Eid gebunden.«

»Oh, Gaspard ist in Ordnung«, sagte Vallier. »Doch, Mademoiselle, Sie haben mir meine Frage noch nicht beantwortet: Wer unterrichtete Sie von dem abscheulichen Vorfall?«

»Marie Lombard, Monsieur. Sie wurde von Pater Antoine

gerufen und fand den Jungen fast besinnungslos neben Erbrochenem auf dem Fußboden liegend, während Pater Antoine auf ihn einschrie. Sie säuberte Ihren Sohn, brachte ihn zu Bett und blieb bei ihm. So hatte es ihr Pater Antoine befohlen. Später bekam Pierre hohes Fieber und fing an zu phantasieren, während er sich immer wieder erbrechen mußte. Marie hörte zu. Sie hatte ja nichts anderes zu tun. Sie ist nicht besonders hell im Kopf, Monsieur, aber treu und zuverlässig. Es dauerte wohl eine Weile, bis sie die Zusammenhänge begriff und sich die gestammelten Worte des Kindes zu einer Geschichte zusammenreimen konnte, die Sie eben abscheulich genannt haben. Marie hatte ja selbst das Kaninchen zubereitet, das ihr Pater Antoine am Morgen gebracht hatte. Die Gute war völlig geschockt und sehr besorgt um Pierre. Später verlangte sie von Pater Antoine, einen Arzt zu holen, was er ihr rüde verweigerte und erst am nächsten Morgen tun wollte. Danach handelte Marie sehr umsichtig. Sie schickte das Hausmädchen Josefine zu dem Jungen, der wegen der Erstickungsgefahr nicht allein gelassen werden durfte, und ging selbst hinunter nach Villefranche, um Doktor Gaspard zu holen.
Was der Pater in dieser Zeit getan hat – das kann ich Ihnen allerdings nicht sagen. Für mich steht nur fest, daß er ein schlechtes Gewissen bekam und nach dem Arzt telefonierte. Doktor Gaspard war schon von ihm unterrichtet, als Marie bei ihm ankam. Da war es bereits Mitternacht. Als Marie den Arzt unterwegs wußte, kam sie schnurstracks zu mir und bat mich völlig aufgelöst, dem Jungen zu helfen. Deshalb bin ich hier, Monsieur, und ich hoffe auf Ihren Gerechtigkeitssinn und Ihr Verständnis.«
Juliette lehnte sich erschöpft zurück. Bei den letzten Worten zitterte ihre Stimme. Alles hing jetzt davon ab, ob ihr Appell sein Herz erreicht hatte.
Vallier stand auf, ging zum Fenster und sah hinaus in den

Rosengarten, dem sein Haus seinen Namen verdankte. Eine Weile hing Schweigen im Raum. Dann drehte er sich um und sagte:
»Sie haben mich überzeugt, Mademoiselle. Erstens weiß ich, daß Ihre Berufsauffassung tadellos ist, zum zweiten bin ich bereit, Marie Lombard zu glauben. Ein so einfaches Gemüt kann sich so eine Story nicht ausdenken. Natürlich werden Sie verstehen, daß ich Pierre und Pater Antoine dazu hören muß.«
»Doch wohl nicht zusammen?« fragte Juliette entsetzt. Jean Vallier lächelte, und wieder dachte Juliette, wie menschlich warm ein Lächeln das Gesicht eines Menschen veränderte.
»Halten Sie mich noch immer für einen kaltherzigen Vater, Mademoiselle? Glauben das wirklich alle?«
Diese Frage verwirrte Juliette. In ihr schwang ein Unterton von Resignation mit, und plötzlich dachte sie: Dieser Mann hat auch seinen Kummer. Sie überlegte sich ihre Antwort gut, obwohl ihr nicht viel Zeit blieb. Vorsichtig entgegnete sie:
»Ich glaube, Monsieur, Sie sind nicht kaltherzig, Sie verlangen nur Unmögliches von Ihren Kindern. Ihnen schwebt vor, sie zu Musterexemplaren zu machen. Sie verwechseln Erziehung mit Dressur. Verzeihen Sie, bitte, wenn ich so direkt bin, ich...« Verlegen brach sie den Satz ab. Die Unterredung nahm einen Verlauf, den sie nicht gewollt hatte.
»Schon gut, Mademoiselle Lemaire. Ich hab verstanden, und vielleicht haben Sie nicht so unrecht. Von mir wurden stets Hochleistungen erwartet. Ich habe sie erbracht, nur...« Auch er vollendete seinen Satz nicht. Doch Juliette konnte es sich denken: »Nur mir haben sie kein Glück gebracht.« So ähnlich dachte er wohl. Der Dialog war mit einemmal ins Stocken geraten. Doch ohne konkretes Ergebnis wollte Juliette das Zimmer nicht verlassen. So nahm sie noch einmal Anlauf:

»Monsieur Vallier, ist es erlaubt zu fragen, was Sie vorhaben? Sie wissen, wie gerne ich Pierre habe. Sein weiteres Schicksal liegt mir am Herzen.«

»Ich weiß«, sagte Jean Vallier, und wieder lag auf seinem Gesicht ein Lächeln, das bestimmt schon viele Frauen verzaubert hatte.

»Ich werde erst mit Pierre und dann mit Pater Antoine reden.«

»Pierre wird Ihnen aus lauter Angst vor dem Pater nichts sagen«, rief Juliette überzeugt.

Vallier schüttelte den Kopf.

»Er wird, wenn ich ihm sage, daß ich Pater Antoine entlassen werde. Ich bin nicht nur auf Grund Ihrer Schilderungen zu der Überzeugung gekommen, daß ein einziger Lehrer für ein Kind nicht gut ist. Er wird einen neuen bekommen und in zwei, drei Jahren auf ein Internat wechseln. Also, Mademoiselle, betrachten Sie den Pater schon jetzt als entlassen.«

»Ist das Ihr Ernst, Monsieur?« Juliette sprang auf. Vor Freude vergaß sie die Anstandsregeln. Sie stand dem Fabrikanten gegenüber, selbstvergessen, mit strahlendem Blick. In diesem Augenblick des Triumphes hätte sie kein Mensch für dreiundvierzig gehalten, so unglaublich jung wirkte sie in ihrer Freude. Sie hatte erreicht, was ihr unerreichbar schien. Es war ihr gelungen, Pierre den Klauen des Paters zu entreißen. Sie konnte nicht ahnen, daß ihr Rettungsfeldzug nur zu einem weiteren Desaster führte. Auch Jean Vallier wußte nicht, daß er zu spät reagiert hatte. Jean Vallier dachte in diesem Augenblick überhaupt nicht an seinen Sohn. Er sah nur Juliette Lemaire. Schmerzlich wurde ihm bewußt, wie lange er schon keine Frau mehr in den Armen gehalten hatte. Und so war es keine verlogene Bewunderung, als er sie zum Abschied fragte:

»Hat Ihnen schon einmal jemand gesagt, was für wunderschöne Augen Sie haben?«

Juliette ärgerte sich, weil ihr das Blut in die Wangen schoß. Sie wäre keine Frau gewesen, wenn sie sich über das Kompliment nicht gefreut hätte, zumal sie es aus dem Munde ausgerechnet dieses Mannes bestimmt nicht erwartet hätte. Um ihrer Verlegenheit Herr zu werden, kam sie schnell noch einmal auf Pierre zu sprechen.

»Monsieur, ich bin Ihnen außerordentlich dankbar. Der Junge ist mir so lieb, als wäre er mein eigener Sohn. Er hat blendende Anlagen und wird Ihnen Ehre machen, wenn Sie ihm genügend Freiraum geben. Finden Sie einen toleranten Lehrer für ihn.«

Was die Toleranz anging, tat sich der Parfumfabrikant schwer, aus dem einfachen Grunde, weil er es selbst nicht war. Seit er die Leitung des väterlichen Großbetriebes übernommen hatte, galt für ihn und seine Umgebung nur eine Meinung als die allein richtige: seine eigene. Sowohl im Privaten als auch im Berufsleben. Stellte sich jemand auf einen anderen Standpunkt, so bekam er sehr schnell die kompromißlose Härte Valliers zu spüren. Widerspruch vertrug er nicht. Nur wenige wagten es, dennoch Rückgrat zu zeigen, und bei ihnen handelte es sich um Leute, auf die er nicht verzichten konnte oder wollte. Da war zum Beispiel der wichtigste Mann in seiner Fabrik, der Duftkompositeur und Chef-Parfumeur Hector Besson, von jedermann respektvoll »die Nase« genannt. Dieser Mann hatte ihm Millionen eingebracht, er besaß Narrenfreiheit, aber nicht allein aus diesem Grunde, sondern weil er auf seinem Gebiet unglaubliche Leistungen erbrachte. Und Leistung und Erfolg rangen ihm Respekt ab. Deshalb konnte auch Madame Lumière, die Köchin, eine kesse Lippe riskieren. Sie vollbrachte in ihrer Küche die gleichen Wunder wie Hector Besson in der Fabrik.

Um so verwunderlicher erschien es, daß er die schulischen Erfolge seines Sohnes kaum zur Kenntnis nahm.

Aber nahm er die Existenz seiner Kinder überhaupt zur Kenntnis?
Dieser Gedanke machte ihm nach der Unterredung mit der Kinderschwester mit einemmal zu schaffen. Irgendwie und ohne daß er es wahrnahm, ging in diesen Tagen eine Veränderung in ihm vor. Vielleicht, weil ihm die noch immer hübsche Kinderschwester vor Augen geführt hatte, wie leer und einsam sein Leben seit Jahren war. Liebe spielte darin schon lange keine Rolle mehr. Ab und zu eine käufliche Schöne, danach Ekel und doppelte Leere. Arbeit und die Jagd nach noch mehr Macht und finanziellen Erfolgen füllten seine Tage aus. War das alles?
Immer öfter ertappte er sich jetzt dabei, wie er jungen Paaren beim Spaziergang hinterhersah, die Hand in Hand auf der Promenade des Anglais in Nizza flanierten, von zwei, drei Kindern umsprungen, mit denen sie fröhlich debattierten. Heimlich verfluchte er dann das Schicksal, das ihm die Frau genommen hatte; wurde sich bewußt, daß die Liebe zu ihr noch immer in seinem Herzen brannte wie ein höllisches Feuer. Konnte er nur deshalb bisher den Anblick seiner Kinder nicht ertragen?
Langsam dämmerte ihm, daß er sich selbst um sein Glück betrog. Kinder waren zwar kein Ersatz für den geliebten Partner, doch sie schenkten Freude und manchmal sogar Vergessen. Warum nahm er diese Freude nicht wahr? Sie stand ihm schließlich zu, er war der Vater. Es war typisch für Jean Vallier, wieder einmal in erster Linie an sich zu denken. Was er den Kindern in all den Jahren des Liebesentzuges angetan hatte, berührte sein Herz nicht. Immerhin überdachte er sein Erziehungskonzept, und endlich handelte er auch.
Pierre war recht groß für seine acht Jahre. Sehr dünn, blaß, mit unruhigen Augen, die im Zimmer umherirrten, nur um den Vater nicht ansehen zu müssen. Er wußte nicht, warum

er zu ihm gerufen worden war, doch seiner Erfahrung nach konnte es sich nur um etwas Unangenehmes handeln. Zwar fiel ihm beim besten Willen nicht ein, welcher Schandtat der Pater ihn nun wieder beschuldigte, doch irgend etwas hatte er sich bestimmt ausgedacht und die Strafe dafür schon parat.
Jean Vallier betrachtete seinen Sohn eine ganze Weile, ehe er ihn ansprach. Merkwürdig – immer wieder überfiel ihn das gleiche unangenehme Gefühl: Wie konnte dieser Junge sein Sohn sein! Der unstete Blick der wasserhellen Augen, die weißblonden Haare, die Pater Antoine kräftig gestutzt hatte, so daß die Naturlocken sich nur noch fast grotesk auf der Schädelplatte kringelten, die devote Haltung, die hängenden Schultern trotz täglicher Sportübungen, die vollen, mädchenhaften Lippen ... Vallier kam sein Sohn wie ein Wesen von einem anderen Stern vor. Mit ihm würde er wohl nie ein inniges Verhältnis haben können, doch er wollte ihm gegenüber nun wenigstens gerecht sein.
»Setz dich, Pierre«, sagte er und deutete auf einen Stuhl vor seinem Schreibtisch. Der Junge horchte auf. Eigentlich war diese Aufforderung schon sensationell. Bisher mußte er dem Vater immer stehend Rechenschaft ablegen. Vorsichtig setzte er sich auf die äußerste Kante des Stuhles, ohne daß ihm bewußt wurde, daß er damit eine Fluchthaltung einnahm. Noch hatte er außer »Bonjour, Papa« kein Wort gesagt. Wieder sah ihn der Vater durchdringend an. Unter diesem Blick wurde ihm heiß. Er senkte die Augenlider. Vater und Sohn waren gleichermaßen verlegen.
»Wie geht es dir, Pierre?« begann Vallier das denkwürdige Frage-und-Antwort-Spiel. »Machst du Fortschritte?«
»Danke, Papa, es geht mir gut«, antwortete Pierre wie eine Marionette. »Meine Fortschritte sind wohl nicht so besonders, weil ... weil ...« Der Junge verstummte und rang unaufhörlich die Hände in seinem Schoß. Ein schleifendes Ge-

räusch in der Stille des Raumes. Eine Geste, die Vallier haßte. »Halt doch die Hände still, Junge«, sagte er ärgerlich, dabei wollte er alles andere als ärgerlich sein. Pierre versteckte erschrocken seine Hände hinter dem Rücken. Der Vater sprang über seinen Schatten – er entschuldigte sich!
»Sei mir nicht böse, Pierre, ich bin etwas nervös. Also, weil was? Hör zu, Junge. Du brauchst keine Angst vor mir zu haben. Was du mir heute hier erzählst, wird Pater Antoine nicht erfahren. Ich gebe dir mein Ehrenwort darauf. Ich will nur nicht, daß du mich anlügst, verstehst du das? Ich habe dich rufen lassen, weil mir zu Ohren gekommen ist, daß du unglücklich bist. Das war nie meine Absicht. Ich kann dir aber nur helfen, wenn du ehrlich bist.«
Pierre war nun so verunsichert, daß er mit den Füßen zu scharren anfing. Kleine Schweißperlen bildeten sich auf seiner Stirn. Vallier bemerkte es. Jetzt wußte er, daß die Kinderschwester die Wahrheit gesagt hatte. Dem Kind ging es schlecht. Es war nicht Liebe, es war Mitleid, das ihn ungewöhnlich milde sagen ließ:
»Pierre, wenn du mir meine Fragen wahrheitsgemäß beantwortest, wirst du Pater Antoine nicht wiedersehen müssen. Das ist ein Versprechen. Ein echter Vallier hat noch nie ein Versprechen gebrochen. Willst du also die Wahrheit sagen?«
Ungläubige Hoffnung zeigte sich auf dem Gesicht des Jungen.
»Wirklich?«
»Ganz bestimmt«, bestätigte Jean Vallier seinem Sohn und lächelte ihm sogar aufmunternd zu. Das brachte den kleinen Jungen zunächst völlig aus der Fassung. In seine Augen stiegen Tränen. Soweit er sich an sein kurzes Leben erinnern konnte – immer hatte ihn sein Erzeuger nur kalt und streng angesehen, sosehr er sich auch bemühte, ihm zu gefallen und ihn zufriedenzustellen. Daß der Vater offenbar auch anders sein konnte, erschütterte seine kleine Seele und

erweckte zugleich Zuversicht. Die Aussicht, den verhaßten Pater loszuwerden, ließ ihn vergessen, wie oft er auch den Vater gehaßt hatte. Noch war es dem Pater nicht gelungen, dem Achtjährigen jegliches Vertrauen zu rauben. Es war, als begriffe das Kind, daß sich ihm in diesem Augenblick die letzte Möglichkeit bot, die Liebe des Vaters doch noch zu erringen.

Impulsiv, wie es sonst gar nicht seine Art war, sprang er plötzlich auf und warf sich ihm in die Arme.

»Papa, hilf mir!«

Es war wie ein Aufschrei in höchster Not, der einen Stein erweichen konnte. Jean Vallier sah sich einer Situation gegenüber, auf die er nicht gefaßt war. Ungeschickt, verlegen und zugleich bestürzt schlossen sich seine Arme um das Kind, das ihm die teure Seidenkrawatte naßweinte. Ein merkwürdiges Gefühl beschlich ihn. Liebe war es nicht, eher eine Art schlechtes Gewissen, wenn er es bei sich auch nicht so genannt hätte.

»Aber, aber, Kind, so schlimm wird es doch nicht sein«, murmelte er. »Beruhige dich. So ein großer Junge weint doch nicht. Hast du kein Taschentuch? Komm, hier, nimm meins.«

Pierre nahm das Seidentuch, das einen feinen Duft ausströmte, in beide Hände, rubbelte sich das Gesicht damit trocken und befühlte es dann fast ehrfurchtsvoll.

»Wie weich das ist«, sagte er leise. Dann sah er seinen Vater scheu an und fragte:

»Darf ich es behalten?«

Vallier glaubte nun den Moment für gekommen, wo er sich des Jungen vorsichtig entledigen konnte, ohne ihn zu verletzen, denn das wollte er wirklich nicht. Aber die Umarmung des Kindes war ihm einfach unangenehm. Er hätte nicht zu sagen gewußt, warum, doch er konnte den Jungen einfach nicht lieben. Zu tief saß der Stachel der Eifersucht noch

immer in seinem Fleisch. Trotzdem war es sein aufrichtiger Wille, ihm zu helfen. Mit einem unsicheren Lachen schob er Pierre behutsam von sich und sagte:
»Wenn du möchtest ... von mir aus behalt es. Aber jetzt wollen wir wieder vernünftig sein, nicht wahr? Nun setzt du dich hin und erzählst mir alles, was vorgefallen ist. Das Kaninchen – wie bist du zu ihm gekommen? Ist es wahr, daß Pater Antoine...«
Und Pierre erzählte. Es war, als hätte sich eine Schleuse geöffnet, so sprudelte es aus ihm heraus.
Vallier war ein harter Mann. Aber was er da zu hören bekam, machte selbst ihn betroffen. Er befürwortete nach wie vor eine strenge Erziehung, dazu gehörte aber nicht, ein Kind zu quälen. Erstaunlicherweise glaubte er jedes Wort, und erst später kam ihm der Gedanke, daß er das ohne Juliette Lemaires Fürsprache nie getan hätte.
Als Pierre endlich schwieg, mit hochroten Wangen und hoffnungsfrohen Augen, sagte Vallier:
»Gut, mein Junge, ich weiß, du hast die Wahrheit gesagt. Pater Antoine hat es sicher auf seine Art mit dir gut gemeint, doch er hat dir auch viel Unrecht zugefügt. Das ist nicht das, was ich von einem Erzieher erwarte. Natürlich möchte ich, daß du ein starker, charakterfester Mann wirst. Aber dazu gehört bestimmt nicht, alles und jedes in Demut hinzunehmen und sich wie ein Lakai zu ducken. Das ist genau das Gegenteil von dem, was du lernen sollst. Ich will ja keinen Priester aus dir machen. Freilich muß man Gott lieben, zuweilen fürchten und der Kirche Respekt erweisen, aber auch wissen, wie man sich eine eigene Meinung bildet und sie vertritt.
Ich weiß, das alles verstehst du noch nicht, aber du bist ein kluger Junge. Und deshalb heißt es für dich: lernen, lernen, lernen. Das Spiel ist nur ein Zeitvertreib, das Lernen Pflicht.

Das Leben als Erwachsener erfordert, wenn man Erfolg haben will, nimmermüde, fleißige Menschen. Verträumte Spieler haben keine Chance. Denk daran, wenn dir deine Freizeit beschnitten wird. Ich werde dir einen neuen Erzieher suchen. In ein paar Jahren wirst du in ein Internat gehen, wo du dein Wissen mit Gleichaltrigen messen kannst. Ich erwarte, daß du einer der Besten sein wirst.«
Eine lange Rede für einen kleinen Buben. Viel blieb davon nicht hängen. Pierre hatte atemlos zugehört und nur auf den einen, erlösenden Satz gewartet. Endlich, endlich sprach ihn der Vater aus:
»Ich werde dir einen neuen Erzieher suchen!«
Das war es! Pater Antoine würde ihn nicht länger martern dürfen. Er mußte gehen. Was für ein Glück! Pierre fing plötzlich an zu zittern. Es war mal wieder zuviel für den empfindsamen kleinen Kerl. Mit einigem Befremden sah Jean Vallier dieses Zittern und die neuerlichen Tränen.
»Warum heulst du denn schon wieder?« fragte er fast verärgert.
Pierre wischte sich verlegen mit den kleinen Fäusten die Tränen weg. Das schöne Taschentuch des Vaters war vergessen, das er in seine Hosentasche gestopft hatte.
»Ich weiß nicht, Papa. Ich ... bin so doll froh!« In seiner Stimme schwang ein vergeblich unterdrückter Schluchzer. »Und ... und ... ich muß wirklich nicht zu Pater Antoine zurück? Wirklich nicht?«
»Nein. Das habe ich schon gesagt. Du meldest dich bei Marie. Für ein paar Tage hast du frei. Möchtest du vielleicht Mademoiselle Lemaire besuchen? Ja? Gut. Marie wird dich zu ihr bringen. Aber nur, wenn du sofort aufhörst zu weinen. Ich mag keine Heulsusen.«
Pierre schluckte mit größter Anstrengung seine Tränen hinunter.

Wieder sprang er auf und wollte den Vater umarmen. Vallier verhinderte das.

»Junge, gewöhn dir diese Gefühlsausbrüche ab. Ein Mann muß sich in jeder Lage beherrschen können, verstanden? Und nun lauf. Marie wird mit dem Abendessen auf dich warten.«

Pierre gab sich die größte Mühe, dem Vater gerecht zu werden. Brav stand er auf und sagte nur leise:

»Danke, Papa. Danke.« Er verbeugte sich sogar, was Vallier überhaupt nicht gefiel. Es wurde wirklich Zeit, daß der Pater abgelöst wurde. Einen servilen Duckmäuser konnte er in seiner Familie, weiß Gott, nicht gebrauchen.

»Nun geh schon«, sagte er barsch. Pierre verschwand lautlos wie eine kleines Nachttier. Um nichts in der Welt wollte er den Vater erzürnen, bevor Pater Antoine für immer aus der Rosenvilla verschwunden war.

Wandlungen

Wie die letzte Unterredung Jean Valliers mit Pater Antoine verlief, erfuhr niemand: weder das Hauspersonal einschließlich Madame Durant noch die Kinderschwester Juliette Lemaire und schon gar nicht Pierre. Den interessierte das als einzigen überhaupt nicht. Alle aber konnten mit Genugtuung den Pater die Rosenvilla verlassen sehen. Drei Tage nach der Aussprache zwischen Vater und Sohn verließ Pater Antoine das weiße Haus am Meer. Er ging, wie er gekommen war, in demselben schäbigen Anzug, mit demselben kleinen Koffer, der seine wenigen Habseligkeiten barg, und demselben schwarzen Schlapphut mit der heruntergezogenen Krempe. Er warf keinen einzigen Blick zurück. Er hatte sich auch von niemandem verabschiedet. Kein Mensch zeigte sich zu dieser Stunde. Haus und Auffahrt schienen wie ausgestorben zu sein.

Und doch sahen sie alle seinen Abgang, verborgen hinter Gardinen oder Mauervorsprüngen. Und es gab keinen unter ihnen, der dieser düsteren Gestalt nicht mit geheimer Freude nachsah. Sie alle standen loyal hinter »ihrer« Familie und »ihren« Kindern. Für den einsamen kleinen Pierre konnte es nur besser werden. Das war die große Hoffnung, die alle miteinander teilten, allen voran natürlich der Junge, der sich zum erstenmal in seinem Leben wirklich glücklich fühlte. Er durfte eine wundervolle Woche mit seiner Juliette verbringen, die sich spontan Urlaub nahm, um ganz für das Kind dazusein. Pierre sah seine Freunde Hector und Valérie Gaspard wieder. Ungezwungen und fröhlich durften sie Kinderspielen nachgehen und fanden Verständnis bei den Erwachsenen. Der kleine Pierre war wie ausgewechselt. Ungebärdig tollte er mit dem kleinen Mischlingshund Jo-Jo herum, durfte ihn füttern, streicheln, liebhaben.

Juliette Lemaire und ihre Freunde, der Kinderarzt Emile Gaspard und seine Frau, hofften, daß nun bessere Zeiten für den Jungen anbrechen würden. Glaubten allen Ernstes, daß der Parfumfabrikant eingesehen hatte, wie schädlich für die Zukunft eines jungen Menschen eine so einseitige Erziehung sein mußte. Doch keiner von ihnen kannte Jean Vallier wirklich.

Der war zwar im nachhinein mit den Methoden eines Pater Antoine nicht einverstanden – die gingen selbst ihm zu weit –, was jedoch längst nicht bedeutete, daß er von seinem einmal gefaßten Erziehungsplan abwich. In seinen Augen war und blieb Pierre ein Weichling, auch nach und gerade wegen seines Zärtlichkeitsausbruchs, der ihm noch heute unangenehm aufstieß. Er machte sich nicht klar, daß es sein eigenes schlechtes Gewissen war, das ihn so denken ließ.

Das Gespräch mit Juliette Lemaire, das unglückliche Gesicht seines Sohnes, dessen Schrei nach Hilfe, die kurze, markante Auseinandersetzung mit dem Pater und eine aufschlußreiche Unterredung mit seiner Cousine, Madame Durant, der Hausdame, bewirkte in ihm eine Kehrtwendung – leider nur, was seine Tochter Vera anbetraf.

Von Pierre hatte er so nebenbei erfahren, daß seine Tochter seit Jahren einen zahmen Raben zum Freund hatte, was ihm natürlich völlig unwahrscheinlich vorkam und wofür er den Jungen sofort wieder der Lüge bezichtigte. Später stellte er fest, daß es keine Schwindelei war. Er lernte den Raben, den seine Tochter »Monsieur Emile« getauft hatte, persönlich kennen. Einen Kolkraben, dem Vera das Sprechen beigebracht hatte. Einen unglaublich klugen, ulkigen Vogel. Mit seiner Hilfe fand er den Weg zum Herzen seiner Tochter. Staunend stellte er fest, wie wunderbar es war, vom eigenen Kind geliebt statt nur gefürchtet zu werden. Bei Vera fiel ihm das leicht, weil sie, je älter sie wurde, immer mehr ihrer Mutter Fleure ähnelte.

Fleure, die noch immer sein Herz beherrschte. Ohne es zu wissen, machte er eine echte Wandlung durch. Er entdeckte seine Tochter. Ja, man konnte sogar sagen: Er verliebte sich in das kleine Mädchen. Vera war zu dieser Zeit knapp zwölf Jahre alt.

Leider änderte das nichts am Verhältnis zu seinem Sohn. Pierre blieb ihm fremd. Zwar fühlte er jetzt mehr Verantwortung, aber er weigerte sich nach wie vor, ihn an sich herankommen zu lassen. Er besorgte ihm einen neuen Hauslehrer. Geld spielte dabei keine Rolle. Er wollte das Beste vom Besten. So fiel seine Wahl auf einen Mann, der zuvor die Enkelkinder des Barons Rothschild betreut hatte.

Monsieur Michel Le Pors war ein kleiner, dicklicher Mann mit dicken Brillengläsern und den allerbesten Zeugnissen. Das Honorar, das er verlangte, konnte sich sehen lassen. Doch darauf kam es Vallier nicht an. Wichtig waren ihm nicht nur die Zeugnisse, sondern auch, daß Monsieur Le Pors ein außerordentlich freundlicher Mann zu sein schien. Das breite Lächeln auf seinem roten Gesicht erlosch nie. Er war sozusagen die Freundlichkeit in Person. Nach dem finsteren, nie lächelnden Pater Antoine war Le Pors ein Lichtblick. So empfanden es auch alle anderen, als der Monsieur Hauslehrer in der Rosenvilla Einzug hielt.

»Ein reizender Mann«, schwärmte Madame Lumière, die Köchin. »Und er hat so einen gesunden Appetit. Es macht direkt Freude, für ihn zu kochen.« Die Hausmädchen fanden ihn besonders nett, weil er nie versuchte, sie in den Hintern zu kneifen, wie es manche Gäste des Hauses gerne taten. Das männliche Personal schätzte die Vertraulichkeit. Le Pors spielte sich nie als etwas Besseres auf, was er, seiner Stellung gemäß, ja eigentlich war. Er verkehrte mit ihnen wie mit seinesgleichen. Kurz und gut – Monsieur Le Pors war von Anfang an wohlgelitten.

Nur zwei Ausnahmen gab es: Amélie Durant, die Hausdame, und Pierre. Madame Durant besaß ein untrügliches Gefühl für Menschen. Es hatte sie noch nie im Stich gelassen, auch nicht bei Pater Antoine, den sie von vornherein abgelehnt hatte. Monsieur Le Pors konnte ihr keinen Sand in die Augen streuen. Sie begriff sofort, daß das ewige Lächeln des neuen Hauslehrers aufgesetzt und falsch war, daß seine süßen Worte und Komplimente, die er freigebig ausstreute, nur als Tarnung dienten.

Allerdings kam sie nicht dahinter, was er damit bezweckte. Sie hatte, weiß Gott, ein scharfes Auge, doch wann immer sie ihn mit Pierre zusammen erlebte – die beiden schienen im besten Einvernehmen zu sein. Trotzdem kam ihr Pierre, der nun auch öfters mit Monsieur Le Pors an gemeinsamen Abendessen teilnahm – zu Pater Antoines Zeiten hatte es das niemals gegeben –, merkwürdig verkrampft und verschüchtert vor. Sie bekam nicht heraus, warum. Auf direkte Fragen antwortete Pierre ausweichend. Ja, es sei alles in Ordnung. Nein, er habe keine Beschwerden. Doch bei diesen Antworten konnte er ihr niemals ins Gesicht sehen. Er rieb sich nach wie vor die Hände, und er hatte sich seines Hauslehrers Angewohnheit zu eigen gemacht, mit den Fingerknöcheln zu knakken, indem er an jedem einzelnen Finger zog, was ein penetrantes Geräusch verursachte.

Leider war Madame Durant ein Feigling, wie sie selber zugab. Wäre sie ein ganzer Kerl gewesen, sie hätte ihrem Cousin

Mitteilung machen müssen. Sie litt darunter, doch sie konnte nicht dagegen an. Sie war so froh, daß sich das Vater-Tochter-Verhältnis gebessert hatte, daß sie nicht den Mut fand, auch eine Lanze für den Sohn zu brechen, für den sie offiziell nicht verantwortlich war.

Pierre wußte nichts davon. Es dauerte nicht lange, bis er merkte, daß er vom Regen in die Traufe gekommen war. Monsieur Le Pors war genauso einfallsreich wie Pater Antoine. Nur auf eine noch viel schlimmere Art. Pierre hatte Jahre gebraucht, bis er den Mut fand, seinem Vater die Quälereien des Paters zu offenbaren. Doch das, was der nach außen so freundliche Monsieur Le Pors ihm antat, konnte er niemandem anvertrauen. Das blieb in ihm, ein Leben lang. Und es zeichnete einen Weg vor, den er womöglich niemals gegangen wäre, hätte eine liebende Mutter ihre Hand über ihn gehalten.

Nicht nur Gene bestimmen den Charakter eines Menschen. Auch Umwelt und Erziehung spielen eine große Rolle. Keiner kommt bösartig auf die Welt. Er wird irgendwann zu dem gemacht, was er in Zukunft sein wird. Wie Pierre.

Grausame Kinder

Die Papststadt Avignon wird umgeben von einer mittelalterlichen Stadtmauer, »Les remparts«, mit ihren dreizehn imponierenden Toren und wuchtigen Ecktürmen. Beherrscht aber wird sie von dem gewaltigen Denkmal ihrer außergewöhnlichen Vergangenheit: dem Palais des Papstes mit seinen gigantischen Ausmaßen. Jeder Fremde, der diese Masse aus blendendem Stein zum erstenmal sah, wurde von dem Anblick dieses Kolosses, in dem einst gestritten, gelitten, politisiert, intrigiert und gestorben wurde, fast erschlagen. Dabei dauerte die Vollendung dieses einzigartigen Festungspalastes gerade hundert Jahre, so lange wie das Exil des Kirchenfürsten. 1377 kehrte der damalige Papst Gregor XI. nach Rom zurück.

Francesco Petrarca, Begründer der Renaissance und Vater des europäischen Humanismus genannt, beschrieb diese zweite christliche Metropole und fürstliche Residenz der Gegenpäpste so: »Diese Stadt ist eine Abfallgrube, in der sich aller Unrat der Welt sammelt. Alles, was es auf Erden an Hinterhältigkeit, Gottlosigkeit, hassenswerten Sitten gibt, findet sich dort angehäuft. Man verachtet Gott, man betet das Geld an, man tritt die göttlichen und menschlichen Gesetze mit Füßen und lacht die anständigen Menschen aus – die Luft, die Erde, die Häuser – alles atmet die Lüge ...«

Die Stadtbewohner von heute hören diese Beschreibung nicht gern. Sie haben sich große Mühe gegeben, ein modernes Avignon zu schaffen. An der Peripherie entstand eine neue

Wohnstadt, gesichtslos wie alle Trabantenstädte. Das Elendsviertel hinter der Rue Saint-Etienne wurde liquidiert, die baufälligen Häuser, in denen sich Zuhälter, Prostituierte, Kriminelle jeglicher Couleur und Zigeuner Schlägereien und auch Schießereien lieferten, wurde von Bulldozern niedergewalzt. So wurde zwar ein Unratsviertel beseitigt, die Gauner vertrieben und die Gegend befriedet – aber ein paar Parkplätze, die dort entstanden, veränderten das düstere, mittelalterliche Stadtbild nicht.

Irgendwo in den schmalen Gassen, in den alten wie zum ewigen Schlaf bestimmten Häusern, scheint der Geist des einst mächtigen Herrn von Les Beaux, dem die Stadt einmal gehörte, noch lebendig zu sein. Es gibt mittelalterliche Städte, die auf den Besucher wie friedliche Puppenhäuser wirken – Avignon gehört nicht dazu. Avignon war bis in die jüngste Geschichte ein Sammelbecken der Verbannten und freiwillig Emigrierten. Sie haben der Stadt ihren Stempel aufgedrückt, und den trägt sie noch immer. Hier hatte die französische Résistance im Zweiten Weltkrieg einen festen Stützpunkt. Hier wurde die Geschichte mit Blut geschrieben. Und beim Anblick des Palais des Papstes, der versteinerten Gewalt, spürt man unwillkürlich den Hauch des Todes, wird man zurückversetzt in eine Zeit der Frömmigkeit und des Lasters, der Demut und der rohen Gewalt.

Pierre war zwölf Jahre alt, als er nach Avignon kam. Sein Vater hatte ihn im Internat »Zum Heiligen Geist« angemeldet, eine Erziehungsanstalt, die den Ruf genoß, Kinder aus wohlhabenden Familien zu einer Elite heranzuziehen. Ein strenges Reglement bestimmte die Tage der Kinder. Mädchen und Jungen waren durch eine dicke Mauer säuberlich getrennt. Die Mädchen wurden von Nonnen erzogen, die Buben von Patres.

Die Pubertät ist für alle Menschen eine schwierige Zeit, doch für Internatskinder besonders problematisch, erst recht in einem katholischen Internat. Mathematik, Geschichte, Sprachen und was es alles an Lernfächern gibt, werden intensiv gelernt und gepaukt. Nur die dringendsten Fragen, die Kinder zu allen Zeiten bewegten, nämlich die Entdeckung des eigenen Körpers und das Noch-Geheimnis der Fortpflanzung, bleiben tabu.

Die Jungen vom Heiligen-Geist-Internat allerdings scherten sich wenig darum. Sie betrieben ihre eigene Aufklärung. Heimlich natürlich, und die Älteren, die naturgemäß schon mehr wußten, unterrichteten die wißbegierigen Jüngeren – aber beileibe nicht umsonst! Die Kinder dieser Schule hatten alle ein ähnliches Elternhaus. Das heißt, sie wurden äußerst knapp gehalten – auf Bestreben der Patres natürlich. Das Taschengeld reichte kaum für eine kleine Extravaganz. Doch Kinder sind erfinderisch. Im Heiligen-Geist-Institut wurde, von den Verantwortlichen unbemerkt, ein schwungvoller Handel mit allem getrieben, was sich nur denken läßt. Das fing bei der Verpflegung an, die äußerst dürftig war, denn Völlerei war natürlich eine Sünde. Diese Auffassung sollte der kindlichen Seele Bescheidenheit suggerieren und gereichte gleichzeitig der Kasse des Internats zum Segen. Der spärliche Nachtisch stand besonders hoch im Preis. So wechselte für Bares fast alles den Besitzer kindlicher Reichtümer. Bei den Kleinen handelte es sich um begehrte Trophäen wie Bilder von Fußballern oder Tennisstars, auch schon mal um einen Frosch, den man sich heimlich im Marmeladenglas hielt, oder eine Vogelspinne, mit der man die Gefährten in Angst und Schrecken versetzen konnte.

Die Größeren, raffiniert wie Buchmacher, handelten mit anderen Sachen. Es blieb ihr Geheimnis, wie sie bestimmte Dinge einschmuggelten. So machte bei ihnen ein Pornoheft die Runde, total zerfleddert, pro Tag fünf Francs wert. Eine enorme Summe, wenn man nur zwanzig Francs im Monat hatte. Das meiste Geld aber erbrachten ihre Aufklärungsgespräche, wobei der Preis nach den Fragen festgesetzt wurde. Auf diese Art und Weise bemächtigten sich die Fünfzehn-, Sechzehnjährigen des Taschengeldes der Zwölf-, Dreizehnjährigen, und die Kleineren erfuhren, was sie so brennend interessierte. Allein die Worte waren so schockierend, und dann erst deren Bedeutung!

Das mag heute keinen Zehnjährigen aus der Fassung bringen – es sei denn, er wächst in einem katholischen Internat auf. In Frankreich.

Dies war die Welt, die Pierre in der Schule »Zum Heiligen Geist« antraf. Er war völlig verschüchtert und unfähig, sich in einer Gemeinschaft einzuordnen. Er hatte es ja nie gelernt. Die vielen Kinder um ihn herum erschreckten ihn, flößten ihm Angst ein. Die einzigen nahezu Gleichaltrigen, die er näher kennengelernt hatte, waren Hector und Valérie Gaspard und seine Schwester Vera. Hier aber wurde er mit zwanzig Jungen in einem Schlafsaal zusammengepfercht, die er nicht kannte und die ihn anscheinend nicht mochten.

Kinder sind grausam. Sie wittern den Außenseiter wie kleine Tiere. Pierre, der ohne Kontakt mit anderen Kindern aufwuchs, war eine ideale Zielscheibe.

Der »Neue« hatte erst einmal von nichts eine Ahnung. Er versteckte sich, war ängstlich, wollte nicht reden. Die Jungen begriffen, daß sie ihn »aufknacken« mußten. Jean Carré wurde dazu bestimmt. Er war der Sohn eines Politikers und ganz der Sohn seines Vaters. Keiner konnte so falsch lächeln wie er, keiner war im Intrigenspiel so raffiniert. Jean näherte sich Pierre freundlich und verständnisvoll.

Natürlich fiel Pierre auf ihn herein. Er war so dankbar, wenigstens einen Jungen gefunden zu haben, mit dem er reden konnte. Und Jean bekam alles aus ihm heraus. Na ja, nicht alles, aber das meiste und das Wichtigste. So, daß Pierre die ungeheure Summe von sechzig Francs als monatliches Taschengeld erhielt. Die mußte man ihm natürlich schnellstens abluchsen. Jean wußte sofort, wie er das machen mußte. Zuerst erklärte er Pierre, daß er in die Geheimorganisation eintreten müsse, die die Schüler ins Leben gerufen hätten. Der Beitrag belaufe sich nur auf fünf Francs monatlich. Eine solche Organisation gab es nicht, doch das focht den zukünftigen Nachfolger des Politiker-Vaters nicht an. Der Neue würde jeden Monat fünf Francs für nichts berappen.

»So, und dann mußt du noch die Aufklärungsquote bezahlen«, sagte Jean in schöner Unverschämtheit. »Das kostet mindestens fünfzehn Francs.«

»Was für eine ›Aufklärungsquote‹?« Pierre verstand nur Bahnhof.

»Mensch, bist du blöde?« entrüstete sich Jean Carré künstlich. »Man muß doch wissen, in welcher Welt man lebt. Wenn du ein Mädchen niedermachen willst, na, weißt du vielleicht, wie du es am besten anstellst? Mann, so was muß man lernen. Sonst gehst du den Bach runter. Willst du das vielleicht? Die Weiber werden immer raffinierter. Da muß man wissen, wie man es anstellt.«

Pierre sagte kein Wort dazu. Er wußte ja überhaupt nicht, wovon dieser so freundliche Junge sprach. Schüchtern wagte er den Einwand: »Aber hier gibt es doch gar keine Mädchen.«

Jean Carré, gerade dreizehn Jahre alt, schüttelte erschüttert den Kopf. Der Neue erwies sich als noch naiver, als sie geglaubt hatten. Mit dem würden sie noch viel Spaß haben. Doch dem verschlagenen Kerlchen sah man seine Gedanken nicht an. Pierre schon gar nicht. Jean schnalzte nur mit der Zunge.

»Ts, ts – da bist du aber schlecht unterrichtet. Was glaubst du wohl, wie viele hübsche Zuckerpuppen hinter dieser däm-

lichen Mauer leben? Dutzende. Alles Klasse-Weiber. Die warten nur darauf, daß du mit ihnen ein Spielchen machst.«
»Was spielen die denn so?« wollte Pierre, neugierig geworden, wissen. Jean seufzte. Dieser blonde Engel machte einem das Geldverdienen verdammt schwer.
»Hör zu«, sagte er. »Wenn du das wissen willst, dann mußt du eben die Aufklärungsquote bezahlen, kapiert? Du hast Glück, daß du an mich geraten bist. Bei den Großen ist das viel teurer. Ich nehme nur fünfzehn Francs im Monat.« Bei der Nennung dieser Summe beobachtete Jean sein Gegenüber genau. Als Pierre nicht einmal mit der Wimper zuckte – wie sollte er, niemand hatte ihm den Wert des Geldes beigebracht –, sondern zustimmend nickte, biß der Ältere sich wütend auf die Lippen. Warum hatte er nicht gleich zwanzig Francs gefordert? Aber das ließ sich ja korrigieren. Sofort erfand das clevere Bürschchen eine neue Abgabe.
»Ja, und da wäre noch das monatliche Zigarettengeld. Fünf Francs im Monat sind Pflicht.«
Pierre Vallier sah ihn verwundert an.
»Rauchst du etwa?«
»Natürlich. Alle rauchen hier.«
»Ja, ist das nicht verboten?«
»Mensch, du bist wirklich nicht auf dem neuesten Stand. Selbstverständlich ist es verboten. Hier ist einfach alles verboten, klaro? Aber egal, was du machst – bestraft wirst du immer.«
Da seufzte auch Pierre und stimmte aus ganzem Herzen zu.
»Das kenne ich. Das war bei mir auch immer so. Ich wußte nie, wofür ich bestraft wurde.«
»Siehste? Wenigstens ein gemeinsamer Nenner.« Der hoffnungsvolle Sprößling des Herrn Staatssekretär im Innern sagte es befriedigt und setzte gönnerhaft hinzu:
»Du wirst sehen, aus dir mache ich noch etwas.« Pierre nickte

freudig. Er hatte zwar keine Ahnung, was der neue Freund aus ihm machen wollte, doch er fühlte sehr genau, daß die Ziele dieses Knaben andere waren als die des Paters Antoine oder die eines Monsieur Le Pors. Vertrauensselig kam er auf die Frage zurück, die ihn am meisten interessierte.

»Du, Jean, wie ist das denn mit den Mädchen? Wir kriegen sie doch nie zu Gesicht. Oder doch?«

»Pierre, hast du nicht begriffen? Erst die Kohlen, dann die Antworten. Klaro?«

»Was für ›Kohlen‹?« Pierre verstand wieder nur Bahnhof. Jeans Geduld wurde auf eine harte Probe gestellt. Er war jedoch schlau genug, seinen Ärger über diesen unerfahrenen Burschen nicht zu zeigen, winkte doch im Hintergrund »Reichtum« für ihn. Was würde er sich alles für das Taschengeld dieses »Babys« leisten können! Denn er war fest entschlossen, es ihm ganz abzunehmen. Also gab er nachsichtig Auskunft.

»Kohlen sind ein anderes Wort für Geld. Man kann auch Mäuse sagen, oder Moneten, Knete. Verstanden?«

»Verstanden. Kohlen, Mäuse, Moneten, Knete«, wiederholte Pierre. »Richtig?«

»Richtig, Kumpel. Lernst ja mächtig schnell.« Dieses mehr verächtliche als ehrliche Lob machte Pierre stolz. Er kam sich ganz großartig vor, als er nun versuchte, den lässigen Ton des Schulkameraden nachzuahmen, und sagte:

»Na, denn los. Holen wir die *Kohlen.*« Jean grinste. Pierre lächelte schüchtern zurück. Er war überglücklich. Er hatte einen neuen Freund gefunden – dachte er wenigstens.

Es war Nachmittag. Die Schüler hatten zwei Freistunden. Allein das empfand der kleine Vallier als ein besonderes Privileg. Er schöpfte mal wieder neue Hoffnung. Vielleicht würde es ihm hier eines Tages sogar gefallen.

Der Schlafsaal lag wie ausgestorben vor ihnen. Die langen

Reihen der Betten mit ihren exakt gefalteten grauen Decken standen wie Soldaten in Reih und Glied, dazwischen die schmucklosen Blechschränke, in denen die Schüler ihre Habseligkeiten aufbewahrten. Pierre ging zielstrebig auf seinen Schrank zu. Jean schielte ihm neugierig über die Schulter, als er seinen Spind aufschloß.
»Wo hast du denn deine Mäuse versteckt?« wollte er wissen.
Pierre drehte sich erstaunt um.
»Versteckt? Ich habe nichts versteckt. Hier«, er griff sich aus dem obersten Fach eine hübsche kleine Brieftasche, auf der in Goldbuchstaben seine Initialen eingeprägt waren. Jean Carré nahm sie ihm aus der Hand, strich mit den Fingerspitzen darüber und stieß einen anerkennenden Pfiff aus.
»Saffianleder«, sagte er mit Kennermiene. »Mein Alter hat so eine.« Und mit unverhohlenem Neid in der Stimme: »Deiner muß ja sehr freigebig sein.«
Über Pierres Gesicht flog ein Schatten.
»Nein«, gab er leise zur Antwort. »Sie ist nicht von ihm. Juliette hat sie mir zum Abschied geschenkt.«
»Wer ist denn das? Deine Schwester?«
»Nein, mein früheres Kindermädchen.« Jean Carré brach in ein häßliches Lachen aus. Er meckerte wie ein kleiner Ziegenbock.
»Mensch, sag bloß, du hattest noch ein Kindermädchen. Ist ja zum Totlachen!«
Doch jetzt mußte er feststellen, daß auch der Neue eine Achillesferse besaß. Pierres helle, grau-grüne Augen bekamen mit einemmal einen funkelnden, gereizten Ausdruck. Böse sagte er:
»Hatte ich nicht. Ich besuchte sie nur noch manchmal. Laß dir nicht einfallen, noch einmal über Juliette zu lachen, sonst ...«
Jean erschrak. Wie konnte er nur so blöd sein und es sich mit dem Goldesel verderben, ehe der das viele schöne Geld ausgespuckt hatte! Sofort lenkte er ein.

»Pierre, ich hab's doch nicht so gemeint. Weißt du, ich hatte bloß immer so komische Kinderschwestern. Na, komm schon, nimm es nicht übel. Deine Juliette ist bestimmt sehr nett, wenn sie dir so feine Sachen schenkt. D'accord?«

Pierre war sofort versöhnt. Er nahm dem anderen die Brieftasche aus der Hand und öffnete sie. Jean bekam glitzernde Augen. Da lagen sie! Schöne, bankfrische Scheinchen. Pierre sagte:

»Also: fünfzehn Francs Aufklärungsquote, fünf Francs Geheimbund und fünf Francs Zigarettengeld, macht fünfundzwanzig Francs.« Gewissenhaft zählte er das Geld ab und reichte es Jean. Der habgierige Junge überlegte indessen blitzschnell, wie er dem anderen noch mehr abknöpfen könnte. Zunächst steckte er das Geld gelassen in seine Hosentasche. Als Pierre die Brieftasche zurücklegte und den Schrank wieder verschließen wollte, schüttelte Jean mißbilligend den Kopf und bemerkte:

»Weißt du, Bruder im Herrn, du bist verdammt unvorsichtig.«

Pierre sah ihn an und sagte mit leisem Tadel: »Jean, Fluchen ist eine Sünde.«

»Na und? Jemanden in Versuchung zu führen ist auch eine Sünde.«

»Wie meinst du denn das?«

»Liegt doch auf der Hand! Du läßt dein vieles Geld so offen herumliegen. Wenn das die Jungen erst spitzkriegen, bist du es im Handumdrehen los.«

Pierre lachte unsicher.

»Aber Jean. Der Schrank ist ja abgeschlossen, und ich habe den Schlüssel. Wie soll es da abhanden kommen?«

»Bist du wirklich so naiv, oder tust du nur so? Hier hat doch jeder einen Nachschlüssel. Du gehst einmal aufs Klo, und schon ist es geklaut. Ein Kinderspiel.«

Jetzt sah Pierre ihn ehrlich entsetzt an.

»Das ist nicht dein Ernst! Stehlen ist doch noch eine viel größere Sünde als Fluchen.«
»Na und? Kann doch jeder beichten, und schon bist du wieder ein reines Englein. Das muß ich ja wohl *dir* nicht erklären.«
»Aber die Patres? Wie verhalten die sich denn in solchem Fall? Bekommen die Jungen denn nicht furchtbare Strafen?«
»Ach was! Du mußt so tun, als ob du ehrlich bereust. Ein paar von uns heulen bei der Beichte. Das wirkt besonders. Du betest ein paar Vaterunser, und die Sache ist bis zum nächstenmal erledigt.«
»Du meinst, sie stehlen dann weiter?« Pierre war fassungslos.
»Nicht immer. Nur wenn es sich lohnt. Wie in deinem Fall...«
»Würdest du mich auch bestehlen, Jean?«
Der schüttelte energisch den Kopf und gab im Brustton der Überzeugung zur Antwort:
»Wo denkst du hin! Du bist doch mein Freund. Ich will ja gerade verhindern, daß man dir dein Geld wegnimmt.«
»Was soll ich denn tun?«
Jean tat so, als würde er überlegen, dabei stand sein Plan schon seit Minuten fest. Schließlich schlug er vor:
»Was hältst du davon, wenn ich es für dich aufbewahre? Ich habe unter dem Bett eine eiserne Kiste mit einem dicken Schloß. Das bekommt niemand auf. Sie würden es auch nicht wagen, denn ich bin einer der Stärksten. Dort legen wir es hinein, und wenn du etwas brauchst, geb ich es dir. Willst du die Kiste sehen?«
Pierre wollte. Tatsächlich stand unter Jeans Bett eine kleine Eisenkiste. Etwas verrostet schon, ein alter Schmuckkasten, den er auf dem Trödelmarkt in Avignon erstanden hatte. Einmal im Monat durften die Schüler des Internats – begleitet von den Patres natürlich – diesen originellen Markt besuchen und, falls sie noch Geld hatten, auch gewisse Dinge einkaufen.

Gegen das alte Kästchen hatten die Patres nichts einzuwenden gehabt. Hätten sie allerdings gewußt, wozu es der Zögling Carré benutzte, wären ihnen sicherlich die Augen übergegangen, denn Jean klaute, was nicht niet- und nagelfest war, um es irgendwann gewinnbringend zu verkaufen.

Das dicke, altmodische Schloß überzeugte Pierre. Ja, hier würde sein Geld gut aufgehoben sein. Er fand es ausgesprochen anständig von Jean, sein Geld in Verwahrung zu nehmen.

»Das willst du wirklich für mich tun?« fragte er.

Unter dem vertrauensvollen Strahlen seiner Augen senkte Jean, der kleine Gauner, unwillkürlich den Blick. Doch gleich darauf siegte seine eigentliche Natur, und er sagte gönnerhaft:

»Ich würde es nicht für jeden tun. Aber du bist mein Freund. Ich wache über dein Geld.«

Ohne zu zögern übergab ihm Pierre seine Barschaft mitsamt der hübschen Brieftasche von Juliette. Jean lachte sich ins Fäustchen. Jetzt war er reich. Er konnte die Puppen tanzen lassen. Auch die Älteren konnten ihm sein Geld nicht mehr abnehmen. Die meisten hatten es auch längst aufgegeben. Jean Carré, das frühreife Früchtchen, konnte selbst einigen von ihnen noch etwas beibringen.

»So. Und wie ist das nun mit den Mädchen? Ich habe bezahlt. Jetzt mußt du antworten.«

»Natürlich. Hör mal, ich bin ein Ehrenmann. Hier das Geld – dort die Ware. Also mit den Mädchen, das läuft so...«

Das Internat »Zum Heiligen Geist« war ein ehemaliges Kloster. Es stammte aus dem sechzehnten Jahrhundert, war aber auf den Grundmauern eines noch viel älteren Klosters errichtet, das es schon zu Zeiten Papst Gregors XI. gegeben hatte. Damals wurden Paläste, Kirchen, Burgen und Klöster befe-

stigt, und alle waren mit einem Fluchtweg versehen, der meistens unterirdisch angelegt wurde. Heute sind diese unterirdischen Fluchtwege fast überall zugeschüttet. Zu gefährlich waren die alten, oft kilometerlangen Stollen, und das nicht nur wegen der permanenten Einsturzgefahr. Auch giftige Gase hatten sich im Lauf der Jahrhunderte gebildet.
Das Internat »Zum Heiligen Geist« war eine Novität. Das ehemalige Kloster beherbergte nämlich Nonnen und Mönche, getrennt natürlich durch die noch immer vorhandene Mauer, die heutzutage wiederum Knaben- und Mädchen-Internat trennte. Aber – und das wußten nur wenige – es gab einen unterirdischen Verbindungsgang von nur wenigen Metern zwischen beiden Komplexen. Ob aus Nachlässigkeit oder Unwissenheit über das alte Gemäuer – dieser Verbindungsweg war nie zugeschüttet worden. Er verband den Weinkeller der Mönche mit dem Vorratsraum der Nonnen.
Wahrscheinlich wußten beide Gruppen nichts davon. Es blieb einem pfiffigen, neugierigen Internatsschüler vorbehalten, diesen Verbindungsweg neu zu entdecken.
Im Laufe der Jahre brachten es die Schüler fertig, Schlüssel für die uralten Schlösser der ebenso alten Türen anzufertigen. Diese Schlüssel waren das bestgehütete Geheimnis dieses Internats. Sie wurden von Generation zu Generation weitergegeben. Vielleicht wußten die Mönche und Nonnen, daß diese alten Türen die beiden Klöster verbanden. Aber nie kamen sie dahinter, daß ihre Zöglinge den Verbindungsgang eifrig nutzten, und das ganz sicher nicht im Sinne ihrer christlichen, keuschen Erziehung.
Die Nächte sind lang, besonders im Frühling und im Frühsommer, wenn junges Blut rebellisch wird, wenn junge Menschen nicht nur sich selbst entdecken, sondern auch das andere Geschlecht. Doch die katholische Erziehung ignoriert diese Zeit. Kennenlernen, verschämte heimliche Küßchen –

obwohl auch die eigentlich verboten sind –, ein Verlöbnis in aller Form, dann Heirat und der Katzenjammer der ersten Nacht – das war von jeher das Ideal und ist auch immer noch Doktrin der alleinseligmachenden Kirche. Nur gehorchen die »Kinder« nicht mehr, wie sie sollen. Sie wollen ihre eigenen Erfahrungen sammeln. Da machten die Schüler des »Heiligen-Geist-Internats« keine Ausnahme. Was nicht erlaubt ist, tut man heimlich. Klaro, um mit Jean Carré zu sprechen, der allerdings sehr frühreif war.

Jean klärte Pierre auf.

»Wir treffen uns einmal in der Woche unten im Gewölbe. Das ist ein merkwürdiger Raum. Ein bißchen schaurig schon, aber sehr aufregend. Ich glaube, es war einmal so eine Art Gefängnis. Da sind noch Eisenringe an der Wand, wo sie wohl früher ihre Gefangenen festgeschmiedet haben. Aber Gerippe gibt es nicht.«

»Habt ihr gar keine Angst?« wollte Pierre wissen. Er war noch immer voll von Greuelmärchen über den Teufel.

»Quatsch«, sagte Jean. »Einen Teufel gibt es nicht. Das sagt sogar Pater Georges.«

»Was denn! Pater Georges glaubt nicht an den Teufel?«

»Schon. Aber er sagt, der Teufel sitzt in uns drin. Er glaubt nicht an ihn als an eine selbständige Person.«

»Verstehe ich nicht. Der Teufel lauert doch in allen Ecken auf uns. Jede Sünde ist eine Teufelei. Jede Sünde muß gesühnt werden.«

Jean verstand mal wieder die Welt nicht mehr.

»Mensch, Pierre, du bist vielleicht kompliziert. Körperlich gibt es weder einen lieben Gott noch einen Teufel.«

»Du leugnest Gott?«

»Quatsch. Natürlich gibt es einen lieben Gott. Aber man kann ihn nicht sehen. Den Teufel kann man auch nicht sehen. Pater Georges meint eben, er steckt in uns drin, und deshalb kann man ihn nicht sehen.«

»Aber Gott steckt auch in uns drin, und man kann ihn nicht sehen.«
»Pierre, du machst mich wahnsinnig. Willst du nun mitkommen oder nicht? Florine ist eine dufte Puppe, aber nimm dich in acht! Sie hat es faustdick hinter den Ohren.«
»Was heißt das: faustdick hinter den Ohren?«
Jean Carré mußte sich schon wieder zusammennehmen. Dieses Baby kannte nicht einmal die Grundregeln.
»Warst du noch nie mit einem Mädchen zusammen?«
»Doch. Aber mit Valérie habe ich nur Fangen gespielt. Ich weiß ja nicht, was diese Florine gerne spielt.«
Jean Carré sah Pierre mitleidig an. Mit diesem Jungen würde er seine Schwierigkeiten haben.
»Mon Dieu! Laß dich eben überraschen. Sie ist süß, die Florine!«

Nie vergaß Pierre diese Stunde in den Katakomben vom Heiligen-Geist-Internat. Nicht nur, weil sie so katastrophale Folgen für ihn hatte. Diese Stunde prägte ihn. Er war etwas mehr als zwölf Jahre alt.
In der Nacht, als die meisten Jungen schliefen, schlichen sich Jean und Pierre mit noch zwei anderen Burschen, Gilbert und Gérard – Jeans Busenfreunde – aus dem Schlafsaal. Die langen Gänge des alten Gemäuers wurden im Gegensatz zu früher elektrisch beleuchtet, wenn auch nur spärlich. Pierre zählte die vielen Treppen nicht, die er hinter Jean zurücklegte. Irgendwann standen sie im Weinkeller der Patres, zu denen sie natürlich auch einen Schlüssel hatten. Pierre traute seinen Ohren nicht, als Jean in schöner Selbstverständlichkeit zu Gilbert sagte:
»He, Alter, hol mal den notwendigen Stoff. Aber nimm den Schnaps vom vorletzten Regal, der ist süßer.« Gilbert verschwand schon zwischen den unzähligen Regalen, auf denen die edlen Tropfen der Patres in Hunderten von staubigen

Flaschen lagerten, und tauchte kurz darauf mit einer Flasche Champagner in der Hand wieder auf. Mit dem Ärmel seiner Jacke wischte er den Staub ab und las dann mit seinen kurzsichtigen Augen, was auf dem Etikett stand. Mißbilligend teilte er seinen Freunden mit:

»Der ist vom ollen Rothschild. Jahrgang 1928. Verdammt alt, das Gesöff. Ob das noch gut ist?«

Jean winkte ab. »Werden wir ja gleich sehen. Gib Gérard die Buddel, der kriegt sie am besten auf.«

Verstört fragte Pierre:

»Ihr wollt doch nicht etwa...?«

»Mach dir man bloß nicht in die Hosen, Kleiner«, unterbrach ihn Gilbert verächtlich. »Ist doch klaro, daß wir uns ein bißchen Courage ansaufen müssen. Wirst du erst verstehen, wenn du die Weiber siehst. Ohne Stoff haut's dich glatt um.«

»Aber wenn die Patres merken, daß eine Flasche fehlt?«

Jean lachte meckernd. »Eine? Mensch, da fehlen schon mehrere, was, Freunde? Wie sollen die das merken, bei den Tausenden von Flaschen? Die haben schon längst die Übersicht verloren. Vor einem Jahr kommen die nie dahinter. Und dann beschuldigen sie sich höchstens gegenseitig. Weiß doch keiner, daß wir einen Schlüssel haben.«

»Und wie beichtest du das?«

»Kein Problem. Ich sage, daß ich geklaut habe. Mußt ja vom Schampus nichts sagen. Äpfel tun's auch. Geklaut ist geklaut, und Absolution ist Absolution. Hinterher sagst du noch, daß du gelogen hast, und alles ist in Butter. So einfach ist das. Nun mecker nicht lange rum, sondern nimm einen Schluck.«

»Ich hab aber noch nie Champagner getrunken«, gab Pierre zu bedenken.

»Du hast ja auch noch nie gefummelt«, sagte Jean grinsend, knuffte Gilbert in die Seite, und alle drei wollten sich ausschütten vor Lachen. Gérard hielt sich den Bauch und prustete:

»Das wird ein toller Abend für den Kleinen, was?«
Pierre hielt es für besser, nichts dazu zu sagen und sich auch nicht vom Trinken auszuschließen. Er wollte doch so gerne zu ihnen gehören. Also nahm er tapfer einen großen Schluck aus der ihm hingehaltenen Flasche. Natürlich verschluckte er sich fürchterlich an der Kohlensäure. Champagner aus der Flasche zu trinken ist nicht nur barbarisch, sondern fast unmöglich – wenn man es nicht geübt hatte wie die drei kleinen Taugenichtse, die schon wieder in Gelächter ausbrachen.
»Mensch, Brüderchen, wie stellst du dich bloß an?« fragte Gilbert grinsend. »So lange bist du doch noch nicht weg von der Flasche. Los, mach den Mund auf, ich gieß es dir rein.«
Ehe Pierre protestieren konnte, wurde ihm schon der Mund aufgerissen und mit schaumigem Naß gefüllt, das ihn fast zu ersticken drohte. Er lief puterrot an, ruderte verzweifelt mit den Armen und rang nach Luft. Jean Carré riß Gilbert zurück, beugte Pierre nach vorn und klopfte ihm auf den Rükken, bis der sich endlich erbrechen und wieder atmen konnte. Dabei schimpfte Jean wie ein Rohrspatz und brüllte Gilbert an:
»Bist du total verblödet? Du bringst den Burschen ja um! In deinem Hirn nistet doch ein Kakadu, du Arschloch!«
Kleinmütig sagte Gilbert:
»Mann, ich dacht' doch bloß...«
»Mit einem Kakadu im Hirn kann man nicht denken«, fuhr ihm Jean über den Mund. »Und jetzt entschuldige dich bei Pierre, los, oder ich blas dir den Marsch.«
Tatsächlich entschuldigte sich Gilbert, woraus man schließen konnte, daß Jean der Anführer der Dreierbande war. Pierre sah ihn dankbar an. Jean hatte ihn beschützt, er war wirklich ein Freund. Natürlich wußte er nicht, daß der Pfiffikus aus sehr selbstsüchtigen Gründen für ihn eintrat. Auf eine Kuh, die man melken will, muß man aufpassen. Ist doch klaro!

»Geht es wieder, Pierre?« fragte Jean besorgt. Pierre nickte. »Ja, ja, ist schon vorbei. Entschuldige, daß ich mich so dumm angestellt habe. Ich lerne es bestimmt noch.«
»Freilich, Mann«, entgegnete Jean altklug. »Wir haben alle einmal klein angefangen. So, und jetzt wird keine Zeit mehr vertrödelt. Auf in den Kampf.«
Hinter einem Weinregal versteckt, befand sich eine schwere Eisentür. Jean zauberte einen Schlüssel aus seiner Hosentasche. Der öffnete ihnen das Tor zum Paradies, wie es Pierre zu dieser Stunde noch vorkam. Durch einen etwa fünf Meter langen dunklen Gang – Gérard leuchtete ihnen mit einer Taschenlampe – erreichten sie eine zweite Eisentür, zu der der gleiche Schlüssel paßte. Und dann betraten sie die Vorratskammern der Nonnen.
Pierre riß die Augen weit auf, denn wirklich warteten dort kichernd vier reizende kleine Mädchen, nicht viel älter als sie selbst. Er stand wie angewurzelt, unfähig, sich zu rühren. Jean Carré, der angehende Don Juan, ging, die Hände in den Hosentaschen vergraben, lässig auf ein Mädchen zu, das auf einer Kiste saß und ihm lasziv entgegensah. Ihre dunklen Augen versprachen schon heute das, was sie erst in Jahren einzulösen fähig war. Und doch verbrannten sie die unerfahrenen Herzen der Jungen, die das hübsche Kind wie ein Wunder aus Tausendundeiner Nacht anstarrten.
»Hi, Florine«, sagte Jean, »fein, daß ihr gekommen seid.« Seine Stimme zitterte ein wenig vor Aufregung. Denn so großspurig er sich auch gab – er war ja doch noch ein kleiner Junge.
»Hab heut 'nen neuen Freund mitgebracht, wie ich dir vorige Woche versprach. Wie ich sehe, hast du auch 'ne vierte Tante mit. He, Pierre, komm her und starr nicht so wie ein Ochse, wenn's brennt. Das ist Florine, von der ich dir erzählt habe. Und dort drüben, das niedliche Sahnetörtchen, ist für dich.«

Mit diesen Worten deutete er auf eine kleine Rothaarige, die Pierre neugierig ansah. Wie in Trance setzte er einen Fuß vor den anderen und stand auf einmal vor Florine. Er glaubte, noch nie so ein hübsches Mädchen gesehen zu haben, obwohl auch seine Schwester Vérénice eine kleine Schönheit war. Doch Brüdern fiel so etwas ja nie auf.

»Bonsoir, Florine«, sagte er höflich und streckte ihr seine magere Knabenhand entgegen. Florine übersah sie, während sich ihre Augen in die seinen bohrten. Sie war vielleicht dreizehn, vierzehn Jahre alt, mit zarter, von der Sonne leicht getönter Haut, dunkelbraunem, bis auf den Rücken fallendem seidigem Haar und einem süßen Schmollmund. Der öffnete sich plötzlich, und eine kleine rosa Zunge befeuchtete langsam und genießerisch die vollen roten Lippen.

Diese reizende Lolita wußte genau, was sie wollte. Mit einemmal schob sie Jean überraschend beiseite, hängte sich bei Pierre ein und lächelte ihn strahlend an. Ohne ihren Blick von Pierre zu lassen, sagte sie über ihre Schulter hinweg zu dem verdatterten Jean:

»Du kannst dir Ludivine nehmen, den hier probiere ich aus. Komm, Pierre, ich will dir was zeigen.« Und schon zog sie den verwirrten Jungen mit sich in eine Nische, in der sie die anderen nicht sehen konnten. Dort legte sie ihm die Arme um den Hals und flüsterte:

»Du bist ein sehr hübscher Junge, weißt du das? Deshalb erlaube ich dir, mich zu küssen.« Sie schloß die Augen und hielt ihm ihren hübschen Mund hin. Pierre wurde es heiß und kalt. Er wußte nicht, was er tun sollte. Wie küßte man ein Mädchen? Endlich fiel ihm seine liebe Juliette ein. Der hatte er, als er noch ganz klein war, öfter ein Küßchen geschenkt. Und so drückte er auch Florine einen kleinen, scheuen Schmatz auf.

Zu seinem Schrecken schien diese aber enttäuscht zu sein.

»Das nennst du küssen? Paß auf, so macht man das!« Und ehe er wußte, wie ihm geschah, stürzte sich Florine auf ihn und stieß ihm ihre kleine Zunge in den Mund.

Nun geschah mit ihm etwas, an das er noch lange denken sollte. Ihn erfaßte ein nie empfundenes Ekelgefühl. Es war ihm, als hätte sich eine Schlange in seinen Mund verirrt, die sich in seine Speiseröhre bohren wollte, und plötzlich glaubte er, diese Schlange füllte schon seinen ganzen Magen. Es war entsetzlich! Mit einer wilden Bewegung stieß er das Mädchen von sich und erbrach sich in einer Ecke.

Florine war aufgesprungen und kreischte:

»Jean, Jean, komm sofort her! Was hast du nur für einen widerlichen Jungen mitgebracht! Igittigitt! Sieh dir dieses Ferkel an. Bring ihn weg. Ludivine kann ihn haben.«

Jean kam angerannt, sah die Bescherung und sagte vorwurfsvoll zu Pierre:

»Mensch, du machst aber Sachen. Wie sollen wir denn die Schweinerei wegputzen? Naja, nun guck nicht so unglücklich. War vielleicht meine Schuld. Ich wußte ja nicht, daß du überhaupt nichts verträgst. Trinkt einen Schluck Champagner und kotzt. Also gut, für zehn Francs bring ich das in Ordnung, einverstanden?«

Pierre konnte nur nicken. Ihm war schrecklich elend zumute. Und trotzdem war er froh, daß Jean sein Erbrechen dem Champagner zuordnete. Nie hätte er mit ihm über das schreckliche Gefühl reden können, das ihn bei dem Kuß des Mädchens überfallen hatte.

»Er soll verschwinden!« rief Florine hysterisch. »Er soll zu Ludivine gehen. Ich will ihn nicht mehr sehen!«

»Halt den Schnabel!« herrschte sie Jean an, kein bißchen mehr Kavalier. »Du hast bestimmt auch schon mal gekotzt. Also sei nicht zickig, klaro? Und du«, sagte er zu Pierre, »geh rüber zu der kleinen Rothaarigen, mit der wirst du besser klarkommen.«

Florine und auch Pierre gehorchten sofort. O ja, Jean Carré stand sicher eine blendende Politikerkarriere bevor. Er verstand es schon jetzt, beiden Parteien seinen Willen aufzuzwingen. Vom Schwindeln und Betrügen gar nicht zu reden.
Ludivine saß ziemlich verloren auf einem Sack mit Nüssen. Sie hatte alles mit angehört und eigentlich wenig Lust, sich mit dem Unglücksraben abzugeben. Doch weil sie genau wie Pierre das erste Mal dabei und furchtbar neugierig war, versuchte sie, nett zu sein.
»Ist dir immer noch schlecht?« fragte sie sogar mitfühlend, als sie sein blasses Gesicht sah.
Pierre schüttelte den Kopf. »Nein, es ist nur...«
»Mußt dich nicht entschuldigen, ich hab's ja mitgehört. Ich mag auch keinen Sekt. Mein Papa sagt immer, Sekt ist etwas für alte Weiber. Er trinkt nämlich nur echten, alten Cognac, weißt du. Deiner auch?«
»Ich weiß nicht, nein, ich glaube, er trinkt Wein.«
»Auweia! Das mußt du ihm abgewöhnen.«
»Warum?«
»Weil Wein blöde macht.«
»Wie kommst du denn darauf?«
»Weil Papa zu Maman manchmal sagt, sie würde immer blöder. Und Maman trinkt jeden Abend Wein.«
Pierre war froh, daß er sich mit Ludivine unterhalten konnte. Er fand sie viel netter als Florine, die so scheußliche Sachen machte. Aber noch war nicht aller Tage Abend...
Sie erzählten noch ein wenig von der Schule, welche Fächer ihnen am meisten Spaß machten und welche nicht, dann fragte das Mädchen plötzlich:
»Wollen wir spielen?«
»Gerne«, erwiderte der Junge bereitwillig. »Aber was?« Wie aus der Pistole geschossen kam die Antwort:
»Laß uns Doktor spielen, ja?«

»Doktor spielen? Das kenne ich nicht.«
»Ich zeig es dir. Es macht Spaß und ist sehr aufregend. Wir spielen es oft, aber mit einem Jungen hab ich es noch nie gespielt.«
»Und wie geht das?«
»Komm mit. Dort hinten ist die Milchkammer. Da kann uns keiner sehen, und es brennt auch nur ein kleines Licht. Willst du?«
Leise Neugier regte sich in Pierre. Schien ja wirklich ein spannendes Spiel zu sein. Sie schlichen sich in die Kammer und schlossen leise die Tür hinter sich. Es war tatsächlich schummrig in dem langen schmalen Raum. An den Wänden standen Regale, auf denen Käse reifte, den die Nonnen selber herstellten. Große Milchkannen standen herum, die leise schepperten, als Pierre aus Versehen daran stieß.
»Leise«, warnte Ludivine und legte den Zeigefinger an die Lippen.
»Florine sagt, daß Gilbert so neugierig ist. Ich will aber nicht, daß er uns überrascht. Mit dir allein wird es viel schöner.«
»Also gut«, flüsterte Pierre. »Und wie geht jetzt das Spiel?«
»Ganz einfach. Einmal bin ich der Doktor und untersuche dich, und danach bist du der Doktor und untersuchst mich.«
»Und das ist alles?« fragte Pierre enttäuscht. Ludivine funkelte ihn mit ihren grünen Augen an. Etwas von ihrer Erregung sprang auf Pierre über.
»Wart's nur ab«, antwortete die kleine Verführerin. »Du mußt mich natürlich genau untersuchen, wie ein richtiger Doktor. Du mußt fühlen, ob mir vielleicht die Brust operiert werden muß oder ob ich Bauchschmerzen habe oder ob mir der Popo weh tut. Und dann mußt du mir sagen, was ich machen soll, damit es weggeht. Und dasselbe mach ich mit dir.«
»Hm, na gut. Fangen wir an. Wer ist zuerst der Doktor?«

»Ich natürlich. Mädchen haben immer den Vortritt. Also, mein lieber Junge«, sagte Ludivine mit verstellter Stimme, »dann zieh dich mal aus, damit wir feststellen, wo das Wehwehchen sitzt.«

»Ausziehen?« fragte Pierre verwirrt. »Wieso ausziehen?«

»Aber Pierre, beim Doktor muß man sich doch immer ausziehen. Hast du das vergessen?«

Stimmt, dachte der Junge, aber es meldeten sich doch leise Bedenken in seinem unschuldigen Innern. Sich nackt betrachten war eine Sünde der Unkeuschheit, sogar eine Todsünde. Bevor er sich auszuziehen begann, verriet er Ludivine seine Bedenken. Aber das Mädchen kannte das Sündenregister in ihrem Katechismus genau und konnte Pierre von seiner Sorge befreien. Sie erklärte ihm:

»Im Katechismus steht, es ist eine Sünde, sich nackt im Spiegel zu betrachten. Siehst du vielleicht hier einen Spiegel? Nicht ein klitzekleiner ist hier. Und außerdem siehst du dich doch nicht an, sondern mich und umgekehrt. Von Sünde kann also gar keine Rede sein.«

Pierre mußte ihr recht geben. Von dieser Warte hatte er die Sache noch nicht gesehen. Woraus man schließen konnte, daß alles im Leben nur Auslegungssache war...

Pierre zog sich also aus. Es war ihm schon ein wenig peinlich, doch dann sagte er sich, daß Juliette und auch Marie ihn hundertmal nackt gesehen hatten. Dabei hatte er sich nie etwas gedacht, und schließlich war Ludivine auch nur ein Mädchen.

Als sie aber mit ihrer »Untersuchung« begann, beschlich ihn doch ein merkwürdiges Gefühl, das nicht unangenehm, sondern, im Gegenteil, wohlig war. Er fühlte ihre kleinen Hände auf seinem Körper, sie streichelten wie ein huschendes Tierchen seine Haut, und als sie schließlich an seinem intimsten Körperteil angekommen waren, durchlief ihn ein Zittern, und ein leises Stöhnen kam über seine Lippen.

Ludivines Hände waren voller Zärtlichkeit. Freilich war sie auch aufgeregt, aber trotzdem ganz von Neugier durchdrungen. Gerade sagte sie:

»Du hast aber einen kleinen Johannes. Sind die bei allen Jungen so klein?«

Pierre wußte es nicht. Er hatte in seinem Leben weder einen nackten Mann noch einen nackten Jungen gesehen. In katholischen Internaten zog man das Nachthemd über die Kleidung und fummelte sich dann mühsam unter dem Nachthemd die Sachen vom Leib. Gebadet wurde nur einzeln, geduscht in der Badehose. Demselben Reglement waren auch die Mädchen unterworfen. Pierre wollte ihr das gerade sagen – da geschah ihm etwas Peinliches. Er hatte es zwar schon öfter erlebt, aber daß es ihm vor dem Mädchen passierte, genierte ihn sehr.

Ohne sein Zutun wuchs der kleine Johannes von einer Sekunde zur anderen! Fasziniert schauten die beiden Kinder diesem vermeintlichen Wunder zu. Aber nur Pierre empfand dabei ein wundervolles Drängen, heiß schoß ihm das Blut zum Herzen. Er hätte jubeln und gleichzeitig weinen können. So ging es ihm immer dabei. Er spürte eine unbekannte Sehnsucht, deren Ziel er nicht kannte. Die kleine Ludivine war völlig überwältigt. Wenn sie das ihren Freundinnen erzählte! Das hatte bestimmt noch keine von ihnen gesehen. Sie klatschte begeistert in die Hände.

»Der Himmel steh mir bei, du kannst ihn wachsen lassen! Wie machst du das bloß?«

Im selben Augenblick versagte die Zauberkraft. Der stolze, aufgerichtete Kerl fiel in sich zusammen, schrumpfte zu seiner ursprünglichen Größe.

»Ach, wie gemein«, rief Ludivine enttäuscht. »Warum machst du das? Grad war er so schön groß. Laß ihn doch so!«

Pierre sah hilflos an sich herab, und plötzlich schämte er sich. Er griff nach seinen Sachen und zog sich in Windeseile an.

»Ich war noch gar nicht fertig«, monierte Ludivine beleidigt. »Erst machst du so dolle Sachen, und dann ziehst du dich an.«
Um nichts in der Welt wollte Pierre zugeben, daß er selbst nicht wußte, was mit ihm los war. Deshalb setzte er eine hochmütige Miene auf und sagte:
»Schluß der Vorstellung. Jetzt bist du dran. Wir können ja schließlich nicht hier übernachten. Kannst du was von den anderen hören?«
Beide legten die Ohren an die Tür. Gedämpftes Kichern war zu vernehmen. Das Mädchen machte eine beruhigende Geste, sah auf ihre Armbanduhr und sagte:
»Es ist noch nicht einmal Mitternacht. Die amüsieren sich. Gut, dann bist du jetzt der Doktor.« Sprach's und fing an, sich auszuziehen. Jetzt war es an Pierre, zu staunen. Natürlich hatte er auch bisher weder eine nackte Frau noch ein nacktes Mädchen gesehen. Und er war sehr erstaunt, daß Ludivine ein wichtiger Körperteil fehlte. Ja, wie war denn das möglich? Ohne daran zu denken, daß er ja jetzt den Doktor markieren sollte, fragte er fassungslos:
»Sag mal, wie machst du denn Pipi?«
»Du stellst vielleicht doofe Fragen. Ich setz mich hin. Wie soll ich es denn sonst machen?«
Ja, natürlich, wie sollte sie es sonst machen? Ludivine wurde ungeduldig. »Nun fang schon an. Wartest du auf den letzten Zug? Da, hier in der Brust tut es mir weh.«
Unendlich vorsichtig betastete Pierre die kaum wahrzunehmenden Hügelchen. Ihre Haut fühlte sich weich und warm an. Trotzdem empfand der Junge längst nicht das angenehme Gefühl, das er bei der Berührung der Mädchenhände gefühlt hatte. Im Gegenteil!
Er mußte sich direkt zwingen, diesen fremden kleinen Körper zu berühren. Wieder verstand er nicht, was in ihm vorging. Beim Bauchnabel angelangt, zog er seine Hände plötzlich

zurück. Ludivine, nun erregt wie er zuvor, verlor die Geduld. Für ihn unerwartet und völlig überraschend ergriff sie seine Hand und preßte sie zwischen ihre Beine.
Als hätte er eine Tarantel berührt, zuckte Pierre zurück. Da war es wieder, das gräßliche Ekelgefühl, das ihm die Luft abschnürte, der Brechreiz, der ihn würgte. Wie von Sinnen riß er die Tür auf und rannte davon, als wäre der Teufel hinter ihm her. Er kümmerte sich um niemand mehr. Nicht um Jean, Gilbert, Gérard, noch weniger um die Mädchen. Er wollte nur fort, fort, weit weg. Wie ein Schlafwandler fand er den Weg zurück in den Schlafsaal. Wie ein Verbrecher schlich er sich hinein, riß sich die Kleider vom Leibe und zog die Bettdecke über seinen Kopf. Er betete eine Stunde lang. Voller Demut bat er um Vergebung. Wie gräßlich er gesündigt hatte, wurde ihm erst jetzt im nachhinein klar. Er hörte die anderen kommen. Sie kicherten leise. Wahrscheinlich lachten sie ihn aus.
In dieser Nacht wurde Pierre fast hellseherisch klar, daß weder Jean noch die anderen jemals seine Freunde sein würden. Wenn er in dieser Gemeinschaft bestehen wollte, dann mußte er werden wie sie. Hinterlistig, ohne Skrupel, mußte er mit falschem Lächeln Vertrauen erwecken, um es dann hohnlachend zu zerstören. Und zum erstenmal war er froh, Pater Antoine und Monsieur Le Pors als Lehrer gehabt zu haben. Der eine hatte ihm das Lügen, der andere das Heucheln beigebracht. Um sich hier zu behaupten, brauchte er beides.
Immer noch war Pierre eigentlich ein kleiner Junge. Aber langsam füllte sich sein Herz mit Haß. Wie ein Maulwurf grub er sich einen Weg in den Untergrund menschlicher Gefühle. Eines Tages würden sie lernen, ihn zu fürchten.

Pierre setzt sich durch

Die Geschichte im Vorratskeller der Nonnen hatte ein böses Nachspiel. Ludivine war auf der einen Seite zwar äußerst befriedigt – ihre Freundinnen konnten nicht genug von dem Abenteuer hören, das sie mit dem fremden Jungen gehabt hatte –, auf der anderen auch beleidigt, weil Pierre, ohne die Spielregeln einzuhalten, getürmt war. Spätestens nach drei Tagen pfiffen es die Spatzen vom Dach.

Zu allem Unglück kam Ludivines Eltern die Geschichte zu Ohren. Und die handelten sofort.

Sie wurden nicht nur bei den Nonnen, sondern natürlich auch bei den Patres vorstellig. Der Skandal war perfekt. Dabei kam nicht nur heraus, daß Buben und Mädchen sich regelmäßig im Keller trafen, sondern natürlich auch, was sie da trieben. Nonnen und Patres verstanden die Welt nicht mehr und waren verzweifelt. Die oberste Schulbehörde sprach einen strengen Tadel aus. Der Schulleiter beziehungsweise die Schulleiterin wurden abgelöst, der Verbindungsgang ein für allemal zugemauert.

Über Pierre ging ein Donnerwetter hernieder, das er nie vergaß. Für die Obrigkeit galt er als der allein Schuldige. Daß er nur ein einziges Mal mitgemacht hatte, wurde ihm nicht geglaubt, weil die anderen Früchtchen, um selbst in besserem Licht dazustehen, ihn als den Initiator der Sexspiele bezeichneten. Das Schlimmste für Pierre aber war, daß sein Vater kommen mußte.

Vor Scham wäre er am liebsten in den Erdboden versunken. Und doch glimmte in ihm noch der winzige Hoffnungsschimmer, der Vater könnte ihn verstehen und ihm helfen. Schließlich hatte er ihm doch auch die Bösartigkeiten des Pater Antoine geglaubt.

Weit gefehlt. Jean Vallier brauchte seinen Sohn nur wiederzusehen, sogleich stellte sich erneut seine Abneigung gegen den Jungen ein. Er sah nicht die flehentlichen Blicke des Kindes, und auch dessen inbrünstige stumme Bitte erreichte sein abweisendes Herz nicht. Er schwenkte, ohne den Sohn überhaupt nach dem Wahrheitsgehalt der Anschuldigungen zu fragen, sofort auf die Linie derer ein, die in Pierre einen kleinen Sittenstrolch sahen, und verlangte eine strenge Bestrafung.

Diese größte aller Enttäuschungen in Pierres jungem Leben führte den endgültigen Bruch zwischen Vater und Sohn herbei. Und sie bedeutete auch das Ende des verträumten, trotz aller Rückschläge immer noch vertrauensvollen Pierre Vallier. Nie wieder schenkte er jemandem sein Vertrauen. Immer war er auf der Hut, ein Leben lang. Und er handelte fortan, schon als Schüler, später als Student und als erwachsener Mann, nach der Devise: Auge um Auge – Zahn um Zahn.

Natürlich ging eine solche Veränderung im innersten Wesen nicht von heute auf morgen vor sich. Zunächst konnte er seelisch tiefer nicht fallen. Für sein »beispielloses Verbrechen, begangen an einem unschuldigen Mädchen« – so betitelten die Mönche das seit Generationen geübte Kinderspiel tatsächlich –, bekam er vier Wochen »Karzer« bei Wasser und Brot aufgebrummt. So hieß auch früher schon ein meistens häßlicher, kahler Raum im Internat, der die Funktion einer Gefängniszelle hatte. Der Delinquent wurde dort eingesperrt, um in sich zu gehen und seine Taten zu bereuen.

Doch Pierre wußte wieder einmal nicht, was er eigentlich

bereuen sollte, höchstens seine vertrauensselige Dummheit. Daß die Erwachsenen ihm nicht glaubten, verwunderte ihn nicht, denn es war ihm zu oft schon passiert. Der Verrat der Mitschüler wog schwerer und erst recht Ludivines Lügen. Sie hatte behauptet, er habe sie zum Doktorspiel gezwungen, nur um selbst einer Strafe zu entgehen.

Mädchen waren widerliche Geschöpfe. Er wollte niemals mehr mit ihnen zu tun haben, geschweige denn sie anfassen. Auf ihre ekligen Spiele war er nicht erpicht. Am gemeinsten fand er Jean, der ihm – wie er sich jetzt sicher war – mit Absicht nicht gesagt hatte, was ihn erwartete. Und so ein Mistkerl nannte sich Freund. Dem hatte er auch noch sein Geld anvertraut! Na warte – er würde es sich mit Zinsen zurückholen. Noch einmal ging er ihm nicht auf den Leim.

Doch seine Erbitterung und seine Wut nützten ihm gar nichts. Er saß im Karzer – die Schuldigen nicht. Wo er auch hinsah und was er auch dachte, – überall um ihn herum waren nur Lügen, Verleumdung, Ungerechtigkeit und Falschheit. Und er war allein. Wieder einmal ganz allein.

Schon längst waren seine Tränen versiegt. Dumpf vor sich hinbrütend, verbrachte er die endlosen Tage, deren Eintönigkeit nur durch den einstündigen Spaziergang mit einem schweigenden Pater unterbrochen wurde. Auch das Schweigen gehörte zur Strafe.

Niemandem fiel auf, daß der Junge in schwere Depressionen verfiel. Sein so wacher, heller Geist versagte ihm plötzlich den Dienst. Er fühlte mit einemmal eine riesige Leere in sich und verspürte nur den einen Wunsch, in dieser Leere vollständig zu versinken. Er wollte sterben. Im Himmel war es wunderschön. So hatte man ihm versichert. Allerdings auch, daß nur gute Menschen in den Himmel kämen. Sünder müßten im Fegefeuer braten, bis Gott endgültig entschied, ob sie in den Himmel oder in die Hölle kommen würden. Die Hölle hatte ihm Pater Antoine bis ins kleinste Detail ausgemalt. Ein furchtbarer, unvorstellbar schrecklicher Ort. War er nun ein Sünder oder nicht? Sicher war er einer, denn der Pater behauptete ja auch, daß alle Menschen Sünder seien. Normalerweise erwartete ihn also das Fegefeuer, doch wenn er sich selbst umbrachte, beging er damit eine Todsünde, und auf Todsünden stand die Hölle.

Nein, in die Hölle wollte Pierre trotz größter Verzweiflung nicht. Von Teufeln gezwickt und in einem Kessel gekocht zu werden – das war einfach zu scheußlich. Wer überlebte schon so etwas!

Immerhin hielt diese verdrehte Ideologie den Jungen davon ab, sich Gewalt anzutun. Er begnügte sich damit, sich vorzustellen, wie die Menschen, die ihn kannten, auf seinen Tod reagieren würden.

Und er zählte zusammen, wer an seinem Grabe vielleicht doch weinen würde: seine gute Juliette bestimmt und auch Marie, vielleicht auch Tante Amélie und die Gaspard-Kinder. Mehr fielen ihm nicht ein. Ob sein Vater sich wenigstens Vorwürfe machen würde?

Nein, der nicht. Der war bestimmt froh, ihn los zu sein. Und er würde nicht einmal Blumen auf sein Grab legen, weil ein Selbstmörder in der Familie eine Schande war. Vielleicht würde er ihn ja auch als Strafe verbrennen lassen und seine Asche im Winde verstreuen. Dann könnte nicht einmal Juliette an seinem Grab weinen, weil es gar keines gäbe.

Solche Gedanken suchten den Jungen heim. Doch waren sie am Anfang noch selbstquälerisch und verzweifelt, so änderten sie sich ganz allmählich. Ohne daß er es merkte, fing er an, auf Rache zu sinnen, ein Begriff und auch ein Gefühl, das ihm bis dahin fremd gewesen war. Bisher hatte er in stummer Duldung alles über sich ergehen lassen. Ganz langsam regte sich Widerstand in ihm. Und so paradox es klingen mag – die

vier Wochen Karzer versetzten ihn in die Lage, sich selbst aus dem Sumpf seiner Demütigungen zu ziehen. In dem Dreizehnjährigen begann die Kraft des Hasses zu wachsen und bescherte ihm neuen Lebenswillen.
Am letzten Tag seiner Gefangenschaft war seine Verzweiflung fast vergessen. Sterben? Was für ein Blödsinn. Er wollte leben. Leben, um allen zu zeigen, daß keiner mehr mit ihm machen konnte, was er wollte. Sie glaubten die Wahrheit nicht? Nun gut, dann würde er lernen zu lügen. Jean, Gilbert und Gérard, die Helden, die ihn so schmählich im Stich gelassen hatten, sollten ihr blaues Wunder erleben. Von wegen abschreiben lassen! Aus der Traum. Wie hielten es die Patres? Nach oben beten und nach unten treten. Warum nicht auch er? Sie hatten schließlich kein Privileg darauf. Wenn es darauf ankam, konnte er besser heucheln als sie. Hatte er nicht hervorragende Lehrer auf diesem Gebiet gehabt? Beichten? Jean und Ludivine zeigten ihm doch, wie man den Katechismus manipulieren konnte. Und der Teufel? Ja, wenn selbst die Patres nicht an ihn glaubten, warum sollte er es dann länger tun? Blieben noch die Strafen Gottes. Doch wenn er es recht bedachte, hatte Gott selbst ihn nie bestraft. Immer nur seine Stellvertreter auf Erden. Und die hielten es nicht so genau mit der Gerechtigkeit, wie die Bibel sie lehrte.
Pierre, aufgrund seiner Erziehung noch immer ein gläubiges Kind, war fest davon überzeugt, daß Gott ihm ein Zeichen schicken würde, sollte er tatsächlich einmal eine große Sünde begehen. Dann würde er sich selbstverständlich in Demut unterwerfen. Gott wollte er wirklich nicht erzürnen.
Pierre verließ den Karzer als ein anderer. Blaß, mager – vier Wochen Wasser und Brot sind für einen im Wachstum begriffenen Buben weiß Gott keine ausreichende Nahrung – verließ er erhobenen Hauptes sein Gefängnis, ein kleiner Erwachsener, der sich vorgenommen hatte, zuerst seiner kleinen Welt und danach der großen das Fürchten beizubringen.

Als er in den Schlafsaal zurückkehrte, sahen ihn zwanzig Paar neugierige Augen erwartungsvoll an. Noch nie hatte einer von seinen augenblicklichen Mitschülern den gefürchteten Karzer kennengelernt. Natürlich erwarteten sie nun von ihm Aufschluß darüber.

Jean Carré, frech wie immer, wagte als erster einen Vorstoß.

»Mensch, Pierre, siehst du mickrig aus. Hast du wirklich nur Wasser und Brot bekommen?«

»Natürlich nicht«, antwortete Pierre und stellte sich gelangweilt.

»Es gab jeden Tag Gänsebraten, Hummerkrabben und Champagner. Olle Rothschild, Jahrgang 1928!«

Damit spielte er auf den bewußten Abend an. Jean fiel prompt darauf rein.

»Willst du uns verkohlen? Mensch, spiel dich bloß nicht auf wie zehn nackte Mäuse, bloß weil du im Karzer gesessen hast.«

Pierre sah ihn an, und in seinen Augen lag ein funkelndes, glitzerndes Licht, das den anderen hätte warnen sollen. Er schwieg eine Weile und sagte dann:

»Apropos Mäuse! Würdest du mir bitte mein Geld geben?«

»Was für Geld?«

»Das, was du für mich in Verwahrung genommen hast. Laß mich nachrechnen – es sind noch fünfundzwanzig Francs.«

»Du spinnst wohl?« Jean kam sich sehr sicher vor. Er ahnte natürlich, daß Pierre, nachdem er ihn so in die Pfanne gehauen hatte, keine zu melkende Kuh mehr sein würde. Also versuchte er, wenigstens den Rest für sich zu retten. Angriff ist die beste Verteidigung, dachte er. Frech sagte er Pierre ins Gesicht:

»Ich soll für dich Geld in Verwahrung genommen haben? Nun mach aber einen Punkt. He, Leute«, wandte er sich an seine Mitschüler.

»Habe ich jemals für einen von euch Geld aufbewahrt? Ich bin doch keine Bank, oder?«
Ein paar schüttelten die Köpfe, die meisten sahen verlegen nach unten, andere murmelten Unverständliches. Pierre blickte in die Runde, und seine Lippen kräuselten sich verächtlich. Dann sagte er ruhig:
»So, du hast es also nicht. Gut. Der normale Zins beträgt zur Zeit zehneinhalb Prozent für ein Darlehen – so haben wir es vor vier Wochen in Wirtschaftskunde gelernt, ihr erinnert euch sicher. Du sagst zwar, du hast es nicht; ich aber behaupte, du hast es doch. Falls du nicht zu blöde bist, kannst du ausrechnen, wieviel du zurückzuzahlen hast, je länger du es behältst. Du könntest natürlich die ganze Kiste verschwinden lassen, aber das ist schwierig.
Seit ihr mich so freundschaftlich eure Suppe habt auslöffeln lassen, passen die Patres besonders scharf auf. Und sie wissen von deiner Kiste, nicht wahr? Also, überleg gut, was du tust.«
»Du bist ja übergeschnappt«, empörte sich Jean. »Ich habe nie Geld von dir gekriegt. Das könnte dir so passen, hier abzukassieren. Da mußt du früher aufstehen.«
Pierre lächelte böse und zeigte dabei seine hübschen weißen Zähne.
»Wie du meinst, Jean. Ich könnte mir denken, daß dir der Karzer gut bekäme. Vielleicht hätten die anderen danach nicht mehr so viel Angst vor dir.«
»Na, dir ist er jedenfalls nicht bekommen. Leck mich doch am Arsch!« Jean reckte sich zu seiner ganzen Größe, er war ein kräftiger Bursche, und es ärgerte ihn maßlos, daß Pierre auf seine starken Worte hin nur lächelte. Am liebsten hätte er ihm eins übergebraten, doch aus irgendeinem Grunde traute er sich nicht. Diesen Pierre kannte er nicht, und er scheute sich – trotz seiner großen Klappe –, ihn herauszufordern.
In der nächsten Zeit fügte sich Pierre beispielhaft in die Schul-

ordnung. Sein wesentlich besserer Wissensstand half ihm dabei. Die Patres, alles hochqualifizierte Lehrer, waren voll des Lobes für ihn. Seine »Sünde« geriet sehr schnell in Vergessenheit. Dieser kleine Vallier war das Musterbeispiel eines katholischen Schülers. Nicht nur, daß er seine Hausaufgaben gewissenhaft erledigte, im Unterricht lebhaft und aufmerksam war – in Religion konnte ihm keiner das Wasser reichen. Als Belohnung dafür durfte er Ministrant werden. Das war eine Auszeichnung für jeden katholischen Jungen, zu der gehörte, daß er auch die Glocken läuten durfte.

Das hätten viele Jungen gern getan, denn im Heiligen-Geist-Internat gab es noch keine elektrischen Glocken. Hier mußte man noch am Strang ziehen, und wenn das Leichtgewichte wie Kinder taten, dann passierte es schon einmal, daß der Glockenstrang sie nach oben riß. Eine aufregende Situation, die jeder Junge sich wünschte. Ausgewählt aber wurden nur die Zuverlässigsten. Pierre gehörte mit einemmal dazu.

Verständlich, daß es ihm die anderen neideten. Dabei kam Gilbert auf eine perfide Idee. Seinen Kumpanen erklärte er:

»Wenn man die Gewichte etwas verändert, dann haut es den, der den Strang zieht, bis nach oben an die Glocke. Was, glaubt ihr, passiert mit Pierre? Von dem Gedröhn wird er taub und kann uns nicht mehr nerven, oder er fällt runter und bricht sich das Genick. Wäre auch nicht schade.«

»Ich weiß nicht«, meldete ein Besonnener Zweifel an. »Was du da vorhast, ist ja fast ein Mordversuch.«

»Quatsch. Ist doch nur ein Spaß. Könnt ihr euch vorstellen, wie Pierre da oben hilflos zappelt? Er muß uns sehr brav bitten, damit wir ihn wieder runterlassen. Die Patres sind ja im Kirchenschiff und nicht im Turm. Die können ihm nicht zu Hilfe kommen.«

»Und wenn es schiefgeht?«

»Was soll denn schiefgehen? Pierre ist doch ein sportliches

As. Aber er hat wirklich eine Abreibung verdient. Wie der den Patres in den Arsch kriecht.«
»Du bist bloß neidisch, weil er einfach klüger ist als wir alle.«
»Na und? Ist das nicht Grund genug, ihm eines auszuwischen? Zeigt er vielleicht Solidarität mit uns? Denkt nur daran, wie er mit Jean umgesprungen ist. Wenn ihr mich fragt – der hat seitdem 'ne Macke!«
»Jean hat's verdient. Der hat uns doch alle unter der Knute gehabt. Jetzt reißt er das Maul nicht mehr so groß auf.«
»Trotzdem war es früher viel lustiger bei uns. Dieser Pierre Vallier verdirbt bei den Lehrern die Preise. Sie messen uns nur noch an ihm. Wie soll denn das weitergehen? Der braucht einen Dämpfer, sage ich euch. *Der* hat sich entwickelt. Kam hier an und traute sich nicht, Mi oder Mau zu sagen. Und jetzt? Jetzt haben wir alle Mühe, ihn einzuholen. Bloß weil er mal im Karzer gesessen hat, glaubt er, der Größte zu sein!«
»Und wie willst du das machen? Das mit der Glocke?«
»Muß ich dir alles auf die Nase binden? Genügt doch, wenn er oben zappelt, oder? Wird ein Riesenspaß, sage ich euch, und Pierre eine Lehre.«
»Aber passieren darf ihm nichts«, sagte Gérard. »Ich kann es mir nicht leisten, von der Schule zu fliegen. Mein Alter bringt mich um.«
»Du bist vielleicht 'ne Flasche. Kommt doch nie raus. Ist ja außer uns niemand da. Dem weltfremden Pierre glaubt niemand. Das haben wir schließlich festgestellt. Wir haben ihn eingeseift, und er ging in den Karzer. Die kleine Strafarbeit, die wir gekriegt haben, war der Spaß doch wert.«
Nun ergriff Jean das Wort. »Ich finde die Idee von Gilbert gut. Wie er es macht, geht uns nichts an. Mein Lieber, wenn du es schaffst, diesem hochnäsigen Pierre tüchtig Angst einzujagen, dann mache ich dich zu meinem Assistenten. Seid ihr einverstanden?«

»Klaro«, war die einstimmige Meinung.
Jetzt wurde es für Gilbert ernst. Das mit dem Gewichteverlagern war natürlich Unsinn. Das hatte er sich nur ausgedacht, um seinen Freunden zu imponieren. Eine Glocke hatte selbst ein so schweres Gewicht, daß man es nicht manipulieren konnte. Da aber seine Ehre auf dem Spiel stand, wurde Gilbert erfinderisch.
Er schlich sich auf den Glockenturm. Dort verknotete er eine geklaute Wäscheleine an einem Balken, warf sie mit Schwung um den Glockenstrang, fing das Ende nach mehrmaligen mühsamen Versuchen endlich auf und befestigte es lose an dem gleichen Balken. Hier wollte er seinem Opfer auflauern und die Leine in dem Moment an sich reißen, in dem Pierre den Boden unter den Füßen verlor. Normalerweise schwebte der zu leichte Glöckner ein, zwei Meter über dem Boden, bis die Glocke zurückschwang. Mit dem tückischen Ruck an der Wäscheleine aber konnte Gilbert Pierre in der Luft festhalten, bis dieser ihn – wahrscheinlich in Todesangst – bat, ihn herunterzulassen. So weit, so schlecht. Ein bösartiger Jungenstreich, der Pierre um ein Haar das Leben kostete.

Das Glockenläuten war für Pierre eine wunderschöne Beschäftigung.
Kirchenglocken hatten ihn vom Anfang seines Lebens an begleitet. Er liebte ihren reinen, klaren Klang. Glocken verkörperten für ihn die Stimme Gottes. Er ging dieser Tätigkeit mit Inbrunst nach. Eine Auszeichnung war es sowieso, doch für ihn bedeutete das Glockenläuten mehr. Er durfte die Stimme Gottes zum Klingen bringen. Er tat das mit einer Andacht und einem Ernst, den nur der begreift, der Gott als den Mittelpunkt seines Lebens sieht.
So auch an diesem Pfingstsonntag. Der Gottesdienst in der Kirche näherte sich seinem Ende. Pierre war durch Sprech-

funk mit einem anderen Ministranten verbunden, der ihm am Ende der Messe sagte, daß es nun Zeit sei, die Glocken zu läuten. Das tat Pierre.

Doch dann geschah etwas Furchtbares.

Er wurde in die Höhe gerissen, aber nicht nur ein, zwei Meter. Er klammerte sich an den Glockenstrang. Da war ein Widerstand! Was, zum Teufel, war los?

Die Glocke dröhnte und nahm ihm, weil sie plötzlich so nahe war, fast den Verstand. Aber es kam noch schlimmer. Er war ja nur ein Kind, das eben 50 Kilo wog. Der Glockenstrang legte sich ihm um den Hals...

Pierre ergriff Todesangst. Instinktiv gab er dem Glockenstrang, an dem er hing, einen Ruck, der ihn an die Außenmauer des Turmes schleuderte. Hier konnte er mit den Füßen abbremsen, und dadurch lockerte sich die tödliche Umarmung des Seiles. In letzter Minute gelang es ihm, eine hölzerne Verstrebung des Glockenturmes zu ergreifen und sich daran festzuhalten. Die Glocke brachte – weil gebremst – einen kreischenden Mißton hervor. Natürlich hörten das die Gläubigen und auch die Patres, die sich in diesem Augenblick vor der Kirche befanden. Doch nur Pater Servatius witterte eine Untat. Er war für die Glocken verantwortlich. Hier stimmte etwas nicht. Er rannte, so schnell er konnte, in den Glockenturm, und da hörte er schon Pierres Hilferufe. Zuerst faßte er es nicht, er schüttelte den Kopf, als hätte er eine Fata Morgana gesehen. Dann aber mußte er feststellen, daß sein liebster Ministrant zehn Meter über ihm an einer hölzernen Verstrebung hing und voller Todesangst um Hilfe schrie.

Pater Servatius war ein beherzter Mann. Hilfe, die von außen zu erbitten war, würde zu spät kommen. Lange würde der Junge sich nicht mehr halten können. Zum Glück für Pierre kannte der Pater seine Kirche und den Glockenturm wie seine Westentasche. Er rannte los. Er war kein junger Mann mehr, aber vielleicht gab ihm Gott die nötige Kraft. Dort, wo der Junge hing, befand sich eine kleine Kammer, in der Arbeitsgerät aufbewahrt wurde, das zum Warten der Glocke benötigt wurde. Pater Servatius erreichte diesen Raum, kurz bevor Pierre die Kräfte verließen.

Pierre zitterte am ganzen Leibe wie Espenlaub. Er stand so unter Schock, daß er zuerst kein Wort herausbrachte. Pater Servatius besah sich den Glockenstrang, der noch leicht hin und her schwang, und blickte dann in die Höhe. Dabei bemerkte er die Wäscheleine. Sie baumelte von einem Balken im Glockenturm. Gilbert hatte in dem höllischen Schrecken, den er bekam, als er sah, was für böse Folgen sein gemeiner Streich hatte, sein Heil nur noch in der Flucht gesucht und den verräterischen Strick vergessen.

Pater Servatius streichelte Pierre übers Haar. »Setz dich, mein Junge«, sagte er freundlich besorgt. »Ruhe dich aus. Ist ja noch einmal alles gutgegangen. Dein Schutzengel war bei dir. Du solltest ihm bei der Abendandacht eine Kerze spenden. Ich muß noch einmal auf den Turm. Warte hier, bis ich dich holen komme, ja?«

Pierre nickte stumm, und der Pater machte sich an den mühseligen Aufstieg. Oben angelangt, inspizierte er das Seil, das fest um den Balken geknotet war. Zunächst wußte er nichts damit anzufangen. Bis auf die Tatsache, daß es hier nicht hingehörte, blieb ihm seine Verwendung schleierhaft. Dann entdeckte er auf dem staubigen Fußboden Abdrücke von Turnschuhen. Turnschuhe trugen nur die Schüler, und denen war es bei Strafe verboten, den Glockenturm zu besteigen. Aber einer oder mehrere waren hiergewesen, hatten das Seil um den Balken geknotet und...

Plötzlich kam Pater Servatius die Erleuchtung. Er wußte jetzt, wie der Unfall mit dem beinahe tödlichen Ausgang geschehen war. Pierre war ein ganz übler Streich gespielt worden. Er ließ alles so, wie er es vorgefunden hatte, und ging sehr nachdenklich zu Pierre zurück. Der hatte sich allmählich gefangen, doch er sah unglücklich und bedrückt aus. Der Pater sah es und fragte:

»Was hast du, Junge?« Pierre schlug die Augen nieder und betrachtete seine Schuhspitzen. Der Geistliche hob mit einem Finger das Kinn des Knaben, so daß dieser ihn ansehen mußte.

»Pierre, du hast nichts zu fürchten. Du bist ganz unschuldig an der Sache. Dich bedrückt doch etwas. Willst du es mir nicht sagen? Ich möchte dir helfen. Vertrau mir doch.«

Aber mit dem Vertrauen zu den Patres war das so eine Sache, genau wie mit der Frage, die Pierre auf der Zunge brannte. Schließlich siegte die Seelenangst des Jungen, die seine stotternd hervorgebrachte Frage bewies:

»Pater Servatius, ist es möglich ... ich meine, könnte es sein, daß ... der liebe Gott mich bestrafen wollte? Weil ich so ein böser Junge bin?« Ängstlich hing sein Blick an den Augen des Paters. Der lächelte milde und schüttelte den Kopf.

»Nein, Pierre, du bist kein böser Junge. Was hast du denn Schlimmes getan, daß du auf solch eine Idee kommst?«

»Ich habe manchmal böse Gedanken«, gab Pierre leise zur Antwort.

»Die haben zuweilen alle Menschen, mein Junge. Ein kleines Stückchen eines jeden von uns besitzt noch immer der Teufel, der uns diese bösen Gedanken eingibt. Wir können sie nur vertreiben, indem wir an Gottes Güte und Gerechtigkeit fest glauben, auf ihn hoffen und vertrauen und für unsere Erlösung beten. Spürst du nicht die Gewißheit in dir, daß Gott dich liebt?«

»Ich weiß nicht«, sagte Pierre unglücklich. »Manchmal ... manchmal denke ich, daß Gott gar nicht weiß, daß ich lebe.«

»Aber Pierre«, erwiderte der Pater mit leisem Tadel in der

Stimme, »Gott kennt alle seine Kinder und sorgt für sie. Den Beweis hast du eben erhalten. Hätte dich sonst dein von ihm gesandter Schutzengel gerettet?«
»*Sie* haben mir doch das Leben gerettet«, sagte Pierre logisch.
Wieder ein mildes Lächeln des Paters. »Ich war nur sein Stellvertreter«, sagte er bescheiden.
Pierre fand, daß Pater Servatius eigentlich sehr nett war. Bisher kannte er ihn nur als stillen, unscheinbaren Geschichtslehrer, der den Unterricht höchst langweilig gestaltete. So wagte er eine weitere Frage:
»Was war mit der Glocke eigentlich los?"
»Mit der Glocke? Mit der Glocke war gar nichts los. Man hat dir einen häßlichen Streich gespielt. Wir werden den Schuldigen finden und bestrafen. Kennst du einen Mitschüler, dem du das zutraust?«
Jetzt wurde Pierre hellhörig. Nicht Gottes Strafe hatte ihn also ereilt, sondern »man« hatte ihn schon wieder als Opfer einer Schweinerei ausgesucht. Wer dieser »man« war, konnte er sich denken. Kalte Wut stieg in ihm auf. Im Karzer hatte er sich vorgenommen, mit seinen Quälgeistern abzurechnen. Diesmal würden sie nicht so billig davonkommen.
»Ich werde Ihnen helfen, Pater Servatius«, sagte er, und ein harter, unkindlicher Zug grub sich um seinen Mund.
Erstaunt fragte der Pater:
»Du hast also schon einen Verdacht?«
»Ja.«
»Willst du ihn mir nicht mitteilen?«
»Nein. Noch nicht. Diesmal will ich, daß *mir* geglaubt wird.«
»Diesmal? Willst du damit sagen, daß du damals zu Unrecht bestraft worden bist?«
»Ja. Alle haben gelogen. Aber jetzt werden ihnen ihre Lügen nicht mehr helfen.« Pater Servatius zwang Pierre noch einmal, ihn anzusehen, und sagte sehr ernst:

»Pierre Vallier, du wirst dich doch nicht dazu hinreißen lassen, aus Rachsucht falsche Anschuldigungen zu machen? Du weißt, was in der Bibel steht: ›Mein ist die Rache, spricht der Herr.‹ Und du kennst auch die Zehn Gebote. Eines davon lautet: ›Du sollst nicht falsch Zeugnis ablegen wider deinen Nächsten.‹«

»Ich werde die Wahrheit sagen und sie beweisen!«

»Demut ist nicht gerade deine Stärke, wie?«

»Pater Servatius, wenn Gott mich wirklich liebt, wie Sie sagen, dann wird er mir nicht erlauben zu lügen. Ich will nur Gerechtigkeit.«

»Gut, mein Sohn, die will ich auch. Komm jetzt. Geh zu den anderen zurück und versuche herauszufinden, wer es war. Wenn du dir sicher bist, such mich auf, bevor du mit jemand anderem darüber redest. Ich werde dir glauben und dir beistehen, wenn es nötig sein sollte.«

»Danke, Pater Servatius. Vielen, vielen Dank.«

Vor dem Glockenturm verabschiedete sich Pierre von seinem Retter und ging festen Schrittes über den Rasen. Der Pater sah ihm gedankenverloren nach. Die ganze Haltung des Knaben drückte Entschlossenheit aus. Ein merkwürdiger Junge. Er dachte über dessen letzte Antwort nach: »Wenn Gott mich wirklich liebt, wird er mir nicht erlauben zu lügen.« Diese für einen Dreizehnjährigen erstaunliche Antwort beinhaltete Logik, Weisheit, aber auch gefährlichen Zweifel. Glaubte der Junge nun an Gottes Liebe oder nicht? Es schien eher, daß er den Schöpfer aller Dinge nur fürchtete. Aus der Furcht aber entstehen selten positive Gedanken. Wer sich fürchtet, verdreht auch mal die Wahrheit, um sich zu schützen oder zu rechtfertigen. War dieser blonde Engel nun glaubwürdig oder nicht? Pater Servatius konnte diese Frage nicht beantworten.

Gilbert, Gérard und Jean machten eine böse Stunde durch.

Gilbert, der alles ausgeheckt hatte, glaubte, daß Pierre abgestürzt und tot sei. Mit schreckensbleichem Gesicht erzählte er den beiden anderen, was sich im Glockenturm abgespielt hatte. Sofort gerieten sich die drei in die Haare. Gérard schrie: »Ich habe dir gleich gesagt, daß du Mist baust! Auf so eine blöde Idee kannst auch bloß du kommen. Und du Idiot«, wandte er sich gegen Jean, »hast ihn auch noch unterstützt. Mörder seid ihr. Ganz hinterhältige Mörder!«

»Mann, reiß bloß die Klappe nicht so weit auf«, schimpfte Jean.

»Du hast genauso wie ich gewußt, was Gilbert vorhatte. Pierre hat dich einen Dreck gekümmert. Deine einzige Sorge war, von der Schule zu fliegen, weil du dir wegen deines Alten in die Hosen machst.«

»Ich werde alles ableugnen«, sagte Gérard mit sich überschlagender Stimme. Jean sah ihn verächtlich an.

»Na, ja, darin hast du schließlich Erfahrung.«

»Du etwa nicht? Oder Gilbert? Wir alle drei haben Pierre in die Pfanne gehauen. Wollt ihr das leugnen?«

»Spiel dich doch nicht auf wie eine alte Jungfer. Es hat niemand erfahren, und es muß auch jetzt niemand erfahren, daß wir an Pierres Tod schuld sind – indirekt natürlich...«

Die drei waren so in ihren Disput vertieft, daß keiner hörte, wie die Tür leise aufging. Pierre lehnte sich, die Hände in den Hosentaschen vergraben, an die Türfüllung. In seinem Gesicht spiegelten sich Verachtung und Triumph.

»Hört zu«, sagte Jean Carré gerade, »wir müssen eine gemeinsame Strategie entwickeln. Keiner von uns weiß etwas. Klaro? Wir sind bestürzt und tieftraurig über das Ableben unseres Schulkameraden. Wir alle drei mochten ihn besonders gern.«

»Du meinst, die nehmen uns das ab? Jeder weiß doch...«

»Schnauze! Natürlich werden sie es uns abnehmen. Die Patres sind so doof, daß du sie anschwindeln kannst von vorne bis hinten. Nur der demütige Ton muß stimmen. Hat doch immer geklappt.«

»Du meinst im Ernst, die werden an einen Unglücksfall glauben?« fragte Gérard ein bißchen beruhigter.

»Warum nicht? Ich denke mir...« Plötzlich sprang Gilbert wie von der Tarantel gestochen auf. »Merde! Ich habe den Strick vergessen! Der hängt immer noch im Turm!«

»Was für einen Strick?« fragte Jean verblüfft. »Ich denke, du hast die Gewichte verändert.«

»Ach, seid ihr blöd. Das kann man doch gar nicht. Nein, ich habe eine Wäscheleine geklaut, und...«

Er erklärte genau, wie er es gemacht hatte, und so erfuhr Pierre, der noch immer unentdeckt an der Tür stand, auf welche Weise ihm Gilbert so böse mitgespielt hatte.

»Ich konnte doch nicht ahnen«, schloß Gilbert seine Rede, »daß Pierre sich den Glockenstrang um den Hals legt. Kann man denn so ungeschickt und bescheuert sein?«

»Ich hatte auch nicht die Absicht, es zu tun, mein lieber Gilbert!« Eine Bombe hätte nicht mehr Wirkung zeitigen können als Pierres Worte. Die Jungen starrten ihn an wie einen Geist. Ganz langsam, die Hände noch immer in den Hosentaschen, schlenderte Pierre auf seine falschen Freunde zu. In seinen Augen lag ein kalter Glanz. Seine Lippen kräuselten sich spöttisch.

»Ich danke euch für die Aufklärung. Zwar glaube ich, daß Pater Servatius – dem ihr dankbar sein müßt, denn er hat mir das Leben gerettet – schon weiß, wie ihr es angestellt habt, aber er wird es noch einmal gerne von euch selber hören.«

»Ich hatte nichts damit zu tun«, schrie Gérard, und Jean fügte hinzu:

»Ich auch nicht! Gilbert hat es ausgeheckt.«

»Was seid ihr doch für Feiglinge!« sagte Pierre und zitierte aus der Bibel: »Herr, wie lange willst du zusehen? Laß sich nicht über mich freuen, die mir unbillig feind sind, noch mit den Augen spotten, die mich ohne Ursache hassen. Erstes Buch David, Psalm 22. Ihr könnt ja mal nachlesen, was da noch steht. Ich rate euch gut: Sagt freiwillig die Wahrheit. Vielleicht hat Gott dann noch mal ein Einsehen mit euch.«

»Du sprichst wie so ein verdammter Pater«, knurrte Jean zwischen den Zähnen hervor. »Dabei bist du doch der größte Heuchler von uns. Leierst Psalmen herunter und hast in Wirklichkeit nur Rachegedanken.« Pierres Lächeln war teuflisch.

»Was für ein kluges Kerlchen du doch bist, mein lieber Jean. Vielleicht kann ich dir die Beteiligung an dem ›Attentat‹ auf mich nicht nachweisen, aber freu dich nicht zu früh. Für dich habe ich mir etwas Besonderes ausgedacht. Auf jeden Fall könnt ihr davon ausgehen, daß euer Aufenthalt im Heiligen-Geist-Internat in Kürze beendet sein wird.«

»Jetzt ist er total übergeschnappt«, sagte Gérard wütend. »Ja, was glaubt denn die kleine Ratte, wer sie ist? Nimm dich in acht, sonst könntest du leicht mit meinen Fäusten Bekanntschaft machen.«

»Das würde ich dir nicht raten«, antwortete Pierre gelassen. »Du bist zwar ein Jahr älter, aber ich bin auch im Sport der Bessere, und das weißt du. Wenn ihr jedoch alle drei über mich herfallen wollt, dann nur zu. Dann stehen eure Chancen noch schlechter, mit heiler Haut davonzukommen.«

Sie kamen nicht davon. Pierre ging zu Pater Servatius, wie er es versprochen hatte, und nannte ihm die Namen der Schuldigen. Danach lief alles wie von selbst. Die Patres beriefen eine Konferenz ein und zitierten die Übeltäter zu sich.

Gilbert brach unter der intensiven Befragung zusammen und gestand den unüberlegten Bubenstreich. Gérard, völlig eingeschüchtert, gab schließlich zu, davon gewußt zu haben. Nur Jean mauerte. Er schien die Unschuld selbst zu sein. Sein weinerliches, serviles Auftreten beeindruckte die Patres, sie schienen geneigt, ihm zu glauben. Doch Pater Servatius war von Pierre vorgewarnt, und er hielt zu ihm. Er stand auf und sagte:

»Meine Brüder, laßt euch nicht täuschen. Dieser Junge spricht mit gespaltener Zunge. Er trägt die gleiche Schuld wie die beiden anderen Sünder. Außerdem liegt gegen ihn noch eine weitere Beschuldigung vor. Der Schüler Pierre Vallier bezichtigt seinen Mitschüler Jean Carré des Diebstahls, begangen an ihm und anderen Schülern.«

Jetzt waren die Patres entsetzt. Das hatte ihnen gerade noch gefehlt. Bruder Thomas, der Schulleiter, wurde blaß.

»Bruder Servatius, das ist eine schwerwiegende Beschuldigung...«

»Der ihr nachgehen müßt, Bruder Thomas. Ich habe schon länger den Verdacht, daß der Schüler Carré einen äußerst schlechten Einfluß auf seine Mitschüler ausübt. Hier muß streng durchgegriffen werden, damit der Ruf unseres Internats nicht Schaden nimmt.«

Bruder Thomas stieß einen tiefen Seufzer aus. Ob er wollte oder nicht, er mußte der Sache auf den Grund gehen. Schweren Herzens ließ er Pierre rufen.

Das war des kleinen Vallier große Stunde. Der großmäulige Jean aber heulte wie ein Schloßhund. Er mußte seine Kiste holen und öffnen, und als sich unter den darin befindlichen Sachen auch noch das verlorengeglaubte Portemonnaie des Pater Lucas fand und darin der Schlüssel zum Spendenkasten in der Vorhalle der Kirche, genügte das für den Schulausschluß.

Der Politikervater Carré tobte und prügelte seinen ungeratenen Filius windelweich. Nicht wegen seiner Untaten, sondern weil er sich hatte erwischen lassen. Nicht nur in der Kirche, auch in der Politik gab es Todsünden. Später versuchte er, mittels einer großzügigen Spende die Wiederaufnahme seines Sohnes in das Internat zu erreichen. Doch die Patres ließen sich nicht erweichen. Übrigens mußten auch Gilbert und Gérard die Anstalt verlassen. Was Gérard, dank seines jähzornigen Vaters, ebenfalls sehr schlecht bekam. Nur Gilbert versteckte sich bei seiner Großmama, die den armen »Kleinen« an ihrem stattlichen Busen tröstete und auf die bösen Patres schimpfte, die ihren Liebling rausgeworfen hatten, nur weil er einmal selbst die Glocken läuten wollte! So sah Gilberts Version aus, die er jedem, der es hören wollte oder nicht, erzählte.

Pierre hatte auf der ganzen Linie gesiegt. Zum erstenmal in seinem Leben erwies er sich als der Stärkere. Das machte ihn ungeheuer stolz – aber keineswegs beliebt. Weder bei den Patres noch bei den Schülern. Die Patres hätten ihn am liebsten auch nicht mehr auf ihrer Schule gehabt, doch es gab keinen Grund für seinen Ausschluß. Er war ein blendender Schüler und fügte sich, ohne jemals aufzumucken, in Haus- und Schulordnung. Er war früh der erste in der Kirche und am Abend der letzte. Er betete mit heiligem Eifer und warf mit Bibelsprüchen nur so um sich. Seine Frömmigkeit war beispielhaft, und Pater Johannes, sein Beichtvater, staunte jede Woche über die tiefe Reue, die der Junge nach jeder Beichte zeigte. Auch beteiligte sich der nunmehr Halbwüchsige niemals mehr an verbotenen Zusammenkünften mit Mädchen, die zwar nicht mehr im Keller, aber dennoch stattfanden. Pierre wurde ein Musterschüler, und eigentlich hätte eitel Freude bei den Patres über ihn herrschen müssen. Trotzdem . . .

Nach ihrem Verständnis war er schon im ersten Internatsjahr zweimal Anlaß zu handfesten Skandalen gewesen. Sie verloren niemals die Angst, er könnte es noch einmal werden.

Die Schüler wiederum mochten ihn noch weniger. Sie hatten

auch jeden Grund dazu. Erstens war er ein »Petzer«. Er hatte Jean, Gilbert und Gérard »verraten«. Die drei waren nicht sonderlich beliebt gewesen, doch der ungeschriebene Ehrenkodex sah vor, daß, wer petzte, aus der Gemeinschaft ausgeschlossen wurde. Zweitens ließ er nie wieder jemanden abschreiben. Er gab keinen freiwilligen Nachhilfeunterricht mehr, wie er es, um anerkannt zu werden, bei Jean, Gilbert und Gérard getan hatte. Im Gegenteil – wenn ihn einer zu sehr bedrängte, erteilte er ihm mit Biedermannsmiene eine total falsche Auskunft, und der andere stand als Trottel da. Das sprach sich schnell herum. Und dann diese Anbiederung an die Patres, seine übertriebene Frömmigkeit – nie sah er ein Mädchen an, die ihm in Scharen nachliefen. Einfach widerlich und unkameradschaftlich war dieser Vallier. Wenn er irgendwo plötzlich in eine Zusammenkunft platzte, erzeugte er automatisch ein schlechtes Gewissen bei den Überraschten und die bange Frage: Was hat er vielleicht gehört und mitbekommen?
Obwohl Pierre nie wieder einen Schüler verpfiff – die Angst davor blieb tief verwurzelt. Zu allem kam noch der Umstand, daß er einfach umwerfend gut aussah. Die meisten Fünfzehn-, Sechzehnjährigen kämpften gegen pubertäre Akne. Pierre hatte eine Haut wie ein Pfirsich. Weich, samtig, ohne die geringsten Pickel. Sein Körper war nicht wie die der anderen, schlaksig, mit zu großen Händen und Füßen und ungeschickten Bewegungen. Schon mit sechzehn erreichte Pierre die Körpergröße von 1,82 Meter. Da er regelmäßig Sport trieb – viele drückten sich davor, wo sie nur konnten –, setzte er nicht ein Gramm Fett an. Seine Schultern waren breit, Taille und Hüften schmal und der Po klein und fest. Seine blonden Locken kringelten sich von allein. Er trug sie nicht besonders lang, das verbot die Schulordnung, aber er versuchte auch nicht, sie einzudämmen, etwa mit Wasser oder Gel.

Nicht nur die Mädchen sahen ihm nach...

Waren die meisten Jungen nur neidisch – Pierre war ja nicht nur besonders hübsch, sondern auch klug –, so gab es doch auch einige wenige, die versuchten, seine Freundschaft zu erringen. Ihnen allen war kein Erfolg beschieden. Pierre Vallier schien ein absolutes »Es« zu sein. Niemand wußte, wie er diesen sonderbaren Jungen einordnen sollte, die Patres nicht und seine Mitschüler auch nicht. Gingen einige davon aus, daß er ein begabter Schauspieler und Heuchler war, so sprach seine jahrelange ungebrochene Energie, mit der er sich dem Schulalltag stellte, gegen diese These.

Jugendjahre und erste Erkenntnisse

Pierre amüsierte sich heimlich über das Rätselraten um seine Person. Nach dem ruhmlosen Abgang seiner falschen Freunde hatte er sich ein Konzept zurechtgelegt, mit dem er die Welt, wie er sie von da an sah, erobern wollte. Dabei stellte es sich heraus, daß Jean Carré einen verhängnisvoll negativen Einfluß auf den bis dahin aufrichtigen Pierre ausgeübt hatte, ohne daß dieser es bemerkte. Er verachtete Jean zwar nach wie vor, bewunderte aber unbewußt, wie sein früherer Mitschüler andere manipuliert und zu seinen Gunsten hereingelegt hatte. Und so übernahm er einige Eigenschaften dieses Früchtchens. Vortäuschen und Simulieren gehörten dazu, und er lernte, wie wichtig sie in einer Welt waren, deren Moral einen doppelten Boden hatte, wo der Rücksichtslose sich nach oben boxte und dem Ehrlichen nicht geglaubt wurde. In Pierre erwachte der Ehrgeiz. Er wollte nach ganz oben, und er wollte nie mehr geschubst werden. Um das zu erreichen, mußte er sich nicht einmal besonders anstrengen. Die Natur hatte ihn mit reichen Gaben ausgestattet. Er fing an, seine Umgebung genau zu studieren. Die Schüler durchschaute er schnell. Daß sie ihn nicht leiden konnten, störte ihn nicht. An Freundschaft glaubte er nicht mehr, und ihre kleinen Gemeinheiten zahlte er ihnen dank seiner größeren Intelligenz fortan mit gleicher Münze zurück.

Die Patres waren schon eher eine Herausforderung. Zu seinem eigenen Erstaunen durchschaute er auch sie bald. Er kam

schnell zu der plötzlichen Erkenntnis, daß sie alle mehr oder weniger kleine »Pater Antoines« waren. Sicherlich auf ihre Art ehrenwerte Männer, die ihre Zöglinge in der Tradition Christi zu erziehen glaubten. Was aber war ihre Tradition heute noch wert, die seit Jahrhunderten bis zur Unkenntlichkeit verstümmelt wurde? Die katholische Kirche hatte sich schon vor der Inquisition und den Hexenverbrennungen längst verselbständigt, ihre starren, menschenfeindlichen Regeln hatten kaum noch etwas mit Gott zu tun.
Pierre liebte seinen Gott noch immer, aber es war jetzt ein sehr persönlicher Gott: nicht der strafende alte Mann, der im Himmel thronte und die Menschheit mit Hölle und Verdammnis schreckte. Für ihn war er eher ein strahlender Held, der für seine Anhänger eintrat und seine Feinde zerschmetterte. In Pierre setzte sich ein total verqueres Gottesbild fest. Der Kirche und ihren Stellvertretern traute er nicht länger. Er durchschaute die Falschheit seiner Lehrer, bei denen nur Kinder, die sich voll und ganz anpaßten, wohlgelitten waren. Die individuelle Eigenart behaupten zu wollen galt schon als aufsässig und wurde entsprechend bestraft.
Pierre wußte nun, wie das lief, und stellte sich darauf ein. Bei Pater Antoine hatte er die Kunst der Verstellung gelernt. Jetzt war er ihm direkt dankbar dafür. So mauserte er sich zum Musterschüler, dem keiner etwas anhaben konnte. Er schuf sich selbst neu, machte eine Kunstfigur aus sich, die ihm schnell zur zweiten Natur wurde. Mitunter glaubte er sogar an das, was er den anderen vorschwindelte, wie ein guter Schauspieler, der sich völlig mit seiner Rolle identifizierte.
Das änderte sich erst, als in seine Parallelklasse ein neuer Schüler Einzug hielt. Pierre war knapp achtzehn Jahre alt, als er Thomas Bravadeur kennenlernte. Thomas, Sohn eines Diplomaten und zwei Jahre älter, war schon von drei Internaten gefeuert worden. Er war ein hübscher, dunkelhaariger Junge; faul, lasziv, mit null Bock auf nichts.

Sie trafen sich zufällig in der neu eingerichteten Kantine, wo sich die älteren Schüler, von ihrem eigenen Geld natürlich, besseres Essen kaufen konnten. Zwar war der Qualitätsunterschied unerheblich, doch wer es sich leisten konnte, ging gerne hin. Man war mehr unter sich als in dem riesigen Speisesaal, wo überdies das Gealber der Kleineren jede Unterhaltung unmöglich machte.

In der Kantine arbeiteten bei der Essensausgabe auch die einzigen Frauen, die die Schüler innerhalb des Internats zu Gesicht bekamen, einfache Arbeiterinnen aus Avignon, die sich in drei Stunden ein karges Zubrot verdienten. Sie waren noch jung, zwischen 23 und 26 Jahre alt, damit aber wesentlich älter als die ältesten Zöglinge. Und sie hatten eines gemeinsam: Sie konnten die feinen Söhnchen der reichen Oberschicht nicht leiden, die sie zu bedienen hatten. Das soziale Gefälle war einfach zu groß. Streitigkeiten waren also vorprogrammiert.

Pierre lag mit der einen fast ständig im Clinch. Die etwas vollbusige Henrietta Aumont ärgerte sich ständig über die herablassende, hochmütige Art, mit der Pierre sie behandelte. Deshalb rächte sie sich auf ihre Weise, indem sie ihm das mickrigste Stück Fleisch auf den Teller legte und ihn dann wüst beschimpfte, wenn er sich beschwerte.

Den anderen machten diese Auseinandersetzungen Spaß. Einmal, weil sie sich freuten, daß der wenig beliebte Vallier von der stimmgewaltigen Henrietta niedergebrüllt wurde, zum anderen lernten sie zu ihrem quietschenden Vergnügen die Gossensprache.

An diesem Tage aber nahm die Geschichte einen anderen Verlauf.

Pierre schob angewidert und wütend seinen Teller zu Henrietta zurück und schimpfte:

»Was ist denn das wieder für ein Fraß? Wollen Sie mich vergiften?«

Henrietta konterte:
»Mußt es ja nicht essen, Bübchen. Hurenbrüstchen stehen heute nicht auf der Karte. Wenn das Herrchen aber noch ein paar Francs drauflegt, könnte ich ihm einen Ochsenschwanz anbieten. Allerdings keinen gebratenen ...« Danach lachte sie schallend und stemmte wie ein Marktweib die Hände in die Seiten. Pierre lief rot an.
»Was fällt Ihnen ein? Ist in Ihrem weiblichen Schrottgehirn alles durcheinandergeraten? Das mache ich nicht mehr länger mit. Ich werde mich beschweren.«
»Fick dich ins Knie, Kleiner, und pöble keine Erwachsenen an. Verschwinde, bevor ich Hackfleisch aus dir mache!« dröhnte Henrietta. Drei, vier andere Jungen schlugen sich vor Vergnügen auf die Schenkel. Henrietta schien heute groß in Form zu sein. Ein Glück, daß die frommen Patres nicht ahnten, was für eine Teufelsküche sie da angerichtet hatten.
Doch ehe es noch lustiger werden konnte, passierte etwas Unvorhergesehenes. Ein dunkelhaariger Junge – er stand hinter Pierre, und keiner hatte ihn zuvor gesehen – sagte leise, aber mit gefährlichem Unterton:
»He, du Schlampe! Du rückst sofort zwei respektable Portionen von dem Gemansch heraus, das du uns anzubieten wagst. Ich will die besten Stücke, hast du mich verstanden?«
Plötzlich war Totenstille im Raum. Henrietta, noch wenig aus der Fassung gebracht, sagte bloß:
»Was bist denn du für ein Arschloch?«
Nicht nur zu ihrer Überraschung allein ging plötzlich ein Gewitter zotigster Anschuldigungen über sie hernieder. Die Gute hörte mit offenem Mund zu. Bei dem Jüngelchen konnte selbst sie noch etwas lernen. Und das wollte etwas heißen.
Es war Thomas Bravadeur, der Neue, der sich derart einführte, und er erntete durchschlagenden Erfolg. Die verblüffte Henrietta sagte beschwichtigend und bewundernd zugleich:

»Himmel, Junge, bei wem bist denn du in die Lehre gegangen? Und so was landet in einer Klosterschule. Jetzt sieh mich nicht an wie der Teufel persönlich. Sollst deine zwei Portionen haben. Nur vom Feinsten, Junge, nur vom Feinsten. Besseres hat auch König Salomon nicht gegessen. Bestimmt.«
»Halt die Klappe und tu, wozu du hier bist, sonst kannst du morgen wieder Klos putzen gehen. Und ich warne dich: Wage nicht noch einmal, meinem Freund das Schlechteste, was es in diesem Laden gibt, auf den Teller zu legen. Dann bekommst du es mit mir zu tun. Und schreib dir hinter die Ohren: Ich bin nicht nur wortstark, ich habe auch gar keine Skrupel!«
Zwar wußte Henrietta nicht, was »Skrupel« bedeutete, aber den Ton verstand sie. Ohne Widerrede suchte sie tatsächlich das Beste zusammen und häufte die Teller voll, als wäre ein jeder für vier Personen bestimmt.
»Na, also! Es geht doch mit etwas Liebenswürdigkeit, nicht wahr?«
Thomas Bravadeur lächelte Pierre an, gab ihm seinen Teller und winkte ihn mit einer Kopfbewegung zu einem freien Tisch.
Dieses Lächeln drang in die unbekannten Schichten von Pierres Seele, so tief, daß er gar nicht wußte, was mit ihm geschah. Thomas Bravadeur, der erfahrene Schlawiner, übersah geflissentlich, daß Pierre fast verstört war. Doch der Instinkt eines Jagdhundes sagte ihm, daß er die richtige Beute gestellt hatte.
»Mensch, nun iß das Zeug, bevor es restlos kalt ist. Ich bin Thomas Bravadeur. Seit gestern abend in diesen heiligen Hallen. Mein Alter verspricht sich davon eine Besserung meiner ›Charakterschwäche‹. Das ist vielleicht ein blöder Hund! Er versucht, den Teufel mit dem Beelzebub auszutreiben. Glaubst du an den Zirkus?«
»Wenn du die Kirche und die Patres meinst – nein«, gab Pierre zu.

»Wußte ich. Gleich, als ich dich sah. Unsereins erkennt sich immer.«
»Unsereins?« Pierre war ein einziges Fragezeichen. Thomas merkte, daß er auf der Hut sein mußte.
»Na, ja, versteh mich richtig. Auf solchen Klosterschulen wird doch geheuchelt, daß es einen Stein erbarmen könnte. Diese Lehrer wollen dir weismachen, daß du weder onanieren noch bumsen darfst, bevor du verheiratet bist, weil es deiner kostbaren Seele Schaden zufügen würde. Na, hör mal, in welcher Zeit leben die denn?«
Pierre entkrampfte sich. War es möglich? Da hatte ihm der Himmel plötzlich einen Gleichgesinnten beschert. Noch schüchtern fragte er:
»Onanierst du oft?«
»Selbstverständlich. Wie willst du dir denn sonst helfen? Schöner ist das natürlich, wenn man es gegenseitig tut.«
»Gegenseitig? Etwa mit Mädchen?«
»Du spinnst wohl. Ich kann Weiber nicht ausstehen. Du etwa?«
»Nein. Ich finde sie widerlich. Schlechte Erfahrungen«, sagte Pierre altklug.
»Markig«, erwiderte Thomas. »Wußte gleich, daß wir auf einer Linie liegen. Hast du einen Freund?« Pierre schüttelte den Kopf.
»Nein. Mich meiden die Jungen hier.«
»Warum?«
»Weil ich ihnen überlegen bin. Sie sind blöde. Nicht unbedingt im schulischen Sinne, eher im menschlichen. Sie haben keine Ahnung, wie sie mit den Patres umgehen müssen. Aber ich hab das schon gelernt, als ich fünf Jahre alt war.«
»Toll. Das mußt du mir erzählen.«
»Interessiert es dich ehrlich?«
»Mann, wie kannst du fragen? Ich habe meine Erfahrungen

sehr viel später gemacht. Aber vielleicht einige, von denen du noch nichts weißt. Wir könnten uns austauschen.«
Nachdenklich antwortete Pierre:
»Die Idee gefällt mir. Bloß eins sage ich dir: Faule Tricks kannst du an mir nicht ausprobieren.«
»Mensch, warum sollte ich? Wäre ich für dich eingesprungen, wenn du mir nicht sofort gefallen hättest? Alles klar? Wie heißt du eigentlich, und was macht dein Alter? Kannst du ihn leiden?«
»Ich heiße Pierre Vallier. Mein Vater hat eine der größten Parfumfabriken in Grasse, und ob ich ihn leiden kann? Eher geht ein Kamel durchs Nadelöhr, wenn du verstehst, was ich meine. Er ist so kalt wie ein Gletscher. In seiner Nähe erfrieren Tränen. Oh, ich hasse ihn, und eines Tages werde ich es ihm heimzahlen!«
»Mann, o Mann! Genau wie bei mir. Du erzählst mir alles haargenau, ja? Wann hast du denn das nächste Mal Freistunde? Das gibt es doch wohl hoffentlich hier?«
»Ja, ab dem sechzehnten Lebensjahr fünf Stunden die Woche. Du kannst sie zusammenhängend nehmen, kannst sie aber auch aufteilen. Es wird genau Buch darüber geführt. Ich habe heute meinen freien Abend.«
Thomas Bravadeur legte eine schön manikürte Hand auf Pierres Arm und lächelte ihn an. In seinen dunklen Augen mit den langen Wimpern flackerte ein unterirdisches Licht. Pierre wurde es heiß und kalt zugleich. Es war ein wunderbares Gefühl, so angesehen zu werden. Thomas' Lächeln vertiefte sich. Er sagte:
»Das paßt ja großartig. Ich fange nämlich erst morgen offiziell hier an. Ein Tag zum Kennenlernen der Anstalt ist mir großzügig bewilligt worden. Was hältst du davon: Wir fahren heute abend nach Avignon und gehen anständig essen, nicht so einen Fraß wie den da. Und keine Angst, wir können

tüchtig einen draufmachen. Ich hab die Scheckkarte meines Vaters in der Tasche. Der merkt ein paar Hunderter mehr oder weniger nicht. Willst du?«

Und ob Pierre wollte! Ein ganz neues Gefühl ergriff Besitz von ihm. Er gab sich keine Rechenschaft darüber. In ihm war einfach der Wunsch, mit diesem Thomas, den er vor knapp einer Stunde noch nicht gekannt hatte, zusammenzusein. Kein einziger mißtrauischer Gedanke regte sich in ihm.

Sie trafen sich gegen achtzehn Uhr vor dem Hauptportal. Sie sahen sich an und brachen in Lachen aus. Pierre trug eine dunkelblaue Hose, ein dunkelblaues Seidenhemd und einen weißen Schal. Thomas eine weiße Hose, ein weißes Seidenhemd und einen dunkelblauen Schal. Und auf allen Sachen prangte das gleiche Etikett: Pierre Cardin.

Thomas fing sich zuerst wieder.

»Zweifelst du noch, daß wir zusammengehören? Wenn das keine Übereinstimmung ist. Weißt du was? Du gibst mir deinen Schal und ich dir meinen. Dann hat jeder etwas, was dem anderen gehört, ja?«

Obwohl das doch ein ganz harmloser Vorschlag war, errötete Pierre wie ein Mädchen. Fast andächtig band er sich Thomas' Schal um den Hals, und der leichte Duft von *Kouros*, der dabei in seine Nase zog, benebelte ihm die Sinne auf das angenehmste. Thomas hakte sich ohne Verlegenheit bei ihm unter.

»So, jetzt werden wir uns einen Brummi nehmen.«

»Einen Brummi?«

»Ein Auto anhalten, Pierre. Sonst sind wir pflastermüde, bevor wir in der Altstadt ankommen. Hast du das noch nie gemacht?«

»Nein.« Pierre schüttelte den Kopf. »Ich bin immer gelaufen.«

Sein Gefährte warf ihm einen schnellen Seitenblick zu, und es entfuhr ihm ungewollt:

»Du hast vieles noch nicht gemacht, wie?«
Pierre antwortete nicht, weil er nicht wußte, welche Antwort Thomas von ihm erwartete. Erwartete er vielleicht eine Schilderung seiner gräßlichen Erlebnisse mit Mädchen? Nein, das konnte nicht sein. Sein neuer Freund hatte ihm ja gestanden, daß er Mädchen ebensowenig mochte wie er selbst. Was aber bezweckte seine Frage dann?
Sie schlenderten durch die winkligen Gassen, beobachteten die schwatzenden Menschen vor den Haustüren ihrer windschiefen Häuser, die bei einem Pernod oder einem Gläschen Wein ihre Tagesgeschäfte besprachen oder sich über Politik die Köpfe heiß redeten. Ein ganz gewöhnlicher Feierabend für diese Menschen, die den beiden hübschen, fast gleich großen jungen Männern zuweilen neugierig oder auch teilnahmslos nachsahen.
Sie fanden ein gemütliches Bistro. Keine Touristenkneipe. Ein Restaurant, in dem Einheimische in Ruhe und mit Freunden die gute französische Küche genossen. Sie speisten ausgiebig und gut und tranken dazu keinen Champagner, sondern auf Anraten des Wirtes einen köstlichen, vollmundigen Landwein aus der Gegend von Saint-Andiol.
Thomas drängte Pierre nicht, ihm seine Lebensgeschichte zu erzählen, obwohl er sich doch so wißbegierig gezeigt hatte. Thomas war ein zwanzigjähriger, zweimal sitzengebliebener, erfahrener Verführer. Er wußte, dieses gemeinsame, genußvolle Essen diente dazu, sich sozusagen gegenseitig zu umkreisen. Deshalb bestritt er zunächst den größten Teil des Gespräches. Erzählte von seinem Diplomatenvater, den er verabscheute, der schon von Berufs wegen immer lügen mußte und gar nicht mehr anders konnte; von seiner Mutter, die, als er fünf Jahre alt war, mit einem Jockey das Weite suchte, und von den unzähligen Geliebten seines Erzeugers, die er alle »Tante« nennen mußte. Mit acht Jahren kam er in das erste Internat.

»Ja, und da war dieses Schwein, das mich immerzu befummelte ...«

Wie elektrisiert horchte Pierre auf.

»Befummelte? Du meinst, er hat dich gestreichelt?«

»Gestreichelt kann man es auch nennen«, sagte Thomas, und sein voller Mund wurde zum Strich. Jetzt verlor Pierre seine zur Schau getragene Schüchternheit, denn in der Schilderung seines neuen Freundes stand Monsieur Le Pors, sein letzter privater Erzieher, nur allzu deutlich vor seinen Augen. Und zum erstenmal konnte er über die Qual reden.

»Weißt du, Thomas, am Anfang fand ich das sogar angenehm. Ich war so ausgehungert nach Zärtlichkeit. Doch dann tat er mir weh und drohte mir mit den schlimmsten Strafen, falls ich ihn jemals ›verleumden‹ sollte.«

Thomas nickte verständnisvoll. Sein Gesichtsausdruck war ganz ehrlich und mitfühlend. Schon wieder hatten sie eine gemeinsame Seite gefunden.

»Du hast dich natürlich auch nicht getraut, zu deinem Alten zu gehen und ihm alles zu erzählen?«

»Thomas, du kennst meinen Vater nicht. Seit ich denken kann, habe ich an allem selber schuld gehabt, was mir widerfuhr. Monsieur Le Pors war ein Lehrer mit geschliffenem Geist. Das weiß ich natürlich erst heute. Aber glaube mir, er wäre wie der Unschuldsengel aus der Affäre herausgekommen und ich einmal mehr der Sündenbock gewesen.«

Nach diesem gemeinsamen Abendessen schien es Pierre und auch Thomas so, als würden sie sich seit Jahren kennen, als hätten sie sich nacheinander gesehnt, sich gesucht und gefunden. Sie gingen hinaus in die laue Sommernacht, immer im Schatten der gigantischen Türme des Palais des Papes, die, hell angestrahlt, sie überallhin verfolgten in dieser Stadt der früheren Superlative. Und es war ihnen, als fordere dieser Palast noch immer lebende Opfer. Sein Schatten und das Licht saugten sie ein. Verdammnis oder Erlösung?

Zwei junge Menschen, verkrüppelt durch eine total falsche Erziehung, suchten ein bißchen Glück und Geborgenheit für sich.
Alles, was sie zu entdecken glaubten, erinnerte sie an eine nie selbst erfahrene Fürsorge. Die Tauben in der berghohen Westfront des Papstpalastes gurrten zärtlich und brachten ihrem Nachwuchs eifrig Futter. Ein altes Weib fütterte heimatlose Katzen auf der Treppe des Palais des Papes, und jede bekam ihre dosierte Ration nach Alter und Würde zugemessen. Sie sahen den majestätischen Strom, die Rhône, unter der Ringmauer, sie blickten hinüber auf den Turm des Philippe le Bel aus dem 12. bis 14. Jahrhundert und weiter auf die roten Dächer von Villeneuve-lès-Avignon und sein mächtiges Fort Saint-André, auf die schön geschwungene Linie der sich grün im Wasser spiegelnden Insel de la Barthelasse und dann, hinter den Hochhäusern der Randbezirke, von Wolken umzogen und dunstverhüllt, die im Mai noch verschneite Kuppe des fast zweitausend Meter hohen Mont Ventoux.
»Laß uns zum Fluß gehen«, sagte Thomas. »Es ist einsam und schön dort unten. Seit man die Slumviertel abgerissen hat, ist ein Park entstanden, den die Parias unserer Gesellschaft meiden. Frag mich nicht, warum. Man hat sie wohl zu grausam aus ihren Elendsquartieren vertrieben.«
»Du kennst dich sehr gut aus hier«, sagte Pierre verwundert.
»Wie sollte ich nicht? Ich bin hier geboren. Irgendwann lernst du das Haus meines Vaters kennen. Komm jetzt, Pierre, ich zeige dir, wie schön das Leben sein kann ...«
Aus irgendeinem Grund, der ihm nicht bewußt war, empfand Pierre mit einemmal Furcht. Er wußte nicht, wovor. Er folgte Thomas, der ihn zu einem hübschen Fleckchen Rasen unter einer Akazie führte. Dort ließen sie sich nieder. Der Strom plätscherte zu ihren Füßen, und in dem Gipfel der Akazie raschelte es von unzähligen Vögeln, die sich diesen Baum zur Schlafstelle auserkoren hatten.

Pierre fühlte sein Herz pochen und zittern. Sein Blut begann schneller zu pulsieren. Was geschah mit ihm?

Über der Landschaft lag das Licht des Mondes. Kalt und doch verlockend zog es Liebende an. Sie hörten das Murmeln des Wassers, und für einen Augenblick war Pierre in einer anderen, fremden Welt.

Als er erwachte, lag Thomas nackt neben ihm. Ihre Augen trafen sich. Thomas' Blick grub sich tief in Pierres Gedächtnis ein, um nie wieder aus ihm zu verschwinden. Eine rührende Unschuld lag auf seinem Gesicht und reinste Hingabe. Sie küßten sich...

Pierre wird endgültig erwachsen

Drei Monate später. Thomas Bravadeur war wie Pierre Vallier keineswegs beliebt, aber sie hatten sich in der Hierarchie des Internats eine Führungsposition erobert. Nichts ging mehr ohne sie. Und nicht ein einziger Pater merkte, was gespielt wurde. Die beiden waren inzwischen Meister der Intrige. Und obwohl beide von ihren pflichtvergessenen Vätern mit Taschengeld wohlausgestattet waren, knöpften sie ihren Mitschülern beachtliche Summen ab. Schweigegeld war es meistens. Sie zeigten sich unbarmherzig und wurden gefürchtet wie Luzifer selbst.

Ein Gutes hatte die Verbindung der beiden: Pierre konnte Thomas davon überzeugen, daß nur Erfolg zur Macht führte. Thomas, hochintelligent wie Pierre, begriff plötzlich, daß Wissen Macht ist. Und so führte er genau wie Pierre die Patres und den eigenen Vater hinters Licht. Thomas wurde, wie sein Freund, ein Musterschüler. Sein Vater faßte es nicht. Auch Jean Vallier zeigte sich ziemlich erschüttert über die schulischen Erfolge seines Sohnes. Er hatte ihm ja nie etwas zugetraut und begann, milder über ihn zu urteilen. Natürlich kam es ihm nicht in den Sinn, daß Pierres Anstrengungen darauf hinauslaufen könnten, ihn eines Tages zu vernichten. Tatsächlich spielte der Junge mit diesem Gedanken schon, bevor er Thomas kennenlernte – doch erst mit seiner Hilfe nahm dieser Vorsatz mehr und mehr Gestalt an. Denn eines Tages richtete Thomas plötzlich die Frage an ihn:

»Warum nennst du deinen Alten eigentlich immer noch Vater?«
Pierre sah ihn erstaunt an und erwiderte:
»Weil er es ist.«
»Ach, wirklich? Benimmt er sich wie ein Vater? Beschützt er dich? Tritt er für dich ein? Zeigt er dir seine Liebe? Er tut nichts dergleichen, wie ich deinen Erzählungen entnommen habe. Siehst du, und weil meiner genau so ein Stinkstiefel ist, nenne ich ihn nur noch den ›Alten‹. Das hat nichts mit dem wirklichen Alter zu tun, versteht sich. Aber indem ich ihm den nötigen Respekt versage, zeige ich ihm meine Verachtung. Du kannst dir nicht vorstellen, wie der sich jedesmal aufs neue ärgert.«
»Willst du damit sagen, daß du deinen Vater direkt mit ›Alter‹ anredest?« Pierre blieb vor Staunen der Mund offenstehen. Nie, auch unter den widrigsten Umständen nicht, würde er dazu den Mut aufbringen. Thomas lachte nur.
»Natürlich. Ist ja meine einzige Freude zu Hause, wenn ich ihn zur Weißglut bringen kann. Ich sag zum Beispiel: ›He, Alter, rück mal ein paar Mäuse raus, dein kleiner, braver Sohn ist pleite.‹ Hui! Dann schäumt er wie ein Gaul nach einem Hundert-Kilometer-Lauf. Natürlich langt er mir regelmäßig eine. Doch stecke ich die stoisch weg, aus lauter Freude darüber, daß ich ihm den Rest des Tages versaut habe, er sich aus Frust vollaufen läßt und zu seinen Edelnutten abzischt.«
Mit glänzenden Augen sah Pierre seinen Freund an.
»Ich bewundere dich, Thomas. Du hast einen Mut ...« Der Ältere wurde ernst. Ein Schatten flog über sein Gesicht, ehe er antwortete:
»Das ist kein Mut, Kleiner. Das ist Ein-sich-Wehren aus Verzweiflung, weil man sich so verflucht alleingelassen sieht. Als Kind habe ich mir oft ausgemalt, wie ich zurückschlagen würde, wäre ich erst erwachsen. Dir habe ich es zu verdanken,

daß ich heute weiß: Es gibt wirksamere Methoden, einen Menschen zu schlagen, als rohe Gewalt. Du hast mich davon überzeugt: Wer mehr weiß als seine Feinde, dem ist es ein leichtes, sie mit eigenen Waffen zu schlagen. Ein verdammt guter Zukunftsgedanke. Dir aber werde ich beibringen, endgültig die Angst vor deinem Vater zu verlieren, denn du hast noch immer Angst vor ihm. Du siehst, wir ergänzen uns großartig.«

Das taten sie wirklich. Pierre war so glücklich wie noch nie. Er liebte und wurde wiedergeliebt. Er entdeckte die längst verlorengeglaubte Zärtlichkeit in sich wieder und das beglückende Gefühl, mit dieser Zärtlichkeit einen anderen Menschen glücklich zu machen. Daß dieser Mensch kein Mädchen war, interessierte ihn zunächst überhaupt nicht, und ein Unrechtsbewußtsein bei dem, was er tat, hatte er nicht. Pierre, der Bibelfeste, fand das Hohe Lied der Liebe in den Briefen des Paulus an die Korinther. Dort steht im 13. Kapitel wohl die schönste Ode an die Liebe.

»Wenn ich mit Menschen und mit Engelszungen redete und hätte der Liebe nicht, so wäre ich ein tönend Erz oder eine klingende Schelle. Und wenn ich weissagen könnte und wüßte alle Geheimnisse und alle Erkenntnis und hätte allen Glauben, also daß ich Berge versetzte, und hätte der Liebe nicht, so wäre ich nichts. Die Liebe ist langmütig und freundlich ... sie freuet sich nicht der Ungerechtigkeit, sie freuet sich aber der Wahrheit ... Die Liebe aber höret nimmer auf...«

In diesem Korintherbrief von Paulus steht kein Wort darüber, daß er die Liebe zwischen Mann und Frau meinte. Liebe hat viele Gesichter. Und sie kann, wo immer sie auftritt und wem immer man sie schenkt oder von wem man sie geschenkt bekommt, niemals schlecht sein. Denn sie ist das reinste Gefühl, dessen ein Mensch fähig ist.

Pierres Liebe zu Thomas war voller Hingabe, Enthusiasmus

und Ausschließlichkeit. Noch wußte er nicht, welchen leidvollen Weg er beschritten hatte. Er war so jung, so unerfahren und in dieser Beziehung noch immer arglos.
Thomas Bravadeur war kein schlechter Junge. Beide jungen Männer hatten eine sehr ähnliche Kindheitsgeschichte: die nie versiegende Sehnsucht nach Liebe und Geborgenheit, nach der Mutter, die sie kaum oder, in Pierres Fall, gar nicht kennenlernten; die immerwährenden Enttäuschungen, das frömmelnde Eifern despotischer Väter, barbarische Strafen für Kindertorheiten und heuchlerische Erzieher, die besser im Mittelalter gelebt hätten.
Der einzige Unterschied zwischen ihnen war, daß Thomas nie so isoliert gelebt hatte wie Pierre. Deshalb zeigte sich Thomas, was den Umgang mit der Familie, Lehrern und Mitschülern anbelangte, sehr viel weiter und gewiefter als Pierre. Allerdings ließen ihn die »Langhaarigen«, die Mädchen, genauso kalt wie Pierre.
Daß Beziehungen unter Knaben, und seien sie noch so unschuldig, als äußerst verwerflich galten, lernte er schnell. Auch Thomas hatte seine Unschuld, seine Unbefangenheit körperlichen Vorgängen gegenüber, erst durch gezielte Fragen, die nichts an Deutlichkeit zu wünschen ließen, in der Beichte verloren. Mit voranschreitender Pubertät, die schwierigste Zeit eines jungen Menschen überhaupt, lernte er wie tausend andere katholische Schüler, die Beichte zu verfälschen. Thomas Bravadeur – ironischerweise mit einem Namen belastet, der übersetzt der »Herausforderer« heißt – begriff rasch, daß er seine Vorliebe für hübsche Jungen besser geheimhielt.
Pierres unschuldige, besitzergreifende Liebe machte ihm bald Sorgen. Der junge Liebhaber war zu unvorsichtig, weil absolut unerfahren. Das konnte für sie beide Folgen haben. Also entschloß sich Thomas zu einer Radikalkur. Er hatte Angst, Pierre zu verlieren, denn er liebte ihn. Aber er wußte auch,

daß er allein für Pierres plötzlich erwachte Sexualität die Verantwortung trug.
Inzwischen hatten die beiden sich mit dem Geld, das sie auf nicht immer legalem Wege verdienten, ein Liebesnest in Avignon geschaffen. In ihrem Alter haben Jungens aus der Bundesrepublik mit einigem Glück schon einen Studienplatz. Pierre und Thomas nicht. Sie waren noch immer Zöglinge des Heiligen-Geist-Internats mit sehr beschränkten persönlichen Möglichkeiten. Da sie kurz vor dem Abitur standen und ausgezeichnete Leistungen erbrachten, erwarben sie sich das Recht, zweimal in der Woche Ausgang zu haben. Die Patres hätten dem Wunsch der jungen Leute nicht widerstehen können, denn erstaunlicherweise machten die Väter der beiden, die sich aufgrund der Freundschaft ihrer Söhne kennen- und schätzengelernt hatten, sich für eine möglichst große Freiheit stark.
Ihre Bleibe war ein Zimmerchen in einer Pension, die ansonsten verschämten Bürgermädchen aus Avignon diente, die sich unerkannt und raffiniert ein Zubrot bei erlebnishungrigen Touristen verschafften. Und da diese Mädchen durchaus respektablen Familien angehörten und nichts, aber auch gar nichts von ihrem heimlichen Treiben an die Öffentlichkeit geraten durfte, war Madame Clothilde eine Anlaufstelle für Verliebte jedweder Art. Madame sah weder auf Alter noch auf Geschlecht, und es war ihr gänzlich egal, mit was sich die jungen Leute, die sie stundenweise beherbergte, beschäftigten, solange die Kasse stimmte. Die Wucherpreise, die sie nahm, und ihre verläßliche Diskretion verhalfen ihr zu bescheidenem Reichtum. Vor kurzem erst hatte sie ein hübsches Häuschen nahe den Pfirsichplantagen von Saint-Andiol erworben, wo sie einmal in Ruhe ihr Alter verbringen wollte.
Hier bei Madame Clothilde fanden die beiden Freunde eine Zufluchtsstätte. An diesem Abend hatte Thomas das unange-

nehme Gefühl, beobachtet zu werden. Aus berechtigter Vorsicht bestand er darauf, daß Pierre zuerst allein das unauffällige Haus betrat. Er selbst bummelte noch zehn Minuten durch die Gassen, vergewisserte sich, daß ihm niemand folgte, und ging dann auch hinein.

Er fand Pierre leicht verärgert vor. Dank seiner Beziehung zu Thomas hatte Pierre an Selbstsicherheit gewonnen. Die zeigte sich allerdings auch manchmal in leicht zickigem Beleidigtsein. Als der Freund die Tür hinter sich schloß, sagte Pierre grämlich:

»Was soll dieses Versteckspielen? Schämst du dich meiner? Du tust gerade so, als hätten wir etwas zu verbergen.«

Du heilige Einfalt! Thomas antwortete nicht sofort. Er stellte die mitgebrachte Flasche Wein auf den Tisch, daneben scharf duftenden Ziegenkäse aus den Bergen und eine Baguette, holte Gläser aus der altmodischen Glasvitrine und Messer. Dann öffnete er mit Bedacht die Weinflasche, schenkte die Gläser voll. Bei all dem sagte er kein Wort, während Pierre ihn mit wachsender Verärgerung beobachtete. Schließlich konnte der nicht mehr an sich halten und fragte:

»Bist du plötzlich mit Stummheit geschlagen? Was ist los mit dir?«

»Setz dich, Pierre«, sagte Thomas, ohne auf die Aggressivität des Jüngeren einzugehen. »Es ist an der Zeit, daß wir uns ernsthaft unterhalten.«

»Das können wir auch im Internat. Willst du unsere kostbare Zeit mit philosophischen Gesprächen verplempern?«

»Nein, aber ebensowenig mit albernem Geplänkel. Pierre, ich bin sicher, daß uns heute jemand verfolgt hat.«

»Na, und? Laß sie doch. Wenn es ihnen Spaß macht. Die haben doch so viel Angst vor uns, daß . . .«

Thomas unterbrach ihn barsch.

»Das könnte sehr schnell ins Gegenteil umschlagen, mon chou.«

»Bist du verrückt? Ich verstehe nicht...« Wieder wurde Pierre unterbrochen.
»Eben«, sagte Thomas. »Deshalb will ich es dir ja erklären. Könntest du dich entschließen, ein freundlicheres Gesicht zu machen und mir fünf Minuten zuzuhören?«
Der durchaus ernste und autoritäre Ton verunsicherte Pierre. Und wie immer, wenn jemand so mit ihm sprach, fragte er sich sofort: Was hast du wieder Böses getan? Immerhin war er Thomas gegenüber so weit, seiner Angst Ausdruck zu geben. Trotzdem zitterte seine Stimme.
»Was . . . was habe ich denn angestellt? Warum bist du heute so anders zu mir?« Er hatte eine ganz neue Stimme, ein ganz neuer Kummer schwang darin.
Thomas lächelte ihm beruhigend zu.
»Werde doch nicht gleich dramatisch. Du hast überhaupt nichts angestellt, und gewöhne dir dieses permanente schlechte Gewissen ab. Jeder Untersuchungsrichter würde daraus ein Schuldgeständnis ableiten. Und jetzt sieh mich nicht an wie ein verendendes Reh. Wenn wir heute etwas anderes tun, als uns liebzuhaben, dann hat das einen verdammt wichtigen Grund. Du hast vorhin zu mir gesagt, ich benähme mich, als hätten wir ein Geheimnis zu verbergen. Und genau das ist der springende Punkt. Wir haben, mon chou, wir haben!«
»Thomas, verzeih mir, aber ich verstehe wirklich nicht...«
»Das ist es ja, mein Kleiner, aber es ist lebenswichtig für dich und mich, daß du endlich begreifst, in welcher Welt wir leben. Davon hängt unsere Zukunft ab. Sieh mal: Die Menschen sehen noch immer Beziehungen zwischen Männern als abartig an. Sie wollen nicht anerkennen, daß wir einander lieben. Sie sprechen uns das Recht ab, so zu leben wie Mann und Frau. Sie glauben nicht, daß es zwischen Männern Tränen geben kann. Sie unterstellen, alles zwischen Mann und Mann

sei nur perverse Spielerei, ausgeübt aus dem einzigen Grund: die übrige Welt zu schockieren.«

»Aber Liebe ist doch ...« Pierre verstummte hilflos, wie von einer Keule niedergeschmettert. Thomas streichelte mitleidig seine Hand.

»Du willst sagen, daß Liebe etwas Einmaliges, Hehres, Großartiges, nicht zu Wiederholendes ist. Habe ich recht? Weißt du, Pierre, in Glücksfällen kann sie es sein. Doch das ist dann wie ein Lottogewinn. Und es gilt für die Liebe zwischen Mann und Frau genauso wie für die gleichgeschlechtliche Liebe. Im Normalfall aber ist sie weder einmalig noch großartig, im Gegenteil – Wiederholungen mit anderen Partnern sind äußerst beliebt und ein Gesellschaftsspiel besonderer Art.«

Pierre hatte Tränen in den Augen. Verzweifelt sagte er:

»Warum bist du so zynisch? Warum zerstörst du alles, was mir heilig ist? Sag doch gleich, daß du mich nicht mehr liebst!«

Thomas seufzte. In diesem Augenblick kam er sich sehr alt vor.

»Pierre, ich liebe dich, und ich will dich nicht verlieren. Du bist so schrecklich unerfahren, daß du unter den verschiedenen Lieben nicht unterscheiden kannst. Aber genau das mußt du lernen, um wenigstens im geheimen glücklich sein zu können. Natürlich hat sich in den letzten Jahren sehr viel verändert. Man spricht offen über Homosexualität. Aber glaube mir – nur die, die es sich leisten können. Da gibt es einige wenige, die stolz dazu stehen, sich durchsetzen und dennoch geliebt werden. Dann die ewigen Hippies, die nichts zu verlieren haben, die trotzig auf ihrem Anderssein bestehen. Parias, die nur untereinander Kontakt pflegen. Und dann kommt das Heer der Unerkannten und Unerkanntbleibenwollenden. Du findest sie überall – oben wie unten. Mit unglaublichem Einfallsreichtum und Geschicklichkeit verbergen sie ihr wirkliches Selbst.«

»Aber warum denn, Thomas, warum? Was ist denn schlecht an unserer Liebe?«

»Das kann nur jemand fragen, der so isoliert aufgewachsen ist wie du, mein kleiner Pierre. Nichts ist schlecht an unserer Liebe. Nur die Gedanken der Menschen sind schlecht, die akzeptieren, daß ein verheirateter Familienvater zu einer Hure geht oder sich eine Geliebte nebenbei hält, aber Zeter und Mordio schreien, wenn zwei Männer sich lieben.«

»Du meinst also, wir müssen unser Verhältnis geheimhalten?«

»Endlich hast du es begriffen.«

»Mit anderen Worten: Du willst das hier alles aufgeben. Auf die einzigen Stunden verzichten, in denen wir glücklich und wir selbst sein können.« Thomas schüttelte den Kopf.

»Nein, das will ich nicht. Glaubst du, ich hätte mir nicht überlegt, was zu tun ist?«

»Was?«

»Ganz einfach – du mußt dir eine Freundin zulegen!«

»Bist du übergeschnappt? Ich kann Weiber nicht ausstehen.«

»Weil du dir nach deinen kindischen Erlebnissen mit kleinen Pißgören vor fünf Jahren gar nicht erst die Mühe gemacht hast, sie wirklich kennenzulernen. Glaub mir, es gibt prachtvolle Mädchen.«

»Ach, du lieber Himmel! Das sind ja völlig neue Töne. Sag bloß noch, du kennst so ein Prachtexemplar!« Pierre raufte sich in gespielter Verzweiflung die Haare. Thomas blieb ernst, ohne die direkte Frage zunächst zu beantworten.

»Pierre, du weißt doch bis heute noch nicht einmal, ob dich vielleicht auch eine Frau glücklich machen könnte.«

»Das will ich gar nicht wissen«, sagte Pierre eigensinnig.

»Aber wir brauchen ein Alibi für unsere Stunden hier. Sieh das doch ein. Wenn du absolut nicht willst, brauchst du mit dem Mädchen ja nicht zu schlafen. Es muß nur nach außen hin so aussehen. Wir werden es so einrichten, daß dieses Zimmer als Liebesnest von dir und deiner Freundin entdeckt wird. Dann haben wir beide nichts mehr zu befürchten und können ganz offiziell hierherkommen. Jeder wird annehmen, ich diente dir nur aus Freundschaft als Alibi. Freundschaften sind ja nicht verboten.«

»Du bist ganz schön raffiniert. Das könnte klappen. Aber«, Pierre sah seinem Freund mit neuem Mißtrauen in die Augen, »warum nimmst du dir keine Freundin? Wo du dich mit Weibern doch viel besser auszukennen scheinst als ich?«

Thomas lachte.

»Gut gebrüllt, kleiner Löwe. Die Antwort ist simpel: weil ich mir meine eigene Schwester nicht als Freundin zulegen kann!«

Pierre war baff: »Soll das heißen, du hast mir deine Schwester als Freundin zugedacht?«

»Erraten. Melanie ist nicht nur gescheit, tolerant und verständnisvoll, sie ist auch ungewöhnlich hübsch und weiß über meine Neigungen Bescheid. Auf sie ist hundertprozentig Verlaß.«

»Wenn ich mich nun aber in sie verliebe?« fragte Pierre lauernd.

»Dann, mein Kleiner, würde ich dich sogar beglückwünschen. Deine reine Seele wäre gerettet – würden die Patres sagen.«

»Wie kannst du so zynisch sein?« ereiferte sich Pierre. »Natürlich werde ich dir immer treu sein, aber bist du denn kein bißchen eifersüchtig?«

»Oh, mon cher, du hast weiß Gott noch viel zu lernen. Natürlich bin ich eifersüchtig. Doch was die Treue anbelangt – dazu muß ich dir folgendes sagen. Auch die innigste Verbindung zu einem Freund wird nicht verhindern, daß du nebenbei hier und da einen kleinen anderen Freund haben wirst. Das kommt wie das Amen in der Kirche. Du willst es nicht, es

passiert einfach. Pierre ... du hast schon wieder diesen Tu-mir-nicht-weh-Blick. Zu deiner Beruhigung – solch kleine Nebenbei-Affären haben nichts mit deiner augenblicklichen großen Liebe zu tun. Das ist einfach so. Du wirst es erleben.«
»Nein, nein, das glaube ich nicht«, antwortete Pierre leise. Zum erstenmal, seit er mit Thomas zusammen war, überfiel ihn wieder das schreckliche Gefühl der Leere, das jedem Alleingelassenwerden vorausging. »Ich glaube nicht, daß du mich betrügst.«
Thomas stand auf und streichelte Pierre zärtlich übers Haar. »Das tue ich auch nicht, du Kindskopf. Ich habe dabei auch nicht an mich gedacht, sondern an dich. Hast du noch nie in den Spiegel geschaut? Du bist ein schöner Junge. Es werden viele andere kommen, die das sehen wie ich, und sie werden es dir auch sagen. Du kannst mir ruhig glauben: In dem Moment wirst du an mich keinen einzigen Gedanken verschwenden.«
Mit einer leichten Kopfdrehung schüttelte Pierre die Hand des Freundes ab. Er fühlte sich verletzt und verunsichert. Er hatte bisher Treue immer als zur Liebe gehörig empfunden. Und das sollte plötzlich nicht mehr wahr sein?
»Ich möchte nicht mehr darüber sprechen«, sagte er. »Das ... das muß ich erst verdauen. Kommen wir zum Praktischen. Du hast nie erwähnt, daß du eine Schwester hast. Lebt sie in Avignon?«
»Nein, aber sie kommt nächste Woche, um hier für einige Wochen im Musée Calvet zu arbeiten. Sie hat Kunstgeschichte studiert und gilt als ausgezeichnete Restauratorin alter Bilder. Warst du schon einmal im Musée Calvet?«
»Nicht nur einmal. Sie haben eine hervorragende Gemäldegalerie mit Werken aus allen Epochen. Da hängen Bilder von David, Gérisault, Corot, Manet, Toulouse-Lautrec, Cézanne, Modigliani, um nur einige zu nennen. Die Sammlung ist phantastisch.« Jetzt war es an Thomas zu staunen.

»Mensch, ich hatte ja keine Ahnung, daß du ein Kunstexperte bist!«
»Bin ich doch nicht. Ich habe mich nur schon immer für Kunst interessiert.«
»Na, das paßt doch großartig. Du und Melanie – ihr werdet sofort ausgiebigen Gesprächsstoff haben. Da kann Fremdheit gar nicht erst aufkommen.«
»Ich weiß nicht, Thomas«, wandte Pierre ein, »ob du dich da nicht in eine Idee verrannt hast. Sie ist doch mit Sicherheit viel älter als ich. Glaubst du im Ernst, daß sie sich mit einem Abiturienten abgibt?«
»Du kennst eben Melanie nicht«, entgegnete Thomas vergnügt. »Ihr Hobby sind schöne Menschen. Einen häßlichen Jungen würde sie nie ansehen, selbst wenn er den lautersten Charakter hätte. Sie ist vierundzwanzig Jahre, also nicht zu jung und nicht zu alt für dich. Erste Erfahrungen macht man immer zuerst mit älteren Frauen. Aber wie gesagt – du mußt nicht mit ihr schlafen, wenn du nicht willst.«
»Das werde ich bestimmt nicht«, sagte Pierre heftig.
»Schon gut, schon gut. Also bist du einverstanden?«
»Das muß ich wohl, wenn ich dich nicht verlieren will«, war die leise Antwort. Thomas überhörte den Schmerz in der Stimme des Freundes und blieb ihm die Antwort schuldig.

So trat eine Woche später Melanie Bravadeur in Pierres Leben. Für sie wäre es besser gewesen, wenn sie ihn nie kennengelernt hätte. Doch wer kennt sein Schicksal im voraus?
Thomas hatte nicht übertrieben. Sie war wirklich bildschön. Schon in der Größe unterschied sie sich von den meisten anderen Frauen. Mit 1,78 Meter erreichte sie fast Gardemaß. (Pierre war inzwischen 1,85 Meter groß, und er wuchs noch immer.) Als Fotomodell oder Mannequin hätte sie sicher leicht ein Mehrfaches verdienen können, als ihr die Kunstge-

schichte einbrachte. Doch in ihrem Kopf war eben etwas mehr als Mode und Schnickschnack.

Die Länge ihres wundervollen Haares entsprach ihrer Körpergröße. Es war von Natur kupferrot, glänzend und leicht gewellt. Ihre makellose Haut hatte die Farbe matten Elfenbeins. Die vollen, sinnlichen Lippen waren rot wie überreife Erdbeeren, und ihre meergrünen Augen funkelten wie Edelsteine aus der Tiefe der See.

Als Pierre sie kennenlernte, verschlug es ihm die Sprache. Daß es Frauen dieser Art gab, wußte er nicht. Wie auch? Seine schöne Mutter hatte er nie kennengelernt. Die Kinderschwester Juliette Lemaire war für ihn in der Erinnerung gesichtslos, ebenso wie seine bemerkenswert hübsche Schwester Vera. Und jetzt dieses Wunder von Melanie! Doch er blieb nicht lange stumm. Das ließ sie gar nicht zu. Sie war ja nicht nur schön. Sie war klug, weltgewandt und quirlig wie das Leben selbst. Ihre Ausdrucksweise war überraschend frei. Sie nannte die Dinge beim Namen, ohne jemals ins Vulgäre abzugleiten. Sie verdammte die gleichgeschlechtliche Liebe keineswegs.

»Wer von uns hätte das nicht schon einmal ausprobiert«, sagte sie und fügte lachend hinzu: »Ich auch. Nur habe ich festgestellt: Ich bin hoffnungslos heterosexuell. Ich brauche Männer.« Dabei sah sie Pierre mit einem lasziven Lächeln an, das ihn sonderbar berührte.

»Du bist ein verdammt hübscher Junge«, fuhr sie fort, ihn mit schöner Selbstverständlichkeit duzend. »Thomas hat mir viel von dir erzählt, aber die Wirklichkeit übertrifft alle meine Erwartungen. Ein Jammer, daß ich dich nicht vernaschen kann. Aber keine Bange, ich kenne ja deinen Geschmack.«

Pierre fühlte sich sehr schnell in ihrer Gegenwart wohl. Zum einen waren die Fronten klar, zum anderen profitierte er von Tag zu Tag mehr von ihrem Können, ihrer Lebenserfahrung, ihren festgefügten, fundierten Meinungen, sei es in der Kunst, der Politik, zu Pierres großer Überraschung aber auch zur Kirche und zur Liebe. Er glaubte sich bei ihr sicher wie in Abrahams Schoß, doch das sollte sich bald als Trugschluß erweisen.

Thomas Bravadeur blickte da schon eher durch. Ihm blieb nicht verborgen, daß Pierre auf seine Schwester flog wie ein Schmetterling auf eine duftende Rose. Er wußte, daß Melanie Pierre ins Bett kriegen würde, aber das beunruhigte ihn nicht – im Gegenteil. Da er selbst ein Schmetterling war, hatte er sein Augenmerk längst auf einen hübschen kleinen, dunkelhaarigen Sechzehnjährigen gelenkt. Pierres naive, Ausschließlichkeit suchende Hingabe wurde ihm langsam lästig. Das Manöver mit seiner Schwester war klug eingefädelt. Dabei täuschte er Pierre und auch Melanie. Zu seiner Ehrenrettung sei gesagt, daß er sich seiner Flatterhaftigkeit bewußt war, es aber dennoch nicht fertigbrachte, den von ihm Verführten im luftleeren Raum zurückzulassen. Er wollte Pierre keinen Schmerz zufügen, und daß er ihm seine Schwester zuführte, hatte durchaus Sinn. Pierre war schließlich ein unbeschriebenes Blatt. Vielleicht fand er durch Melanie wirklich Geschmack an Frauen. Doch im Innern wußte Thomas, daß er damit sein Gewissen beschwichtigen wollte. Seine einschlägigen Erfahrungen sagten ihm, daß Pierres Weg vorgezeichnet war und daß zehn Melanies ihn nicht davon abbringen würden. Aber seine Schwester würde Pierre den Übergang zu einem neuen Freund erleichtern. Das Abitur stand kurz bevor, und danach würden sich ihre Wege sowieso trennen. Thomas verkannte nicht, daß auch er von Pierre viel gelernt hatte. Freilich in anderer Beziehung. Faulenzen allein als Rache war wirklich blöde, den Vater damit treffen zu wollen Kinderei. Mehr zu wissen, Paragraphen zu büffeln, die es einem ermöglichten, Hintertüren zu öffnen und Vordertüren einzurennen, das war genau der richtige Weg, den ihm Pierre gewiesen hatte. Dafür war er dankbar. Das bedeutete aber nicht, ein Anhängsel wie Pierre durchs Leben zu schleppen. Mein Gott, die Welt war groß und weit, und überall warteten kleine Pierres darauf, entdeckt und geliebt zu werden.

Was die Schule, die Patres und die Mitschüler anbelangte, hatte Thomas ins Schwarze getroffen. Wie ein Lauffeuer machte Pierres »Liebesverhältnis« mit der schönen Restauratorin die Runde. Insgeheim atmeten die Patres auf, denn die enge Freundschaft der beiden Außenseiter hatte ihnen doch zu denken gegeben. Kein Grund mehr also zur Beunruhigung. Die Berichte an die zahlungskräftigen Väter waren positiv. Noch fünf Wochen, und das Abitur war überstanden, die unbequemen Zöglinge würden die Schule verlassen, und der gute Ruf des Internats war wieder einmal gerettet. Bruder Thomas, der Schulleiter, nahm sich vor, danach einen Dankgottesdienst zu halten.

In den Phantasien der Mitschüler waren Pierre und Melanie schon sehr viel weiter als in Wirklichkeit. Zunächst trafen sie sich regelmäßig bei Madame Clothilde zu dritt. Sie tranken Wein, aßen kleine Happen, die sie sich zuvor besorgt hatten, diskutierten mit heißen Köpfen – das heißt, nur Pierre und Melanie diskutierten, Thomas hielt sich heraus. Die Themen, die zur Sprache kamen, langweilten ihn tödlich, aber er machte gute Miene zum bösen Spiel. Nach einer Stunde etwa verabschiedete sich Melanie, und Pierre genoß noch einmal die Zärtlichkeiten seines Freundes.

Aber die Zeit raste. Das Abitur verlangte volle Konzentration. Sie schafften es beide mit Auszeichnung. Der Tag des Abschieds kam.

»Warum studierst du nicht auch in Paris?« fragte Pierre verzweifelt. »Du weißt doch, ich habe nur dich. Wie kannst du mich allein lassen?«

»Kleiner, du bist doch nicht allein. Melanie geht auch zurück nach Paris. Ich muß einfach raus aus Frankreich. Es ist mir zu eng. Zu spießig.«
»Paris und spießig? Bist du verrückt? Dagegen ist Berlin doch nur ein Dorf!«
»Sag das nicht noch einmal. Berlin ist die freieste Stadt der freien Welt. Da findest du alles auf einem Haufen«, und träumerisch setzte er hinzu: »Fast wie in San Franzisko.«
Pierre blieb verborgen, was Thomas damit meinte. Zum Glück, denn so konnte er sich noch in der Lüge sonnen, daß den Freund nur die Freizügigkeit der Universität lockte.
»Wirst du mich wenigstens besuchen?«
»Aber natürlich, mon chou. Es gibt doch Wochenenden. Zwei Stunden mit der Air France, und ich bin da.«
»Du vergißt mich nicht?«
»Wie könnte ich dich vergessen? Es war sehr schön mit uns.«
»War?«
»Ach, leg doch nicht jedes Wort auf die Goldwaage! Das Leben ist schön und abwechslungsreich. Nimm doch die Dinge so, wie sie sind. Im Augenblick trennen sich unsere Wege, aber es weiß doch niemand, wann sie uns wieder zusammenführen. Warum kommst du nicht einfach mit nach Berlin? Es würde dir gefallen.«
»Du weißt, ich kann das nicht. Mein Vater will, daß ich in Paris studiere.«
»Dein Vater! Immer wieder dein Vater. Wirst du es nie fertigbringen, dich von ihm freizumachen?«
»Nicht, solange ich von ihm finanziell abhängig bin. Ich habe meine Pläne. Um die zu verwirklichen, muß ich französisches Recht studieren.« Pierre schüttelte den Kopf. »Du bist noch immer ein Gaukler, Thomas. Du hast noch immer nicht begriffen, worum es geht. Um einen klugen Kopf wie meinen Vater zu ruinieren, bedarf es eines noch klügeren Köpfchens.«

»Das kann man sich überall anstudieren.«
»Du bist also fest entschlossen, nach Berlin zu gehen?«
»Ja.«
»Hast du einen Freund dort?«
»Mon chou, wie sollte ich? Ich war nur zweimal da. Die Stadt hat mir ungeheuer imponiert. Das ist alles.«
»Liebst du mich?«
»Natürlich, mon chou. Das weißt du doch.«
»Nenn mich nicht immer ›mon chou‹! Ich bin kein ›Kraut‹. Ich bin Franzose.«
Thomas lachte. »Früher hast du das gern gehört.«
»Früher wußte ich auch noch nichts von deiner Vorliebe für die Deutschen.«
»So ein Quatsch! Pierre, laß die Kirche im Dorf. Du neigst zum Dramatisieren. Ich vergeß dich bestimmt nicht. In Paris werden dir die Augen aufgehen. Du wirst kaum Zeit haben, an mich zu denken. Melanie wird dir helfen, dich zurechtzufinden. Sie ist ein Schatz.«
»Das ist sie allerdings«, sagte Pierre langsam. Ohne es zu wollen, sammelte sich in ihm Zorn gegen den Freund, dabei war er noch vor fünf Minuten entschlossen gewesen, ihn für immer festzuhalten. Jetzt dämmerte es ihm allmählich, daß es kein »für immer« gab. Er beendete das Gespräch abrupt.
»Wann fährst du? Sehe ich dich noch?«
»Sicher. Wir haben doch die allgemeine Abiturabschlußfeier.«
»Na, dann viel Spaß«, sagte Pierre. »Auf diesen Zirkus verzichte ich. Ich fahre morgen nach Villefranche und ein paar Tage später nach Paris. Meine Adresse in Paris kennst du. Alles Gute, Thomas. Mögen sich deine Hoffnungen erfüllen.«
»Halt, halt! So schnell nimmst du Abschied? Wir sehen uns vielleicht für eine ganze Weile nicht mehr, und du rennst davon wie von einem Nachmittagstee? Wir könnten doch noch heute abend...«

»Tut mir leid«, unterbrach ihn Pierre brüsk. »Ich habe heute abend noch viel zu tun. Packen, mich von den Patres verabschieden – was meinst du, wie nett die zu mir sein werden, jetzt, wo ich sie endlich von meiner peinlichen Anwesenheit befreie –, den Mitschülern eine Nase drehen, und außerdem bin ich mit Melanie zum Essen verabredet. Du kannst ja ins *Le Bou Bou* kommen, wenn du den letzten Abend mit mir verbringen willst.«

»Nein, danke, ich habe nichts übrig für dein Geturtel mit meiner Schwester«, sagte Thomas beleidigt.

»Ach, auf einmal nicht? Merkwürdig, wie schnell du deine Meinung änderst!«

Jetzt brauste Thomas auf und verlor die Beherrschung.

»Du kleiner, widerlicher Filou! Glaubst du, du könntest mich zum Narren halten? Ich hab dich längst durchschaut. Du bist so schwul wie ich. Du nimmst Melanie nur zum Vorwand, um mir eins auszuwischen. Vielleicht warst du mit ihr noch nicht im Bett, aber du betrügst sie in Gedanken schon so, als wenn du mit ihr geschlafen hättest.«

»Und du?« gab Pierre scharf zurück. »Hast du sie nicht von Anfang an getäuscht? Hast du ihr nicht erzählt, daß dein naiver Freund noch nie eine Frau gehabt hat? Hast du sie damit nicht geködert? Weißt du was, Thomas? Eigentlich ist sie viel zu schade für uns beide. Aber ich werde mich an ihr rächen für das, was du mir angetan hast. Heute weiß ich, daß du mich nur los sein wolltest. Dazu kam dir deine Schwester gerade recht. Nur eines hast du nicht bedacht: nämlich, daß Melanie sich in mich verlieben könnte! In mich, den dummen, unerfahrenen, vertrauensseligen Burschen. Ja, jetzt sperrst du Mund und Ohren auf. Ich weiß nicht, ob du deine Schwester liebst oder haßt. Aber was immer ich ihr antun werde, hast du ihr angetan! Ich mag keine Weiber, und seien sie noch so schön, klug und lieb wie Melanie. Ich werde mich ihrer bedienen, wie es mir Lust und Laune macht, dessen kannst du sicher sein. Ich habe dir am Anfang unserer Bekanntschaft gesagt: Versuche keine faulen Tricks mit mir! Du hast es versucht, sehr raffiniert, aber nicht raffiniert genug. Du hattest mir viele Erfahrungen voraus, nur eine ging dir ab: das nie schlafende Mißtrauen. Ich habe es lange unterdrückt, einfach weil ich dich liebe, weil ich dir vertrauen wollte. Doch in den letzten Wochen sind mir die Augen aufgegangen. Ich habe gesehen, wie der kleine Paul Cristal dich anhimmelt; ich habe bemerkt, wie schnell und nervös du unsere Zusammenkünfte bei Madame Clothilde beendetest. Und ich habe mit Melanie darüber gesprochen!«

»Aber, das ist doch . . .«

»Das ist was? Eine Schweinerei? Ein Vertrauensbruch? Hast du mir nicht selbst gesagt, daß man mit Melanie über alles reden kann? Ja, das kann man wirklich, mein lieber Thomas. Vor allem dann, wenn eine Frau verliebt ist! Du bezweifelst das? Frag sie. Verleumde mich bei ihr. Es ist einen Versuch wert.«

»Was hast du vor?« Thomas war blaß geworden.

»Das weiß ich selbst noch nicht genau. Melanie ist eine entzückende Geliebte. Du hattest nicht unrecht. Trotzdem macht es mir keinen Spaß mit Frauen. Ihre erdhafte Körperlichkeit stößt mich ab. Melanie versteht das sogar. Wir haben uns über viele Beispiele der griechischen Mythologie unterhalten. Ja, Thomas, sie ist in der Tat ein Schatz. Inwieweit ihr Verständnis allerdings nur gespielt ist, weiß ich nicht zu beurteilen. Das müßtest du besser wissen. Du kennst dich mit Frauen ja aus!«

»Wage es nicht, meine Schwester unglücklich zu machen!« schrie Thomas Pierre wütend an. Der lächelte nur maliziös.

»Wagen? Deine Schwester ist sechs Jahre älter als ich. Sie wird wissen, was sie tut. *Du* hast sie an mich verkuppelt. *Du* trägst die Verantwortung, ob es dir paßt oder nicht.«

»Ach, macht doch, was ihr wollt! Verrückte soll man nicht aufhalten. Wenn Melanie sich wirklich in so einen kleinen Bock wie dich verliebt haben sollte, dann trifft mich doch keine Schuld. Meinen Segen habt ihr.«

Ohne ein weiteres Wort oder gar einen Abschiedsgruß ließ Thomas Bravadeur Pierre einfach stehen. So endete Pierres erste große Liebe mit Bitterkeit und grenzenloser Enttäuschung.

In den ersten Wochen danach versuchte er noch, alles Schöne, was er mit Thomas erlebt hatte, in einem Winkel seines Herzens aufzubewahren. Doch mit der Zeit setzte der Prozeß der Desillusionierung ein. Je mehr Abstand er bekam, desto deutlicher erkannte er den wahren Charakter seines ehemaligen Freundes. Wie alle anderen hatte auch Thomas ihn nur benutzt und ausgenutzt, solange es ihm gerade gefiel, ihn dann zynisch in die Arme einer Frau getrieben, um seine eigenen, anderen lustvollen Eskapaden zu verschleiern. Wieder einmal war er betrogen, sein Vertrauen und seine Liebe zurückgestoßen worden. Aus der schönen Erinnerung erwuchs erst Bitternis und dann Haß und füllte sein Herz mit bösen Gedanken.

Das bekam auch Melanie schmerzhaft zu spüren, die sich liebevoll bemühte, Pierre über den Verlust seiner Liebe hinwegzutrösten. Sie erreichte das Gegenteil damit. Pierre ertrug ihre Gegenwart nur noch schwer. Allzusehr erinnerte sie ihn an Thomas. Nicht einen Augenblick konnte er vergessen, daß sie seine Schwester war. Und wer sagte ihm denn, daß sie nicht von Anfang an alles gewußt, Thomas' Spiel mitgespielt hatte? Vielleicht hatten die beiden sich über den dummen Grünschnabel halb totgelacht?

Es war gut, daß Pierre, bevor er nach Paris auf die Universität ging, noch zwei, drei Wochen in Villefranche verbringen wollte. So blieb es Melanie – wenigstens zunächst – erspart, seine schwierigen, wechselnden Launen zu ertragen. Wie es allerdings weitergehen sollte, wußte sie auch nicht. Warum, zum Teufel, verliebt man sich in einen Menschen, der mit dieser Liebe nichts anzufangen weiß, ja sie gar nicht haben will? Das war der Gipfel der Ungerechtigkeit. Sie, die schöne, erfolgreiche junge Frau, der ebenso erfolgreiche, gutaussehende Männer zu Füßen lagen, verlor ihr Herz an einen unreifen, homosexuellen Jungen, der erst noch ein Mann werden wollte. Natürlich war sie klug genug, um zu wissen, daß das niemals gutgehen konnte. Aber was haben Gefühle mit dem Verstand zu tun?

Pierre war während seiner Internatszeit nur zweimal zu Hause gewesen und allein nur deshalb, um vom Vater examiniert zu werden. Unerfreuliche Aufenthalte, denn des Vaters Herz blieb ihm nach wie vor verschlossen. Nur die Freundlichkeit seiner Tante Amélie und die Besuche bei seiner alten Kinderschwester Juliette Lemaire machten sie einigermaßen erträglich.

Kein Wunder, daß Pierre mit sehr gemischten Gefühlen in sein Vaterhaus zurückkehrte. Er kam mit dem Zug. Niemand war auf dem Bahnhof, um ihn zu begrüßen. Wie sich später herausstellte, hatte der Vater einfach »vergessen«, seine Ankunftszeit bekanntzumachen.

Um so überraschender war die herzliche Aufnahme durch das Personal der Rosenvilla. Sie waren alle noch da, wenn auch, wie er später erfuhr, nur für vier Wochen. Denn der Vater hatte in den letzten Jahren ausgedehnte Reisen unternommen, immer über ein paar Monate. Während seiner Abwesenheit wurde das Haus geschlossen, und nur das alte Hausmeisterehepaar hielt die Stellung. Nun aber waren alle wieder beisammen, auch Tante Amélie, die inzwischen den Chefparfumeur Besson geheiratet hatte und seitdem in Grasse

wohnte. Keiner hatte den »kleinen« Pierre vergessen, der sie jetzt um Haupteslänge überragte. Und Madame Lumière, die Köchin, erinnerte sich, daß Pierres Lieblingsnachspeise – die er allerdings nur zu hohen Feiertagen bekam – Birne Hélène war: Williamsbirne mit heißer Schokolade.
Beim gemeinsamen Abendessen bekam Pierre seinen Vater nach vier Jahren zum erstenmal wieder zu Gesicht. Jean Vallier hatte sich kaum verändert, sah man von ein paar grauen Strähnen an seinen Schläfen ab. Seine Schwester Vera dagegen kannte Pierre kaum wieder. Er sah sie fassungslos an, und erst als sie lachend fragte:
»Bruderherz, willst du mich mit deinen Augen auffressen? Was ist los?«, antwortete er: »Entschuldige, daß ich dich so anstarre. Ich habe dich nur als kleines Mädchen in Erinnerung. Daß ich eine so bildschöne Schwester habe – daran muß ich mich erst gewöhnen.«
»Hörst du, Jean-Papa, er findet mich schön«, sagte Vera nicht ohne Koketterie. »Aber, Bruder, ich muß dir das Kompliment zurückgeben. Du siehst umwerfend aus. Und so groß! Ich glaube, er ist größer als du, Jean-Papa. Hat er sich nicht prachtvoll entwickelt? Nun sag doch etwas ...«
Jean Vallier tat sich schwer, etwas Nettes zu sagen – wie immer, wenn er mit seinem Sohn zusammen war. Er sah nur die blonden Locken und die himmelblauen Augen, und schon pochte es in seinem Blut. Sah denn niemand, daß dieser »Sohn« hier ein Fremdkörper war? Er blickte auf Veras tiefschwarzes Haar, sah sein – noch – ebenso schwarzes im Spiegel über der Anrichte, dachte an die dunkle Schönheit von Fleure, der Mutter dieser Kinder, und konnte nicht verstehen, daß kein Mensch begriff, daß der Junge aus einem Kuckucksnest kam. Schließlich bequemte er sich zu sagen:
»Du hast dich in der Tat gemausert. Ich war erfreut zu hören, daß deine Leistungen mit deiner körperlichen Entwicklung

Schritt gehalten haben. Vor ein paar Tagen erst sprach ich mit Monsieur Bravadeur. Er war des Lobes voll über dich und deinen Einfluß auf seinen Sohn Thomas. Ihr habt das Abitur mit Auszeichnung bestanden. Das ist eine gute Nachricht. Nun, wir werden uns nach dem Essen noch ausführlich darüber unterhalten und auch über deine Studienpläne sprechen.«

»Gern, mon Papa. Ich hoffe, du wirst mir wertvolle Ratschläge geben. Denn nur mit guten Noten allein kann man keine Karriere machen«, antwortete Pierre servil, Schauspieler par excellence. Am liebsten hätte er seinem Erzeuger ins Gesicht gespuckt, so widerlich überheblich fand er ihn. Doch er verlor sein großes Ziel nicht aus den Augen. Lügen hatte er gelernt. Was heißt gelernt? Man hatte ihn von klein auf dazu verurteilt. Nun wandte er an, was ihm gelehrt worden war. Er zeigte sich so liebenswürdig, bescheiden, wohlerzogen, daß es die Wirkung nicht verfehlte. Jedermann war begeistert von diesem reizenden jungen Mann, zu dem sich Pierre entwickelt hatte. Er ließ es nicht an Achtung vor dem Alter fehlen, er streute kleine, wohldosierte Komplimente aus, genau nach der Hierarchie, nicht zuviel, nicht zu wenig. Er war geistreich, ohne besserwisserisch zu wirken. Politisch nahm er eine konservative Stellung ein.

Jean Vallier war beeindruckt. Seine harte Erziehung hatte also doch Wirkung gezeitigt. Na ja, man mußte Kinder an die Kandare nehmen. Noch dazu solche, von denen man nicht wußte, was für verhängnisvolle Gene in ihnen schlummerten. Pierre war das beste Beispiel dafür. Intelligenz war nicht der Maßstab aller Dinge. Man mußte sie lenken. Ein paar Jahre Studium, und der Junge war vielleicht in der Lage, in die Firma einzusteigen. Jean Vallier brauchte jemanden, dem er vertrauen konnte. Allgemein war nur bekannt, daß er nicht ganz gesund war und deshalb ausgedehnte Reisen unternahm, auf denen ihn seine Tochter begleitete.

Begleitete sie ihn wirklich nur wegen seiner angeblichen Krankheit? Wer Jean Vallier sah, konnte so etwas kaum glauben. Pierre entging schon nach einigen Tagen nicht, wie sein Vater mit seiner Schwester Vera umging. Aus frühester Erinnerung war ihm nur bekannt, daß der Vater weder von ihm noch von Vera etwas wissen wollte. Das hatte sich in den letzten Jahren offenbar erheblich geändert. Sie lachten und scherzten miteinander, unternahmen Ausflüge, zu denen er, Pierre, nicht gebeten wurde. Doch dem sensiblen Jungen fiel noch etwas weit Alarmierenderes auf.

Diese Blicke!

Pierre war ja nicht mehr unschuldig. Sein Verhältnis mit Thomas, auch mit Melanie, hatte ihm die Zeichen der Verliebtheit deutlich gemacht. Winzige kleine Gesten, unbedachte Blicke, kaum wahrnehmbare Berührungen sprachen eine eigene Sprache. Zwischen Vater und Tochter war das befremdlich. Nach vierzehn Tagen wußte Pierre mit Sicherheit, daß hier etwas nicht stimmte. Vorsichtig, falsche Fürsorglichkeit vorschützend, versuchte er, aus Tante Amélie Einzelheiten herauszubekommen. In ihrer Arglosigkeit schürte sie das Feuer noch. Ja, es war ein Segen – so Tante Amélie – Jean Vallier hatte sich endlich auf seine Vaterrolle besonnen. Er liebte Vera inzwischen über alle Maßen. Er verwöhnte sie. Er nahm sie auf alle seine Reisen mit. Er hatte sich zu einem wundervollen Vater entwickelt.

Zu einem Vater?

Pierre wußte nur zu genau, daß der Vater nie ein Vater gewesen war. Und ihm gegenüber war er es bis heute nicht. Nun mag es angehen, daß Väter sich mehr zu Töchtern hingezogen fühlen, nur äußert sich das meistens anders. Vera, einundzwanzig Jahre alt, hatte keinen Freund und keine Freundin. Sie verbrachte ihre Zeit ausschließlich mit dem Vater. Sie war so zärtlich zu ihm, daß einem Außenstehenden, ganz abgesehen von einem Blutsverwandten, diese Art von Zärtlichkeit unbegreiflich erschien – es sei denn, jemand kam auf abwegige Gedanken . . .

Irgendwann in der Nacht wurde es Pierre klar: Das *ist* kein Vater-Tochter-Verhältnis. Vera benahm sich wie eine Geliebte und der Vater wie ein Liebhaber!

In dieser Nacht schlief Pierre keine Minute mehr. Wenn es stimmte, was er sich zusammengereimt hatte, dann war das ein Skandal erster Güte! Dann hätte ihm der Vater selbst die Munition geliefert, die er brauchte, um ihn zu vernichten. Freilich – er hatte keine Beweise. Aber konnte man sich die nicht beschaffen? Wozu gab es Detektive? Zeit mußte man sich lassen. Viel Zeit. So ein Verhältnis ging nicht wie andere schnell in die Brüche. Das war zu gefährlich und hing auch von den Jahren ab. Ehe die Tochter endlich begriff, in was sie sich eingelassen hatte, verging meistens sehr viel Zeit.

Pierre war sich nicht ganz sicher. Und er beschloß zu handeln. Man mußte ja nicht gleich mit großem Geschütz auffahren. Ein paar anonyme Briefe würden sicher ihre Wirkung tun . . .

Paris …

Eines der herrschaftlichen Häuser im vornehmen Marais-Viertel von Paris war seit zwei Jahren Pierre Valliers neue Adresse. Aber wenn das nach außen hin auch Eindruck machte, wohnte Pierre bei Madame Rambouillet doch eher bescheiden. Madame, eine alte Bekannte und gute Kundin von Jean Vallier, hatte dem Sohn des Parfumfabrikanten drei kleine Mansardenzimmer zur Verfügung gestellt, in denen früher die zahlreiche Dienerschaft untergebracht war. Heute, wo sich auch in Paris nur noch sehr reiche Leute eine Menge Personal leisten konnten, teilte Pierre das Mansardengeschoß allein mit der Köchin, einer unglaublich häßlichen Hausdame unbestimmten Alters und einem halbtauben, alten Diener. Madame Rambouillet war nicht gerade arm, aber auch nicht mehr reich. Selbstverständlich ließ sie sich die Freundlichkeit, den jungen Mann aufgenommen zu haben, von Vallier fürstlich bezahlen.

Alle Teile waren zufrieden. Madame schätzte Geld und versuchte außerdem, ihre nie versiegende Neugierde zu befriedigen, indem sie Pierre ständig nachschnüffelte. Jean Vallier wußte seinen Sohn standesgemäß untergebracht, ohne ihn mit Luxus zu verwöhnen, und Pierre fühlte sich zum erstenmal in seinem Leben frei wie ein Vogel. Endlich allein, eine eigene Wohnung, nur für sich! Es störte ihn nicht, daß die winzigen Zimmerchen, höchst spärlich möbliert, im Sommer heiß wie die Hölle und im Winter zu Gefrierkammern wurden, daß er sich Bad und Toilette mit Hausdame, Köchin und Diener teilen mußte, daß ein Raum fast zur Gänze ausgefüllt war mit einem Monstrum von Kleiderschrank, der entsetzlich nach Mottenpulver der letzten hundert Jahre stank. Im Gegenteil – er nannte ihn stolz sein »Ankleidezimmer« und ließ einfach Tag und Nacht das Fenster auf, was ein paar Tauben als Aufforderung zum Nisten auffaßten. Auch das dämpfte seine Laune nicht, ja wenn es nach ihm gegangen wäre, hätte er sie sogar gewähren lassen. Für ihn waren alle Tiere Gottes Geschöpfe. Doch aus Rücksicht und weil er keinen Ärger haben wollte, spannte er Fliegendraht.

Am meisten schmunzelte er über die »strenge« Hausordnung, die Madame vorsichtshalber aufgestellt hatte, als er einzog. Für sie schienen Studenten noch immer Garanten für unmoralischen Lebenswandel zu sein.

»Sie werden verstehen, Monsieur Vallier, daß Ordnung sein muß«, hatte die verhutzelte kleine Madame zu ihm gesagt und ihm den Anblick ihrer falschen Zähne und ein ebenso falsches Lächeln gegönnt.

»Auch Ihr Herr Vater legt großen Wert darauf, wie er mir schrieb. Also bitte keine Damenbesuche. Daß im Hause nicht geraucht werden darf, ist Ihnen bekannt, und was alkoholische Getränke angeht ... mäßig, lieber junger Freund, nur mäßig. Ich fühle mich ein bißchen verantwortlich für Ihre Gesundheit. Das verübeln Sie mir doch nicht? Ach ja, noch eines – Sie lieben doch wohl hoffentlich nicht diese barbarische Negermusik? Ich bin äußerst lärmempfindlich.«

Pierre hatte sie strahlend angelächelt und erwidert:

»Madame Rambouillet, Sie können ganz unbesorgt sein. Ich rauche nicht. Ich habe nur ein kleines Radio und benutze dabei Kopfhörer. Ein weibliches Wesen werden Sie niemals in meinen Räumen antreffen, das kann ich Ihnen sogar schwören, wenn Sie Wert darauf legen.« Bei dieser Beteuerung hätte er beinahe laut herausgelacht, weil man ausgerechnet ihm so etwas nahelegte. So vertiefte sich nur sein Lächeln, das genauso falsch war wie das von Madame. »Und was das Trinken anbelangt ... Madame, ich trinke fast nie Alkohol, es sei denn, Sie gestatten mir, Sie ab und an zu einem Gläschen Champagner einzuladen.«

Madame schmolz dahin wie Butter in der Sonne. Seit dieser denkwürdigen Unterredung lebte Pierre ziemlich ungeschoren, und die Briefe, die nach Villefranche gingen, waren voll des Lobes.

Pierre war ein außerordentlich fleißiger Student. Er wußte, warum. Auf der Universität, wie früher im Internat, fing er keine Freundschaften an. Seine Streicheleinheiten holte er sich im Quartier Latin. Bei Künstlern und solchen, die sich dafür hielten, bei kleinen Geschäftsleuten, die er in Bistros kennenlernte, und auch bei ziemlich zweifelhaften Existenzen. Alles, was er tat, eingeschlossen seine zeitweiligen Liebeleien, bei denen er sich niemals wieder seelisch engagierte, hatte Methode. Hier lernte er all das, was er zu wissen begehrte und was keine Universität der Welt lehrt. Er führte ein perfektes Doppelleben. Sein Jurastudium – nebenbei hatte er Wirtschaftswissenschaften belegt – vernachlässigte er keinen Augenblick. Da Lernen nie ein Problem für ihn gewesen war, fiel ihm das leicht. Besonders stolz war er darauf, daß niemand von seinen heimlichen Nebentätigkeiten Wind bekam.

An einem warmen Sommerabend ging er mit schnellen Schritten die Rue de Sévigné entlang und betrat eine Telefonzelle. Aus einer mitgebrachten Mappe entnahm er ein Schriftstück und wählte die darauf notierte Telefonnummer.

»Hier Docteur Montereau«, meldete sich eine Stimme.

»Laß den Docteur weg«, sagte Pierre verächtlich. »Ich bin es. Hör zu, Michel, ich habe nicht viel Zeit ...«

»Die hast du nie.«

»Unterbrich mich nicht. Sag mir lieber, wie weit unsere Sache gediehen ist.«

»Sieht so aus, als hätten wir langsam Erfolg. Das Mädchen wird nervös.«

»Nicht das Mädchen soll nervös werden, *er* soll nervös werden. Warum wird er es nicht?«

»Weil mein amerikanischer Gewährsmann davon überzeugt ist, daß er die Briefe gar nicht erhält. Das Mädchen unterschlägt sie ihm.«

»Merde! Wozu habe ich dich eigentlich engagiert? Briefe an die falsche Adresse kann ich alleine schreiben.«

»Geh doch nicht gleich hoch wie eine Rakete. Ich habe schon alles veranlaßt, was nötig ist. Diesmal bekommt er sie. Darauf kannst du dich verlassen.«

»Das möchte ich auch. Du kennst mich. Ich kann verdammt unangenehm werden, wenn man mich linkt. Sind die beiden noch immer in Coronado?«

»Ja, in diesem Luxusschuppen, dem *Del.* Ich mußte für meinen Mann noch ein paar Kröten extra ausspucken. In Jeans kommst du da nicht einmal bis zur Rezeption.«

»Über Geld mach dir keine Sorgen. Ich bring dir nächste Woche einen Scheck mit.«

»Keinen Scheck, Mensch. Soll ich bei der nächsten Bank hochgehen, wenn ich ihn einlöse? Bargeld, Freund, Bargeld lacht.«

»Also gut, Bares. Hat dein amerikanischer Kumpel inzwischen herausbekommen, wohin das Pärchen demnächst reist?«

»Ganz sicher ist er sich noch nicht, aber alles deutet darauf hin, daß ihr nächstes Ziel Paris ist. Morgen will er mich ...«

»Es ist ja nicht zu fassen! Das Wichtigste sagst du mir zum Schluß. Wenn ich nicht wüßte, was für ein gerissener Schurke du bist, müßte ich dich als blöde bezeichnen. Wenn die herkommen, müssen wir sofort aufhören mit unserm Spielchen, das begreifst du doch hoffentlich. Wir wollen doch nicht, daß der feine Herr herausbekommt, von wem die hübschen anonymen Aufmunterungsbriefchen kommen, nicht wahr, mein lieber Michel? Dann ging's uns nämlich beiden sehr dreckig. Vergiß nie, daß wir in einem Boot sitzen und ich der Staatsanwaltschaft ein paar nette Sachen über dich erzählen könnte.«

»Deine Drohungen kannst du dir sparen, und so hochnäsig brauchst du auch nicht zu sein«, sagte Pierres Gesprächspartner beleidigt. »In meinem Metier mache ich ehrliche Geschäfte, das weißt du.«

»Ach, du lieber Himmel! Du und ehrlich! Das paßt wie der Klodeckel auf einen Suppentopf. Sei nicht gleich eingeschnappt. Wenn ich dir nicht trauen würde, hätte ich dich mit dieser heiklen Sache gar nicht erst betraut, d'accord? Also, wenn sie in Paris sind – Schluß mit den Briefen.«

»Pierre, bitte noch einen. Jetzt, wo es anfängt Spaß zu machen. Ich habe gerade so einen schönen aufgesetzt. Soll ich ihn dir vorlesen?«

»Danke, nicht nötig. Ich kenne deine Ergüsse. Gut, einen noch, aber bitte mit aller nötigen Vorsicht zustellen.«

»Willst du den Kerl denn einfach davonkommen lassen?«

»Wer sagt denn das? Nein, bestimmt nicht. Ich muß mir nur wieder etwas Neues ausdenken. Ich hoffe, du wirst mir auch später zur Seite stehen?«

Ein meckerndes Lachen kam aus dem Apparat.

»Mit dem größten Vergnügen, du Edel-Halunke!«

»Das möchte ich überhört haben. Bonsoir, bis bald.« Pierre legte den Hörer auf die Gabel und verließ zufrieden die Telefonzelle. Er schlenderte langsam nach Hause, wo ihn Madame Rambouillet in der etwas verstaubt wirkenden, aber dennoch pompösen Halle empfing. Sie tat so, als träfen sie zufällig zusammen, doch Pierre wußte, daß sie oft stundenlang am

Fenster ausharrte, bis er nach Hause kam, um noch ein Schwätzchen mit ihm zu halten und ihre Neugierde zu stillen. Meistens, wenn er nicht gar zu beschäftigt war, spielte er ihr Spielchen geduldig mit. Ihre Champagnernachmittage waren inzwischen ein fester Bestandteil der Hausordnung geworden. Jeden Donnerstag um fünf Uhr wartete Madame schon ungeduldig. Natürlich spendierte Pierre das kostbare Naß, für das ihm Madame im Weinkeller eine Extrabox zugestanden hatte, damit es wohlgekühlt und mit entsprechender Zeremonie vom taperigen Diener Gaston serviert werden konnte. So sah es aus, als wäre sie die Gastgeberin, und sie genoß es, kostete sie das Vergnügen doch keinen einzigen Franc. Dabei blieb es selten bei einer Flasche, denn Madame soff wie ein Pferd, trotz aller gegenteiliger Versicherungen.

Heute nun schwenkte sie einen Brief wie eine Trophäe.

»Wie gut, daß ich Sie treffe, Monsieur Vallier. Ich habe einen Brief von Ihrem Vater erhalten. Denken Sie nur, diese Freude, er kommt mit Ihrem Fräulein Schwester nach Paris. Er hat seinen Besuch angekündigt. Ach, Monsieur Vallier, ich kenne Ihren Herrn Vater nun schon so lange, doch in den letzten Jahren hat er sich recht rar gemacht. Natürlich, die Geschäfte, die Geschäfte; ich verstehe das nur zu gut. Mein seliger George war auch nur selten zu Hause. Was meinen Sie, Monsieur Vallier – ich trage mich mit dem Gedanken, zu Ehren Ihres Papas eine kleine Gesellschaft zu geben. Nur ... ich bin es nicht mehr gewöhnt, und ich fürchte, mein Personal wird nicht ausreichen, und ...«

Pierre nahm die zerknitterte Hand der kleinen Madame Rambouillet und deutete charmant einen Handkuß an.

»Meine verehrte Madame Rambouillet, ich würde Ihnen gerne behilflich sein, wenn Sie es mir gestatten. Heutzutage kann man Personal mieten, ich könnte den Einkauf übernehmen, und was die Kosten anbelangt ... Nun, Madame, da es sich um meinen Vater, den ich schätze und verehre, und meine Schwester handelt, so könnten wir uns die Aufwendungen vielleicht teilen?«

Madame war überwältigt. Sie segnete den Tag, da der junge Mann ihre Schwelle überschritten hatte. Natürlich konnte sie sich nach so vielen Jahren gesellschaftlicher Abstinenz ein kleines Fest durchaus leisten, doch ihr Geiz stand ihr dabei erheblich im Wege. Dieser Goldjunge aber nahm ihr ganz freiwillig die Hälfte der Bürde ab. Sie glaubte natürlich, daß er ein großzügiges Salär von seinem Vater bezog, was überhaupt nicht stimmte. Jean Vallier hielt seinen einzigen Sohn beschämend kurz. Daß Pierre inzwischen große Summen an der Börse verdient hatte – nicht immer legal und nur durch Tips von pflichtvergessenen Brokern – das wußten weder sie noch sein Vater.

Vallier senior also würde glauben, daß Madame Rambouillet eine großzügige Party gab, und Madame mußte annehmen, daß der Parfumfabrikant ihr kleines Fest indirekt finanzierte. Daß sie darüber selbstverständlich nicht sprachen, lag auf der Hand. Für Pierre bedeutete es, daß Madame seinem Vater nur das Beste über ihn erzählen würde, und genau das war beabsichtigt. Er wagte es sogar, seinen selbsternannten Privatdetektiv und Verfasser der häßlichen anonymen Briefe – deren Empfänger natürlich Jean Vallier war – als Zahlkellner einzuschmuggeln, um Vater und Schwester unauffällig beobachten zu lassen. Mit Ungeduld wartete er diesmal auf das Wiedersehen mit seinem verhaßten Erzeuger. Würde der harte Mann sich angeschlagen zeigen von der ungeheuerlichen Anklage, Blutschande zu treiben, wie in den Briefen behauptet? Und die Schwester? Wie lebte sie mit dieser tödlichsten aller Sünden?

Hatte Pierre gehofft, einen von Kummer oder Angst gezeichneten Vater zu treffen, so wurde er enttäuscht. Jean Vallier schien ruhig, sicher und kühl wie eh und je. Er sah noch immer blendend aus und zeigte sich der Gastgeberin von seiner charmantesten Seite. Am meisten überraschte Pierre seine Schwester Vera. Er hatte sie drei Jahre nicht gesehen und ganz vergessen, was für ein lebhaftes, sprühendes Temperament sie besaß und mit welch verführerischer Anmut sie jeden bezauberte, der mit ihr zusammentraf. Schuldgefühle? Keine Spur.

Entweder die beiden waren hervorragende Schauspieler, oder er hatte sich mit seiner Annahme getäuscht. Doch daran wollte Pierre nicht glauben. Erstens sagte ihm sein Instinkt, daß er richtig lag, und zweitens: Warum hatte sein Vater die Tochter auf seinen Reisen überall dort, wo man sie nicht kannte, als Vera Souchon vorgestellt? Das jedenfalls hatten die Recherchen ergeben, die er seit mehr als einem Jahr mit Hilfe seines windigen »Freundes« Montereau sehr intensiv und kostenaufwendig anstellte. Es ergab keinen Sinn, daß ein Vater seine bemerkenswert schöne Tochter verleugnete, wenn er nicht einen speziellen Grund dafür hatte. Grimmig dachte Pierre: Werde ich euch eben weiter beobachten lassen. Irgendwann macht jeder einen Fehler, und dann schnappt die Falle zu!

Kein Mensch sah dem jungen Mann seine rachsüchtigen Gedanken an. An Charme konnte er es mit seinem Vater jederzeit aufnehmen. Er war heiter, gelassen, von angenehmer Zurückhaltung, verstand es, geistreich zu plaudern, und zeigte sich allen als wohlerzogener, liebenswürdiger Sohn. Das verfehlte seine Wirkung nicht.

Natürlich bemerkte er, daß sein Vater ihn aufmerksam beobachtete, tat aber so, als sähe er die nachdenklichen Blicke nicht, die immer öfter im Laufe des Abends auf ihm ruhten. Abwarten, war seine Devise. Etwas lag in der Luft, er wußte nur noch nicht, was.

Es wurde ein nettes Fest, nicht einmal besonders langweilig, und es gelang, weil Pierre Madames Einladungsliste, auf der nur drei Excellenzen, zwei Bankiers und drei ältliche Damen standen, mit Einverständnis seiner Wirtin erweitert hatte. So tummelten sich im Salon einige bildende Künstler, die schon einen Namen hatten, zwei seriöse Schauspielerinnen, hübsch anzusehen und von überraschender Natürlichkeit, und als Höhepunkt trat ein Quintett auf, das hervorragend Mozart-Sonaten spielte. Als gelungener Schachzug erwies es sich, daß Pierre auch Melanie Bravadeur eingeladen hatte. Madame Rambouillet, die in Glück und Seligkeit schwamm und sich in eitler Anmaßung den Erfolg des Abends selbst zuschrieb, witterte denn auch sofort eine Liebschaft, die sie augenzwinkernd begrüßte.

»Eine entzückende Person«, sagte sie zu Pierre, während sie Melanie zusah, die sich lebhaft mit dem weißhaarigen Oberst a. D. Cortes unterhielt, der eigentlich ziemlich vertrottelt war, weshalb ihn die anderen Gäste links liegenließen. »Sie besitzt trotz ihrer Jugend Menschenkenntnis. Monsieur Cortes war einmal ein sehr bedeutender Mann. Leider hat er jetzt manchmal ein paar Gedächtnislücken, der Arme. Aber wer hat die nicht? Ach, Monsieur Vallier«, sprach sie Jean Vallier an, der gerade auf Pierre zusteuerte: »Sie können stolz auf Ihren Sohn sein. Ein so lieber, fleißiger junger Mann. Sehen Sie Mademoiselle Bravadeur? Er hat sie mir vorenthalten, nur weil ich einmal gesagt habe, daß ich Damenbesuch nicht besonders schätze. Aber, Sie werden mir recht geben, es kommt halt sehr auf die ›Damen‹ an, die einen jungen Mann im allgemeinen nur vom Studium abhalten. Aber Mademoiselle Bravadeur ist Ihres Sohnes würdig. Ich werde sie in den nächsten Tagen zum Tee einladen. Und jetzt entschuldigen Sie mich bitte, ich muß mich um den Nachschub der geistigen Getränke kümmern. Heute wollen wir doch alle fröhlich sein!«

Schon wuselte sie davon, und Pierre stand plötzlich allein

neben seinem Vater. Innerlich zitterte er, wie er schon als Kind gezittert hatte, wenn der Vater ihn auch nur ansah. Doch jetzt war er ein Mann, und die Kraft seines Hasses gab ihm auch die Kraft zu lächeln.

»Ich hoffe, es gefällt dir?« fragte er höflich, weil er es nicht mehr ertragen hätte, dem Vater das erste Wort zuzugestehen, wie es ihm beigebracht worden war.

»Ja«, erwiderte Jean Vallier, »der Abend ist erstaunlich amüsant. Das hätte ich dem alten Mädchen gar nicht zugetraut.« Bei diesen Worten lächelte er fast verschwörerisch, was in Pierre sehr widersprüchliche Empfindungen auslöste. Er hatte sich auf einen harten Vater eingestellt, nicht auf einen Salonlöwen, der ihn ins Vertrauen zog. »Du mußt wissen«, fuhr der ältere Vallier unbekümmert fort, »Mabel war in früheren Jahren für ihren Geiz verschrien, allerdings nur, was andere betraf. Für sich selbst bezahlte sie, ohne mit der Wimper zu zucken, zweitausend Francs für ein extra für sie komponiertes Parfum. Aber auf ihren Empfängen gab es den schlechtesten Wein, und man munkelte, daß sie ihre Köchin um zwölf Uhr mittags auf den Fischmarkt jagte, um die Reste der Fische billig aufzukaufen, die sie ihren Gästen dann als fangfrisch anbot. Sie blieben fast immer liegen, weil jeder Angst hatte, sich zu vergiften.«

Jean Vallier lachte. Es klang ehrlich und herzlich, was Pierre weiter verunsicherte. Dem herzlichen Vater mißtraute er noch mehr als dem kalten, lieblosen. Doch er hatte sich zu einem hervorragenden Lügner entwickelt, und so stimmte er in das Gelächter ein.

»Mag sein, daß sie früher so war. Heute ist sie ganz anders, wie du dich selbst überzeugen kannst.«

»In der Tat. Sag mal, Pierre, diese Mademoiselle Bravadeur – hast du da ernsthafte Absichten?« Pierres Lächeln wurde hart. Jean Vallier sah es und hörte die Antwort mit Befriedigung.

»Nein«, sagte Pierre. »Melanie und ich sind Freunde und auch das nur sehr sporadisch. Du weißt, daß sie die Schwester meines Schulfreundes Thomas ist. Wir besuchen mitunter Kunstausstellungen oder essen gemeinsam. Das ist alles. Ich denke nicht daran, mich so früh zu binden. Ich will vorwärtskommen.«
»Du willst Karriere machen?«
»Selbstverständlich. Mädchen sind mir nicht so wichtig.«
Diese doppelsinnige Erklärung mußte Jean Vallier natürlich falsch verstehen, da er von der Veranlagung seines Sohnes nichts ahnte. Also freute sie ihn. Er berührte Pierre leicht am Arm, was diesem einen Schauer über den Rücken jagte. Leichter hätte er die Berührung einer Klapperschlange ertragen. Aber er beherrschte sich. Das Lächeln lag eingefroren um seinen Mund.
»Komm«, sagte der Vater, »laß uns einen Platz suchen, wo wir ungestört miteinander reden können.« Diese Aufforderung hatte Pierre den ganzen Abend über erwartet. Jetzt war es soweit.
In einem kleineren Salon fanden sie eine Ecke. Vallier rief einen Lohndiener, der ihnen eine Flasche Cognac und zwei Gläser brachte. Dann sagte er in seiner hochmütigen Art zu dem Mann:
»Wir möchten nicht gestört werden. Sorgen Sie dafür.« Doch als er sich Pierre zuwandte, war der Hochmut aus seiner Stimme verschwunden.
»Weißt du, mein Junge« (daß er ihn »mein Junge« nannte, traf Pierre wie ein Schlag in die Magengrube), »ich muß dir gestehen, du hast mich in den letzten Jahren mehr als überrascht. Du hast deine ›Kinderkrankheiten‹ – worunter ich deine Aufsässigkeit, deinen Ungehorsam, deine blasphemischen Spielereien verstehe –, blendend überwunden. Bei wem ich mich auch immer erkundige, die Berichte über dich sind glän-

tere, möchte ich von dir wissen, wie deine Zukunftspläne auzend. Niemanden freut das mehr als mich. Du bist ein Mann geworden, der sich allgemeiner Achtung rühmen kann. Das hat mich auf eine Idee gebracht. Doch bevor ich sie dir erläutere, möchte ich von dir wissen, wie deine Zukunftspläne aussehen. Ich bin sicher, du hast dir darüber Gedanken gemacht. Du wirst noch drei Jahre studieren...«

»Entschuldige, wenn ich dich unterbreche, mon Papa. Ich werde höchstens noch anderthalb Jahre studieren, vielleicht auch nur noch ein Jahr. Dann werde ich mein Examen machen. Die Zeit mag dir kurz erscheinen, aber Lernen hat mir nie Schwierigkeiten bereitet. Es wäre falsche Bescheidenheit, wenn ich dir vorenthielte, daß meine Kommilitonen mit ihrem Wissensstand weit hinter mir liegen. Ich will bestimmt nicht aufschneiden, aber ich habe eben keine Hobbys wie sie: Sport, Disco, Weiber. Ich bin ehrgeizig, mon Papa.«

»Das höre ich gern. Ich glaube dir. Aber hast du Pläne für die Zukunft?«

»Schon, bloß sind sie noch nicht klar umrissen. Ich möchte in der Wirtschaft Karriere machen, nicht etwa in der Justiz. Ich bin ehrlich genug, um einzugestehen, daß ich nie ein guter Beamter werden würde, wohl aber ein guter Manager. Mich interessiert das Wechselspiel zwischen Macht und Geld. Das eine ist ohne das andere nicht zu haben, aber man muß die Mechanismen kennen, ohne die weder das eine noch das andere geht.«

Jean Vallier sah Pierre lange an, ohne zu antworten. Er faßte es nicht, daß der von ihm immer abgelehnte Sohn seine eigenen Gedanken aussprach. So hatte er selbst sein Leben lang gehandelt, so seinen Einfluß, seine wirtschaftliche Macht und sein Vermögen vermehrt. Aber wie war das möglich? Pierre war doch nicht sein leiblicher Sohn, wenn das auch niemand wußte außer ihm. Der Junge natürlich auch nicht. Hatte das vielleicht die Erziehung bewirkt? Wahrscheinlich.

Das Kind war nie mit Samthandschuhen angefaßt worden. Trotzdem verblüffte es ihn, seine eigene Auffassung von Erfolg bei Pierre wiederzufinden, hatte er doch nie mit ihm darüber gesprochen. Er fand keine Erklärung dafür. Aber es war nicht seine Art, sich mit Problemen abzugeben, die er im Augenblick nicht lösen konnte. Wichtig war immer nur die Gegenwart. Mit Nachdruck sagte er schließlich:

»Ich habe verstanden. Du möchtest in die Wirtschaft. Nun, da läge der Gedanke doch nahe, daß du dich um die väterliche Fabrik kümmern könntest? Meinst du nicht, daß es ziemlich gleichgültig ist, ob man Autos, Fabrikanlagen, Flugzeuge oder Parfum verkauft? Wichtig ist allein der Gewinn, den man erzielt. Wir sind führend auf dem europäischen Markt. Seit Jahren versuchen wir, außerdem auf dem amerikanischen Markt Fuß zu fassen. Mit erheblichem Erfolg. Könnte dich das reizen?«

Pierre hielt den Atem an. Das war mehr, als er zu hoffen gewagt hatte. Der Vater bot ihm seine Fabrik an! Unglaublich! Natürlich war ihm klar, daß der clevere Vater Hintertüren einbauen würde, aber war er nicht inzwischen selbst Spezialist für Hintertüren geworden?

Wenn es seinem Vater Ernst war, ihn in die Fabrik zu übernehmen, so konnte er ihn nicht nur auf privater Basis zur Strecke bringen – da boten sich ihm unverhofft noch ganz andere Möglichkeiten! Pierre fiel es zum erstenmal schwer, sich zu beherrschen. Er zwang sich dazu, kühl und sachlich zu bleiben, und fragte vorsichtig:

»Wie hast du dir das vorgestellt, mon Papa?«

»Nun, ja, ich denke mir, du könntest zum Beispiel in den Semesterferien sozusagen im wahrsten Sinne des Wortes in unseren Betrieb hineinriechen. Von einer Abteilung zur anderen gehen, um alles genau kennenzulernen. Wann immer du dein Examen machst – und ich hoffe mit dir, daß es bald sein wird –, könntest du mich vertreten.«

»Vertreten??« Diese Frage sprach Bände. Das sah auch Jean Vallier so. »Vertreten im besten Sinne des Wortes«, beschwichtigte der Firmenchef. »Du hättest alle Vollmachten, wenn ich nicht da bin.«

Eine Pause trat ein. Pierre überlegte fieberhaft. Das Opfer bot sich ihm zum Fraß an! Aber noch war es nicht soweit. So sagte er, nach außen hin nur mäßig interessiert:

»Du meinst, ich sollte die Firma kennenlernen, um sie eines Tages selbständig zu leiten?«

Vallier senior lenkte ab. Doch es war nur zu offensichtlich, daß er es aus taktischen Gründen tat.

»Verstehe mich nicht falsch, Pierre. Ich will die Firma nicht abgeben, sondern ihre Leitung an einen vertrauenswürdigen Vertreter delegieren. Und der scheinst du mir nach allem, was ich über dich gehört habe, zu sein. Ich habe mein Leben lang gearbeitet wie ein Tier und dabei vieles versäumt, was ich gerne nachholen möchte.«

»Weltreisen?«

»Ja, unter anderem. Deine Schwester kennt noch nicht viel von der Welt. Ich möchte sie ihr zeigen und dabei selber eine Entschädigung finden für all die Jahre, die ich nur der Mehrung unseres Vermögens gewidmet habe, ohne an meine eigenen Bedürfnisse denken zu dürfen.«

Ja, ja, dachte Pierre. Mit einemmal stellst du fest, daß du dein Leben verkorkst hast. Hast du die Tochter als Tochter entdeckt oder als Ersatz für unsere Mutter? Wäre es nur die Tochter, dann hättest du mich auch entdecken müssen. Aber ich bin nur ein willkommener Manager deiner Scheißfabrik. Nie kämst du auf die Idee, mich zu einer Weltreise einzuladen. Ich darf nur deine Arbeit verwalten. Du hast festgestellt, daß dein Sohn ein kluges Kerlchen ist. Du glaubst allen Ernstes, daß er sich damit abfinden wird, dein Vasall zu sein. Oh, mein Papa, wie sehr du dich irrst! Liebe erweckt Liebe –

Ablehnung erzeugt Ablehnung, Unbarmherzigkeit und Unverständnis gebären Haß, aber keine unterwürfige Dankbarkeit. Du bist dabei, den Bock zum Gärtner zu machen. Nur zu, ich bin bereit. Eines nicht zu fernen Tages wirst du bereuen, daß du mich gezeugt hast...

Niemals würde Pierre vergessen, wem er seine traurige und liebesleere Kindheit zu verdanken hatte. Und auf seinem Lebensbanner stand ein Bibelspruch – wie konnte es anders sein –: »Auge um Auge – Zahn um Zahn«.

Es dauerte wirklich nur ein gutes Jahr, da hatte Pierre sein erstes Staatsexamen in der Tasche. Viel früher als alle anderen. Die Beurteilungen seiner Leistungen fielen erwartungsgemäß ausgezeichnet aus. Ein Grund mehr für Jean Vallier, den ungeliebten Sohn in die Firma einzuführen. Er machte sich großartig und übertraf alle Erwartungen. Nur eine einzige Person war mißtrauisch, traute dem Frieden nicht: Vera, Pierres Schwester.

»Jean« – das »Jean-Papa« hatte sie längst aufgegeben, sie nannte ihren Vater nur noch beim Vornamen –, »Pierre spielt falsch! Er mag dich nicht. Hast du das nie bemerkt?«

»Vera, du bist ungerecht. Pierre hat immer zurückstecken müssen. Ich war halt der Meinung, daß man Buben härter erziehen muß als Mädchen. Aber er hat sich prachtvoll entwickelt. Also ist es doch nur gerecht, wenn ich ihm jetzt eine reale Chance gebe.«

»Das schon. Nur, weißt du, wie er sie nutzt?«

»Wie soll er sie schon nutzen? Wahrscheinlich zu seinem Vorteil. Glaubst du im Ernst, er würde eine Firma, die er einmal zu erben hofft, ruinieren? Das wäre mehr als dumm, und Pierre ist alles andere als das.«

»Entschuldige, Jean, aber du vergißt seine Kindheit. Du hast ihn im luftleeren Raum aufwachsen lassen. Als du deine Liebe zu mir entdecktest, blieb Pierre außen vor. Bist du wirklich der Meinung, das hinterließe keine Spuren in einem Menschen? Viel Gutes hat er nicht erfahren. Er könnte jetzt versuchen, sich zu revanchieren.«

»Vera, das ist doch Unsinn! Pierre ist inzwischen ein Mann.«

»Eben. Und er hat, abgesehen von den ersten vier Jahren, zwanzig Jahre Zeit gehabt, über seinen Vater nachzudenken. Was hast du in dieser Zeit für ihn getan? Menschlich, meine ich. Da war Pater Antoine – ich muß dich nicht erinnern, wie es endete. Die Kaninchengeschichte wird dir im Gedächtnis geblieben sein. Dann kam Pater Le Pors. Er begleitete Pierre ebenfalls vier Jahre. Ach, was war er für ein freundlicher Mann! Nur Tante Amélie hatte Bedenken, aber auf die wolltest du nicht hören. Es ging ja anscheinend auch alles gut. Erst, als er schon ein Jahr Villefranche verlassen hatte, las ich eine Zeitungsnotiz – und ich war damals ein Kind und konnte mir eigentlich nichts unter dem Geschriebenen vorstellen –, daß ein Monsieur Le Pors der Unzucht mit Kindern angeklagt wurde. Der Begriff war mir unbekannt. Ich erinnerte mich nur an den Namen. Bist du sicher, Jean, daß Pierre nicht auch ein Opfer von ihm war?«

»Unsinn! Es handelte sich mit Sicherheit um eine Namensgleichheit. Pierre hätte mir zweifelsohne davon erzählt. Er hat ja auch die Kaninchengeschichte gebeichtet.«

»Gebeichtet?«

»Liebling, leg doch nicht jedes Wort auf die Goldwaage. Erzählt hat er es. Verzeih mir, Chérie, was hat das alles damit zu tun, daß Pierre versuchen soll, die Leitung der Firma zu übernehmen, wenn wir nicht da sind? Seine Leistungen qualifizieren ihn dafür. Der Junge hat einen besonders klugen Kopf. Warum soll ich nach einem anderen Ausschau halten, wenn mein Sohn alles mitbringt, was für einen solchen Posten notwendig ist?«

Vera schüttelte leicht den Kopf. Dann zuckte sie die Achseln und sagte resigniert:
»Na ja, so gesehen, magst du recht haben, und wenn du ihn zu deinem Erben bestimmt hast, hast du dir diese Entscheidung sicher genau überlegt.«
Jean Vallier stand auf, steckte die Hände in die Hosentaschen und sah zum Fenster hinaus. Nach einer Weile sagte er leise über die Schulter:
»Ich habe ihn nicht zum Erben gemacht. *Du* wirst die Firma bekommen!«
Vera fuhr auf. »Um Gottes willen – weiß er das?«
Vallier drehte sich um und lächelte hintergründig.
»Natürlich nicht! Hältst du mich für so dumm? Oder glaubst du, seine Geschwisterliebe zu dir ist so groß, daß er sich für dich anstrengen würde? Über Pierres Charakter brauchst du mich nicht aufzuklären. Das haben andere getan. Er war zwar immer ein guter Schüler, aber er hat auch immer nur an sich und seinen Vorteil gedacht. Er ist ungeheuer ehrgeizig und ein gerissener Fuchs. Aber eben ein verdammt kluger Fuchs. Ist es so verwerflich, wenn ich mir diese Klugheit zu Nutzen mache?«
»Verwerflich? Das mußt du mit dir selbst abmachen«, sagte Vera und setzte leise hinzu: »Es ist wenig väterlich, würde ich sagen. Du magst ihn noch immer nicht. Warum nur?«
»Das, meine liebe Vera, kannst du nicht verstehen. Erklären kann ich es dir auch nicht. Nimm die Tatsachen so, wie sie sind. Es ist nun einmal so, daß sich ein Vertrauensverhältnis zwischen uns niemals einstellen wird.«
»Und trotzdem willst du ihn zum leitenden Direktor in deiner Firma machen?« fragte Vera jetzt völlig verständnislos.
»Gerade deshalb«, antwortete Vallier. »So habe ich ihn unter Kontrolle. Er soll seine Kräfte für unsere Firma einsetzen – nicht für die Konkurrenz. Ich schwöre jeden Eid, daß er genau das tun würde, wenn ich ihm diese Chance jetzt nicht gäbe.

Soll er ruhig denken, daß er für sich selbst arbeitet. Das wird ihn beflügeln und der Firma zum Segen gereichen.«

»Und später?«

»Was ›später‹? Der Posten eines leitenden Managers bringt eine Menge ein, und er ist am Gewinn prozentual beteiligt. Er wird sich alles leisten können, was er sich wünscht. Je höher der Gewinn, desto höher seine Anteile. Ist das etwa unfair?«

Vera hätte am liebsten geantwortet: »Nein, aber du betrügst ihn wissentlich. Du stößt ihn wieder auf einen Weg, den er ohne deine Mitwirkung nie gehen würde.« Sie fühlte sich hin und her gerissen zwischen Jean und Pierre, und irgendwie taten sie ihr beide leid. Weil sie beide so verbohrt und unaufrichtig waren. Ob sie beide auch gleichermaßen hinterhältig sein würden, mußte sich früher oder später herausstellen. Zwangsläufig mußte einer auf der Strecke bleiben. Das tat ihr weh. Besonders deshalb, weil sie nicht verstand, warum Jean seinen Sohn von klein auf abgelehnt hatte. Nicht, daß sie besondere Sympathie für Pierre empfand. Dafür kannte sie ihn zu wenig. Sie waren ja getrennt aufgewachsen und ihre Temperamente zu verschieden. Doch je öfter sie sich die Frage stellte, um so mehr glaubte sie, daß es um Pierres Geburt ein Geheimnis gab. Es mußte etwas mit ihrer Mutter zu tun haben. Doch die konnte keine Auskunft mehr geben. Sie war tot.

War sie es wirklich?

Wer macht die Rechnung ohne den Wirt?

Es dauerte noch ein halbes Jahr, bis Pierre seinen Vertrag in der Tasche hatte und er wirklich auf der Gehaltsliste der »Vallier Fabrication de Parfum« stand. Seine Bezüge konnten sich sehen lassen. In geschäftlichen Dingen war Jean Vallier absolut korrekt. Pierre erhielt einen Dienstwagen mit Chauffeur, den er selbst einstellen durfte. Natürlich wählte er Michel Montereau aus. Dieser kleine, windige Advokat aus Paris spielte seine Rolle perfekt. Seine eigene Mutter hätte ihn kaum wiedererkannt.

Pierre kam es darauf an, von Anfang an einen Vertrauten um sich zu haben. Er hatte große Pläne. Natürlich ahnte er, daß der Vater alle möglichen Stolpersteine für ihn eingebaut hatte. Doch so gerissen wie der war er schon lange. Zunächst einmal mußte die Firma prächtig florieren. Es ist eine einfache Tatsache, daß Mißtrauen mit der Zeit einschläft, wenn alles seinen ordentlichen Gang geht. Das hatte Pierre einkalkuliert. Er benahm sich untadelig und schuftete wie ein Pferd. Aber auch Jean Vallier war nicht ohne. Gerade daß Pierre sich nicht das geringste zuschulden kommen ließ, ließ ihn auf der Hut bleiben. Von seiner Yacht aus hielt er ständigen Kontakt zur Firma. Die Fernschreiber liefen heiß, aber von Unregelmäßigkeiten konnte keine Rede sein. Auch im privaten Bereich nicht. Pierre hatte keine Freundin, abgesehen von Mademoiselle Bravadeur, die ihn ab und zu besuchte. Über diese Frau war sich Jean Vallier nicht ganz im klaren. Sie schien

Pierre zu lieben – natürlich zog er auch über sie Erkundigungen ein –, und obwohl Pierre keinerlei Anstalten machte, diese Liebe zu erwidern, kam es Vallier senior doch spanisch vor, was sich zwischen den beiden wirklich abspielte. Er kam der Wahrheit ziemlich nahe, ohne den Grund dafür zu kennen. Melanie Bravadeur liebte Pierre wirklich und hoffnungslos. Sie, eine erfahrene Frau, hatte immer darauf gewartet, daß Pierre sich doch noch änderte. Das kam schließlich öfter vor. Doch bei Pierre hoffte sie vergebens. Was sein eigenes Geschlecht anbetraf, hielt er sich zwar im Augenblick völlig zurück, wohlweislich, weil er wußte, daß er beobachtet wurde, doch mit Melanie kam er immer schlechter aus. Sie diente ihm nur noch als Alibi. Ansonsten behandelte er sie oftmals wie den letzten Dreck. Nur eine Frau, die liebt, erträgt so ein Verhalten.

Pierre aber litt unter der sich selbst auferlegten Enthaltsamkeit. Doch da sie zu seinem Plan gehörte, mußte er sie durchstehen. Er lebte wie ein Mönch, was seine ständige schlechte Laune erklärte.

Jean Vallier kam irgendwie nicht weiter. Vater und Sohn ähnelten sich erstaunlich. Keiner gab sich eine Blöße. Jeder versuchte zu verbergen, daß der Haß ihre gemeinsame Triebfeder war. Sie umschlichen sich wie zwei Boxer im Ring, immer darauf wartend, den anderen bei einem Fehler zu erwischen. Obwohl der Parfumfabrikant mehrere loyale Mitarbeiter hatte, die ihm auch regelmäßig Bericht erstatteten, wußte er, daß die private Sphäre von Pierre nicht so genau auszuleuchten war, wie er es gerne gehabt hätte. Und deshalb entschloß er sich zu einem gewagten Schritt, ohne zu wissen, wie der Sohn darauf reagieren würde. Er probierte es einfach. Er flog nach Hause und setzte Pierre mild lächelnd die Pistole auf die Brust.

»Du hast dich sehr gut eingearbeitet«, begann er heuchlerisch. »Jeder ist des Lobes voll. Ist ja fast unheimlich. Wenn das so weitergeht, wird man denken, daß die Firma bei dir in noch besseren Händen ist als bei mir. Zumal ich immer mehr Vergnügen daran finde, in der Welt herumzureisen. Natürlich sind mir in diesem Zusammenhang auch prinzipielle Gedanken gekommen. Du wirst dir denken können, daß mir daran gelegen ist, unsere alte Firma im Familienbesitz zu behalten. Du bist mein einziger Sohn, und mit dir stirbt der Name aus. Kurz und gut – es würde mich sehr freuen, wenn du heiratest. Mademoiselle Bravadeur ist ...«

Pierre unterbrach den Vater sofort.

»Melanie ist nur eine Freundin. Ich würde sie nie heiraten.«

»Schon gut, Pierre. Sie muß es ja nicht sein. Hast du keine anderen Freundinnen?«

Eine unnötige Frage, denn er wußte, daß Pierre keine hatte. Aber Pierre ging auf das Spiel ein, von dem er ahnte, daß es keines war.

»Papa, tut mir leid. Ich habe immer meine Arbeit obenan gestellt und keine Zeit gefunden, mich um Freundinnen zu kümmern. Außerdem – ich gestehe dir offen, daß ich sehr schüchtern bin. Das mag dich verwundern. Ich bin im allgemeinen nicht kontaktarm, nur ... ich sage es ungern – ich habe ein bißchen Angst vor Frauen. Mit jedem Mann kann ich mich prachtvoll unterhalten, aber bei Frauen fehlen mir die Gesprächsthemen. Bei Melanie ist das anders. Wir sind beide Kunstfreunde. Trotzdem könnte ich mir nicht vorstellen, sie zu heiraten.«

»Das mußt du ja auch nicht«, beschwichtigte der Vater. »Ich kann dich bis zu einem bestimmten Punkt begreifen. Doch du siehst hoffentlich ein, daß eine Dynastie einen Erben braucht. Dein Urgroßvater, dein Großvater und ich haben unsere Firma zu etwas gebracht. Du kannst dir vorstellen, daß ich den Wunsch habe, daß das so weitergeht.«

»Durchaus.«
»Du hättest also grundsätzlich nichts gegen eine Heirat?«
»Keineswegs. Nur weiß ich beim besten Willen nicht, wo ich eine Frau hernehmen soll. Ich habe so gar keine Zeit...«
»Verstehe. Könntest du dir vorstellen, daß ich für dich auf Brautschau gehe? Nur so, ganz unverbindlich. Ich will dich zu nichts überreden. Es ist schließlich dein Leben. Ich will nicht darüber bestimmen!«
Genau das ist es, was du willst, dachte Pierre. Du brauchst nicht nur einen Enkel, du brauchst jemanden, der mich Tag und Nacht beobachtet. Damit dir auch nicht eine Minute meines Lebens entgeht. Er hatte die Gedanken seines Vaters sofort durchschaut. Und er lächelte in sich hinein. Die Frau, die er ihm aussuchen würde, dürfte keinesfalls so intelligent sein, daß sie seine Machenschaften durchschaute, denn sonst wäre sie ihm wohl kaum willfährig. Besaß sie aber keine großen Geistesgaben, so konnte sie ihm, Pierre, auch nicht gefährlich werden, denn es würde ihm ein leichtes sein, sie zu täuschen. Und da er sich sowieso nichts aus Frauen machte, konnte es ihm letztlich auch egal sein, wen er heiratete. Deshalb antwortete er scheinbar erfreut und mit dem Anflug eines schüchternen Lächelns:
»Wenn du das für mich tun würdest, Papa, wäre ich dir wirklich dankbar. Du bist um so vieles erfahrener, und die Mutter eines zukünftigen Erben sollte Qualitäten aufweisen, die du bestimmt besser beurteilen kannst als ich.«
»Sehr vernünftig, wirklich vernünftig gedacht, mein Junge. Ich sehe, du bist dir darüber im klaren, daß man sich in der Stellung, in die du hineinwächst, Gefühle nur bedingt leisten kann«, sagte Vallier mit salbungsvoller Anerkennung und dachte bei sich: Wie ekelhaft ehrgeizig der Bursche ist. Nichts und niemand durfte seiner Karriere im Wege stehen, nicht einmal die eigene Frau. Nun, ihm konnte es nur recht sein. Der Möchtegroß würde sich eines Tages noch wundern.

Und Pierre? Pierre war sehr zufrieden mit sich. Er dachte schadenfroh: Wer anderen eine Grube gräbt, fällt selbst hinein. Er konnte sich denken, was für eine Gefährtin ihm der Vater aussuchen würde. Doch er hatte schon ganz anderen den Mund gestopft als so einem Geschöpf von Valliers Gnaden. Fast tat ihm die Unbekannte schon jetzt leid.

Es war beinahe tragisch, daß keiner des anderen Gedanken lesen konnte. Und so trennten sie sich im scheinbar besten Einvernehmen.

Das Mädchen, auf das Jean Valliers Los traf, hieß Louise Romand und war die Tochter eines verarmten ehemaligen Gutsbesitzers aus Caromb. Dieser winzige, fast vergessene Ort liegt in Frankreichs heißestem Süden, im Vaucluse. Gérard Romand, ihr Vater, hatte Vallier früher im großen Umfang mit Lavendel beliefert. Im besten Mannesalter erkrankte er unheilbar und starb innerhalb eines Vierteljahres. Seine Frau, die wenig schöne, aber verwöhnte und äußerst bigotte Madame Romand, konnte weder Gut noch Herrenhaus halten. So kam alles unter den Hammer, und Madame fristete mit ihrer einzigen Tochter Louise ihr Leben mehr schlecht als recht in einem heruntergekommenen Haus, das sie »Palais« nannte. Ihr verbliebenes Restvermögen war zu klein, um die Tochter auf ein teures Internat zu schicken. So machte sie aus der Not eine Tugend und unterrichtete das Mädchen selbst, gemeinsam mit einer ehemaligen Nonne.

Jean Vallier hatte in den vergangenen Jahren die Witwe Romand zuweilen besucht. Nicht, weil sie ihm besonders sympathisch gewesen wäre, sondern weil er die Abgeschiedenheit dieser Landschaft so liebte und sich hier unerkannt vom Streß erholen konnte. Da er immer kleine Geschenke mitbrachte – irgendwie tat ihm die weltfremde Frau leid – war er ein serngesehener Gast, und die kleine Louise hing mit rührender Verehrung an ihm.

An eben dieses Mädchen erinnerte er sich nun, als er über eine passende Frau für Pierre nachdachte. Und je mehr er darüber ins Grübeln kam, um so passender erschien sie ihm. Passiv und fromm erzogen, nicht besonders hübsch, aber von zierlichem Wuchs und mit einer gewissen jungfräulichen Aura umgeben, die heute kaum noch anzutreffen ist – es sei denn in so abgeschiedenen Regionen dieser Welt –, dazu willfährig, sanft und ihm zugetan. Eine bessere Frau für Pierre konnte er wohl kaum finden. Daß sie kein Vermögen besaß, paßte auch in seinen Plan. Geld bedeutete Macht, und zuviel Macht wollte er Pierre nicht einräumen. Louise würde ihm schon aus Dankbarkeit jederzeit gefällig sein, und darauf kam es schließlich in erster Linie an.

Die Hochzeitsfeier fand nach der standesamtlichen Trauung in Nizza in Villefranche statt. Nur ein sehr kleiner Kreis war geladen. Louise sah an diesem Tag reizend aus. Das Glück strahlte ihr aus den wasserblauen Augen, wenn sie zu ihrem eben angetrauten Mann bewundernd aufsah. Noch ahnte sie ja nicht, was auf sie zukam. Sie trug ein weißes, hochgeschlossenes Spitzenkleid, das der Schwiegerpapa ihr spendiert hatte und das aus einem der feinsten Geschäfte in Nizza stammte. Immer wieder streichelte sie verstohlen über das zarte Gespinst. Nie hatte sie Schöneres gesehen und nie geglaubt, so einen Traum von Kleid einmal tragen zu dürfen. Das Schönste an Louise war ihr langes, weiches blondes Haar, das heute von einem winzigen Krönchen zusammengehalten wurde und sich dennoch gegen diese Einengung zu wehren schien. Überall kringelten sich kleine Locken, die kein Friseur zustande gebracht hatte, sondern Mutter Natur. Selbst Pierre konnte nicht umhin, diese Haarpracht zu bewundern, wenngleich ihm seine Frau sonst wenig Anlaß zur Bewunderung gab. Ihr kleines Gesicht war zu schmal, die Nase zu spitz, das

Kinn zu kurz und der Ausdruck ihrer Augen hingebungsvoll töricht. Ihre Figur allerdings ließ nichts zu wünschen übrig. Alles befand sich an der richtigen Stelle, wenn auch in winzigen Ausmaßen. Sie war so zierlich wie ein Barbie-Püppchen. Noch wußte Pierre nicht, wie er die Hochzeitsnacht überstehen würde. Zwar war er Melanie heute sehr dankbar, daß sie ihn in die Grundregeln der »normalen« Liebe eingeführt hatte, doch gegen Louise war Melanie ein Dragonerweib. Pierre war 1,92 Meter groß, wog gut seine achtzig Kilo, und Louise konnte leicht unter seinem ausgestreckten Arm hindurchlaufen, ohne ihn zu berühren. Er befürchtete tatsächlich, das arme Mädchen zu erdrücken, ganz abgesehen davon, daß ihm bekannt war, daß seine junge Frau so gut wie nichts von körperlichen Zusammenhängen wußte, ganz zu schweigen vom Sex. Darauf hatte ihn sein Vater noch liebenswürdigerweise aufmerksam gemacht. Vielleicht wäre dieser konstruierten Ehe sogar ein glücklicher Anfang beschieden gewesen, hätte Pierre nicht im Unterbewußtsein immer daran denken müssen, daß alles, was er jetzt tat, vom Vater arrangiert worden war. So hatten beide von Anfang an keine Chance.

Die Gäste waren gegangen, das Personal hatte sich zurückgezogen, das Brautpaar blieb sich selbst überlassen. Pierre hatte einen Kopf, so schwer wie eine große Melone. Der verteufelt gute Cognac trug die Schuld daran. Aus lauter Unsicherheit hatte er ihm mehr zugesprochen, als ihm guttat. Voller widersprüchlicher Gefühle wartete er im Schlafzimmer auf seine Frau. Seine Frau! Allein das war schon ein schlechter Witz. Oh, wie er seinen Vater haßte, der ihn immer wieder in Situationen brachte, die er nur mit größter Mühe und Selbstüberwindung meistern konnte. Wo blieb dieses Mädchen nur, das plötzlich durch einen verbalen Akt in seine Intimsphäre eingebrochen war?

Er ging zur Tür, öffnete sie. »Louise?« rief er.
»Ja, ich komme!«
Ungeschickt wie ein Schulmädchen rannte sie, über ihr langes Nachthemd stolpernd, die Stufen hinauf. Und dann sah sie ihren Mann – er hatte nichts weiter an als einen winzigen Slip. Sein Körper war sonnengebräunt, seine Muskeln kräftig entwickelt, sein Blick gespannt, doch ohne Begehrlichkeit, fast kalt.
Louise merkte das nicht, denn sie hatte noch nie einen nackten – beinahe nackten – Mann gesehen, und sie fand ihn wunderschön. Er wirkte auf sie wie ein junger Gott, und es war ihr völlig gleichgültig, was mit ihr gleich geschehen würde. Wie ernst er aussah. Dieses gespannte Gesicht . . . Die Augen kamen ihr heute heller vor, die Augenbrauen buschiger, der Mund weicher. Sie ahnte nicht, wie unbehaglich sich ihr frischgebackener Ehemann fühlte. Langsam ging sie auf ihn zu und blieb erwartungsvoll vor ihm stehen. So standen sie sich gegenüber, starrten sich an, als litten sie beide unter einem entsetzlichen Zwang. Für eine Sekunde stellte sich ihnen die Wahrheit in den Weg: Beide wagten sich nicht vorzustellen, was als nächstes passieren würde.
Pierre gestand sich ein, daß er plötzlich Angst hatte. Angst, diese Frau, die er so kühl benutzte, wie sein Vater eingeplant hatte, zu verletzen. Nicht nur körperlich. Und sie?
Louise spürte, daß er über sie nachdachte. Und da ihre Mutter und die Nonne ihr beigebracht hatten, daß Frauen minderwertig und nur zum Dienen erschaffen worden waren, empfand auch sie Angst. Angst vor der Kraft des Mannes, dem sie untertan und gehorsam sein mußte, wollte sie den Gesetzen der christlichen Lehre treu bleiben.
»Möchtest du etwas trinken?« fragte Pierre aus lauter Verlegenheit.
»Vielleicht eine Limonade«, sagte sie unsicher.

»Wir werden Champagner trinken«, bestimmte Pierre. »Das wird uns aufmuntern, nicht wahr?« Louise nickte.
»Wie du meinst«, sagte sie ergeben. Pierre wäre am liebsten aus der Haut gefahren, aber er beherrschte sich.
»Komm, zier dich nicht. Du wirst merken, daß Champagner eine tolle Wirkung hat. Übrigens...« er deutete auf ihr Nachthemd. »Findest du dieses Geistergewand sexy?«
Louise sah ihn mit unschuldigen Kuhaugen an.
»Sexy?« fragte sie lahm.
Ach, du lieber Gott, dachte Pierre verzweifelt. Sie hat wahrscheinlich das Wort »Sex« überhaupt noch nicht gehört. Und das im zwanzigsten Jahrhundert.
»Vergiß es. Trink. Du wirst dich schnell wohler fühlen.« Er reichte ihr das gefüllte Glas, und sie trank gehorsam und ziemlich schnell, weil sie ihn doch um nichts in der Welt verärgern wollte. Die Wirkung ließ nicht auf sich warten. Louise löste sich aus der Verkrampfung der Angst. Sie schwebte auf Wolken, ließ sich auf das einladende Bett fallen und streckte die mageren Arme nach ihrem Mann aus.
»Du bist mein schöner, schöner Mann«, sagte sie leise. »Ich bin häßlich und dumm. Du hast mich trotzdem geheiratet. Dafür werde ich dir immer dankbar sein. Mach mit mir, was du willst. Ich weiß wenig, ich kann nichts, aber ich werde dir immer treu sein.«
Auf Pierre stürmten die unterschiedlichsten Gefühle ein. Diese kleine, unscheinbare Frau erweckte in ihm Abscheu und Mitleid zugleich. Dazu fühlte er sich in einer ungewohnten Rolle. Um überhaupt etwas zu tun, legte er seine Hand auf ihre kleine Brust und war erstaunt über dieses prickelnde Gefühl, das seinen Körper dabei durchströmte. Zumindest war es ihm neu und nicht unangenehm. Louise zitterte. Ihre kleinen Hände versuchten ungeschickte Zärtlichkeiten. Pierre schloß die Augen. Er konnte ihr schmales, verzerrtes Gesicht

nicht länger ertragen. Unwillkürlich und ohne es zu wollen, erschien vor seinem geistigen Auge Thomas Bravadeur, und da endlich stellte sich die Wollust ein. Plötzlich fiel ihm dieser erzwungene Akt nicht mehr schwer, und es war ihm, als fände er zurück zu der Zärtlichkeit aus einer unendlich fernen Vergangenheit. Für einen wunderbaren Augenblick schlief er nach dieser Explosion an ihrer Brust wie ein Kind.

Doch wenig später traf ihn wie ein Schock die Wirklichkeit. Diese Frau hatte sein Vater ausgesucht, sie würde nicht ihm, sondern dem Prinzipal die Treue halten. Alles war nur abgekartetes Spiel. Er stand auf. Jetzt empfand er ihr gelöstes Daliegen wie das einer Jungfrau auf der Opferbank. Ernüchtert und kalt sagte er:

»Du gehst jetzt besser in dein Schlafzimmer. Ich habe noch zu arbeiten. Daran wirst du dich gewöhnen müssen, meine Liebe.«

Louise, herausgerissen aus ihrem Traum, ihre Verletzung erst jetzt empfindend, sagte zaghaft:

»Pierre, habe ich mich sehr dumm benommen?«

Pierre fiel so schnell keine Antwort ein. Am liebsten hätte er gesagt: Scher dich zum Teufel und geh mit meinem Vater ins Bett – doch ein Rest Menschlichkeit sagte ihm, daß auch Louise nur Opfer war, wie er selbst.

»Nein, du warst reizend. Ich denke, genauso, wie sich das mein Vater vorgestellt hat. Du hast dich brav an seine Instruktionen gehalten.« Die arme Louise wußte nicht, was ihr Mann meinte.

»Ich verstehe nicht...«, sagte sie hilflos.

»Frag deinen Schwiegerpapa. Er wird es dir erklären können. Louise, ich will nicht unfair sein. Wie auch immer diese Heirat zustande gekommen ist – ich hatte keinen Anteil daran. Möglicherweise bist du so unschuldig, wie du scheinst. Paß auf, meine Kleine, und höre genau zu: Ich habe dich

geheiratet, weil mein Vater es so bestimmte. Er braucht einen Erben und eine Schwiegertochter, die ihm alles über mich erzählt. Aber du wirst deinen hübschen kleinen Mund halten – daß das von Anfang an klar ist! Er wird nur erfahren, was *ich* will. Auch wenn du glaubst, ihm Dankbarkeit schuldig zu sein. Du bist es nicht. Er hat dich nicht aus Güte ausgesucht, sondern aus purer Berechnung. Dir das zu erklären ginge jetzt zu weit. Also, ich erwarte von dir Loyalität, und laß es dir nicht einfallen, in meinem Privatleben herumzuschnüffeln. Wenn du mir eine liebe Frau bist, wird es dir an nichts fehlen, und du kannst dir dein Leben so einrichten, wie du möchtest. Wenn nicht... glaube mir, meine Kleine, dann wird es dir verdammt schlechtgehen. Habe ich mich klar genug ausgedrückt?«
Pierre wußte, wie grausam und brutal sein Vorgehen war, doch er mußte seine Frau von Anfang an so einschüchtern, daß sie es niemals wagen würde, sich gegen ihn zu stellen. Das war ihm, weiß Gott, gelungen. Louises kurzes Glück zerplatzte wie eine Seifenblase. Sie brachte keinen Ton heraus, sondern schlug die Hände vors Gesicht und weinte...

Pierres Rachefeldzug beginnt

Neun Monate später kam Lucien zur Welt. Die junge Mutter überlebte die Geburt nur dank der modernen Medizin. Dem kräftigen Jungen verhalf ein Kaiserschnitt zum Leben. Louise würde nie mehr ein Kind bekommen können. Körperlich erholte sie sich nur langsam, doch der kleine Lucien machte sie glücklich. Ihm schenkte sie all die Liebe, die ihr Mann nicht haben wollte. Er behandelte sie nicht schlecht, aber er ließ sie jeden Tag spüren, wie gleichgültig sie ihm war – und wie lästig. In der hübschen Villa in Grasse, die sie nach ihrer Heirat bezogen hatten, lebte Pierre ungeniert sein altes Junggesellenleben weiter. Das änderte sich auch nicht nach der Geburt des Kindes. Im Gegenteil. Die Unruhe, die ein Säugling mit sich bringt, machte ihn schier verrückt. Doch im Augenblick meinte es das Schicksal gut mit ihm. Der Arzt von Louise empfahl ihm nämlich dringend, Mutter und Kind aus der hektischen Atmosphäre der Stadt fortzuschicken.

»Ihre Frau ist noch so angegriffen, daß sie dringend Ruhe braucht«, sagte der alte Herr. »Ich will Ihnen nicht verhehlen, daß ihr Gesundheitszustand noch immer besorgniserregend ist.«

Pierre war sofort damit einverstanden, kam ihm dieser Rat doch sehr entgegen. Er entschied, daß Frau und Sohn samt Kinderschwester nach Villefranche umsiedelten, um sich dort im Haus seines Vaters zu erholen. Das war sehr groß und stand im Augenblick sowieso leer, da sich Jean Vallier mit seiner Tochter auf Weltreise befand.

Louise empfand diese Entscheidung als eine wahre Wohltat. Sie litt so unter der Lieblosigkeit ihres Mannes und der Tatsache, daß sie mit niemandem darüber reden konnte, daß ihr Lebenswille immer schwächer wurde. Die plötzliche Freiheit, mit dem geliebten Kind alleine und in Frieden leben zu können, erschien ihr wie ein Geschenk des Himmels.
So war ihnen beiden geholfen, denn das Gewicht unausgesprochener Dinge lastete auf ihnen schwerer, als sie sich eingestehen wollten. Da die katholische Ehe unauflöslich ist, blieb nur der Ausweg einer zeitweiligen Trennung, nach außen hin als Fürsorge kaschiert. Eine Lüge mehr. Kam es darauf noch an? Pierre ging schon lange nicht mehr zur Beichte. Louise verschwieg ihr Leid aus Scham, aber sie bat ihren Herrgott jeden Tag um Vergebung. Hätte man sie gefragt, wofür, wäre ihr die Antwort wohl schwergefallen. *Sie* hatte ja nichts Böses getan. Aber sie duldete das Böse, und auch das war eine Sünde. Dabei wußte sie nicht einmal, was hinter ihrem Rücken geschah.
Pierre sah nun endlich die Zeit gekommen, seine Pläne in die Tat umzusetzen. Sein Stand in der Firma war gefestigt. Jedermann achtete ihn, wenige mochten ihn, und die meisten fürchteten ihn. Er hatte ein paar wichtige Posten umbesetzt, Leute seines Vertrauens in die Firma gehievt, die Jean Vallier wahrscheinlich nie eingestellt hätte, weil ihre Personalbögen schlicht, aber gut gefälscht waren. Als erstes bekam die Buchhaltung einen neuen Chef. Monsieur Auclair bevorzugte feinen Zwirn und Nadelstreifen. Seinen Hemden sah man die Maßarbeit an, und seine Schuhe aus italienischen Werkstätten glänzten, als seien sie mit Lack überzogen. So gediegen, vornehm und solide sah nicht einmal der Staatspräsident aus. Genauso las sich sein Lebenslauf. Sah man von dem Büttenpapier ab, stimmte daran nichts. Monsieur Auclair war nämlich einer der gefürchtetsten »Hacker« und wurde interna-

tional gesucht. Er zerlegte Computerprogramme so geschickt wie ein Meisterkoch eine Gans. Noch geschickter war er in der Kunst der Verkleidung, weshalb man ihm einfach nicht auf die Spur kam.

Hector Besson, der berühmte Duftkompositeur und Jean Valliers bestes Pferd im Stall, bekam einen jungen Gehilfen. Einen bescheidenen kleinen Mann, höchst unauffällig, der dem großen Besson zur Hand gehen durfte und nie müde wurde, dessen Genialität zu rühmen. Besson ging das furchtbar auf die Nerven. Er hielt Gilbert Carnolés, wie der Mensch hieß, für einen Schaumschläger. Doch dessen Servilität schläferte seine Aufmerksamkeit ein. Leicht zu erklären – er hielt ihn schlicht für einen Idioten.

Weit gefehlt! Carnolés war ein begabter Fälscher. Genauso, wie es gefälschte Cartier-Uhren gibt, werden auch Parfums mit berühmten Namen gefälscht. Damit ist leicht ein Vermögen zu machen, und außerdem kann man der Firma, die die echte Ware herausbringt, unermeßlichen Schaden zufügen.

Auch ein neuer Wagenmeister hielt Einzug in die altehrwürdige Firma. Ein eher bedeutungsloser Posten, sollte man meinen. Aber wenn die Auslieferungspapiere nicht mit der tatsächlichen Ladung übereinstimmen und der Zoll an der Nase herumgeführt wird – im allgemeinen kennt der Zoll seine Sünder, und zu ihnen gehören die wirklich renommierten Firmen nicht –, dann ist auch damit ein gutes Geschäft zu machen. Ja, und dann die Banken!

Pierre hatte bei seinen diffusen Geschäften festgestellt, daß fast jeder Mensch korrupt ist. Es kommt nur auf die Höhe der Summe an. Seine »Freunde« saßen überall.

So auch Monsieur Christopher Bagnac. Feiner Herr, beste Familie, aber ein hoffnungsloser Spieler und außerdem ein Mann, der den Praktiken eines gewissen de Sade nacheiferte. Ein Mann nach Pierres Herzen. Bagnac war in fast jeder

Beziehung korrumpierbar. Zumal seine vornehme Familie nicht die leiseste Ahnung von alldem hatte.
An einem Herbsttag – heiß wie im August, der Schirokko brachte die Franzosen fast um den Verstand – saß Pierre in seinem klimatisierten Büro und telefonierte.
»Monsieur Auclair, bitte zu mir«, sagte er und wartete die Antwort gar nicht erst ab. Es dauerte auch nicht lange, bis der neue Chef der Buchhaltung eintrat. Pierre sah ihn lange an.
»Meinst du nicht, daß du ein bißchen übertreibst?« sagte er.
»Dieser Anzug ist unsäglich.« Auclair lächelte.
»Aber von Bijan aus New York und der letzte Schrei. Außerdem kostet er ein Vermögen.«
»Eben. Er ist zu teuer. Kaum das, was sich ein Buchhalter leisten kann. Du mußt ein bißchen vorsichtiger werden. Aber ich will dir keine Vorschriften machen. Bisher bist du ja immer gut gefahren mit deinen Extravaganzen. Hier sind ein paar Schecks. Leite sie auf das Konto in der Schweiz.«
Auclair nahm die Papiere, sah darauf und pfiff leicht durch die Zähne.
»Ganz schöne Summen. Was fällt dabei für mich ab?«
»Hast du dich bisher beklagen müssen? Im Vertrag ist eindeutig festgelegt, was du...«
Auclair grinste unverschämt. Er sagte:
»Weißt du, was dieser Vertrag zwischen uns wert ist?« Pierre reagierte sofort und knallhart.
»Eine Kugel in deinen Kopf ist er wert, solltest du ihn jemals anzweifeln. Oder, wenn dir das lieber ist, eine Anzeige, die dich für den Rest deiner Tage in den Knast bringt. Du kannst wählen!«
»Kleiner«, sagte Auclair geschockt und böse. »Du scheinst dich für den Größten zu halten. Aber als du noch in den Windeln lagst, da...«
Pierre unterbrach ihn eiskalt.
»Ich *bin* der Größte, mein lieber Auclair. Deine Fähigkeiten

können sich nur entfalten, wenn dir einer wie ich die Gelegenheit dafür bietet. Die große Gelegenheit. Bei der eine Menge für dich herausspringt. Was willst du sonst machen? Nur so aus Spaß, aus Haß gegen ein System, das dir nicht paßt, Computerprogramme lahmlegen oder zerstören? Was bringt dir das ein? Möchtest du als Terrorist im Gefängnis landen? Du schätzt das Geld doch viel zu sehr. In meinen Diensten kannst du dem System schaden und dir selber nutzen. Du wirst ein reicher Mann sein. Also spiele hier nicht den Aufmüpfigen. Mach deine Arbeit.«

»Schon gut, schon gut. D'accord, du bist der Größte. Was macht Hongkong?«

»Es läuft. Sie sind sehr interessiert an unseren Rezepten. Weißt du, Auclair, eigentlich mag ich dich ja wirklich. Ein größerer Schurke als du ist mir noch nicht über den Weg gelaufen. Allerdings könnten dich die Chinesen überflügeln. Die haben überhaupt keine Skrupel.«

»Inwiefern?«

»Denen ist es völlig egal, ob in unseren Parfums, die wir ihnen verkaufen, mehr Alkohol als Duftstoffe ist. Nur die Preise, die sie erzielen, sind ihnen wichtig. Erstaunliche Burschen.«

Auclair schüttelte den Kopf. Er sah Pierre nachdenklich an.

»Du bist dir doch hoffentlich im klaren, daß das Parfum – das minderwertige Parfum – wie ein Bumerang zu uns zurückkommen kann? Die Hongkong-Chinesen sind verdammt clever, wie du ja selbst sagst. Was aber passiert, wenn die Kontrollen ergeben, daß unser Parfum gepanscht ist wie billiger Wein?«

»Mensch, Junge, trifft denn dann uns eine Schuld? Natürlich wurde das Parfum in Hongkong gefälscht! Jeder hier weiß doch, wie diese Jungen Geschäfte machen. Wir gehen mit weißer Weste und einem satten Gewinn aus dem Geschäft.

Vielleicht erleidet die Firma einen Vertrauensverlust, aber das ist durchaus beabsichtigt.«

Auclair mußte insgeheim zugeben, daß er diesem Pierre Vallier nicht gewachsen war. Er begriff nur die Hälfte. Zweifelnd gab er zu bedenken:

»Ich verstehe eines nicht: Warum ist dir daran gelegen, die Firma, die du einmal erbst, in Mißkredit zu bringen? Das ist doch anormal.«

Pierre lächelte böse. »Ja«, sagte er, »das wäre anormal, wenn ich die Firma wirklich erben würde! Weder mein Sohn noch ich werden hier einmal die Herren sein! Das überrascht dich? Siehst du, es geht nichts über gute Informationen. Meine Schwester wird den Laden erben. Ich bin nur ein kleines Arschloch. Zu nichts anderem gut, als die Geschäfte des Herrn Papa zu führen, während er sich mit meiner Schwester amüsiert.«

»Amüsiert? Wie soll ich das verstehen?«

»So, wie ich es gesagt habe.«

»Du bist verrückt.«

»Ich bin nicht verrückt. Ich habe Beweise!«

»Beweise?«

»Laß mich in Ruhe. Das geht dich nichts an.«

»Gut, aber die Firma, die geht mich wohl etwas an.«

»Ja, und du wirst keinen Grund haben, dich zu beschweren.«

»Sehe ich das richtig – du willst deinen Vater fertigmachen?«

»Und wenn? Du hast ganz andere Leute fertiggemacht. Die dir nicht das Geringste bedeuteten. Ich übe nur Rache. Das ist mein Recht.«

»Du spinnst. Man hat auch seinen Eltern gegenüber Verpflichtungen.«

»Hör auf, mir kommen die Tränen. Ausgerechnet du sagst so etwas? Du betrügst die Menschheit ohne jeden Skrupel. Und ausgerechnet du sprichst von einer Verantwortung den Eltern gegenüber? Daß ich nicht lache!«

»Du kannst ruhig lachen. Ich bin bereit, jeden zu betrügen, den ich nicht kenne. Aber meine Familie bleibt da außen vor. Ich könnte nicht mehr in den Spiegel sehen, wenn ich an meine Mutter denke.«
»Ach, war sie so großartig? Hat sie dich bewahrt vor dem Weg, den du schließlich gegangen bist? Sie war eine...«
Pierre konnte das Wort nicht mehr aussprechen. Monsieur Auclair saß ihm an der Kehle. Nur ihre gemeinsamen Interessen verhinderten das Schlimmste.
Nun ja, Pack schlägt sich, Pack verträgt sich. Die beiden anderen gingen sehr viel vorsichtiger mit ihrem »Chef« um. Sie interessierte nur der eigene Geldbeutel. Es war ihnen schnuppe, aus welchen Gründen der junge Firmenmanager handelte, solange ihre Fleischtöpfe gefüllt waren.
Pierre hatte sich seine Helfer mit großer Sorgfalt ausgesucht. Sie arbeiteten alle vier hart, was allgemein Anerkennung fand, und gingen so vorsichtig und geschickt vor, daß nicht einmal die Steuerprüfer auch nur auf die Idee kamen, hier könnte etwas faul sein. Sie hatten nicht die leiseste Ahnung, daß die nach wie vor stattlichen Gewinne nur auf dem Papier existierten, die bare Münze aber längst auf einem Nummernkonto in der Schweiz lagerte. Wie schon angedeutet, wurden nicht nur Schecks, Bankdokumente und Bilanzen gefälscht, auch das für den Export bestimmte Parfum. Und hier lag die einzige Gefahr bei dem Deal des sauberen Quartetts. Hector Besson, die berühmte »Nase« der Firma und Chefparfumeur, war dafür bekannt, daß er zuweilen Stichproben machte, bevor eine Ladung die Fabrik verließ. Deshalb mußte in dieses »Geschäft« zunächst investiert werden, bevor man den Gewinn kassieren konnte.
Das bedeutete, heimlich Lastwagen einzukaufen, verschwiegene Fahrer einzustellen – verschwiegen hieß bei Pierre immer, daß er die Leute voll in der Hand hatte –, in einem Dorf

nahe der Grenze eine leere Scheune zu erwerben, wo die Ladung in einer Nacht-und-Nebel-Aktion umgeladen wurde. Bei so viel Arbeitsaufwand wurden auch viele Hände aufgehalten. Die Abrechnung mit den fleißigen Helfern machte Auclair manches Kopfzerbrechen, doch der Gewinn bei diesen Manipulationen war auch besonders hoch und damit ein wirkungsvolles Trostpflaster für den schwerbeschäftigten Mann. Pierre Vallier beging übrigens selbst keine einzige Straftat. Er dachte sich als der große Unbekannte im Hintergrund nur die Schurkereien aus, die die anderen in die Tat umsetzten. Und das wußten auch nur seine drei engsten »Mitarbeiter«: Auclair, der Buchhalter, Carnolés, der Parfummacher, und Bagnac, der Bankdirektor. Das kleine Heer der Helfer und Helfershelfer wäre nie auf die Idee gekommen, der stattliche Top-Manager und Sohn des Fabrikherren könnte ihr geheimnisvoller »Boß« sein.
Genauso vorsichtig ging Pierre in der Gestaltung seines Privatlebens vor. Und hier kannten nicht einmal die Vertrauten sein Geheimnis. Durch die vielen Reisen, die er geschäftlich unternehmen mußte, wurde ihm diese Geheimhaltung leichtgemacht. Trotzdem litt er unter der selbstauferlegten Enthaltsamkeit. Sein schönes Haus in Grasse kam ihm meist wie ein ödes, leeres Gefängnis vor. Wie oft sehnte er sich nach der Zeit in Avignon zurück, nach der Wärme und Zärtlichkeit von Thomas Bravadeur. Er hatte ihn immer noch nicht vergessen. Mit Melanie traf er sich manchmal, wenn er in Paris war. Doch auch sie wußte wenig über ihren Bruder zu erzählen, vielleicht wollte sie es auch nicht, und nach Thomas direkt zu fragen, dazu war Pierre zu stolz. So erfuhr er nur, daß der Freund Theaterwissenschaft studiert hatte und inzwischen als freier Regisseur in Berlin lebte. Er hatte sich nie mehr mit ihm in Verbindung gesetzt. Das Ende dieser Freundschaft tat noch immer weh.

Pierre konnte sich jetzt alles leisten, natürlich auch käufliche Liebe. Aber es verlangte ihn nicht nach flüchtigen Abenteuern, sondern nach beständiger Zweisamkeit. Doch gerade die blieb ihm in seiner jetzigen Stellung versagt.
Mit seiner Frau verband ihn nichts, nicht einmal der gemeinsame Sohn. Er war ein ebenso schlechter Vater wie Ehemann. Louise wohnte mit dem Kind noch immer in Villefranche, inzwischen mit der Einwilligung von Jean Vallier, der noch immer auf Reisen war. Pierre besuchte Louise selten, und das auch nur, um den äußeren Schein zu wahren. Einmal zeigte sie ihm einen Brief, den sie von ihrem Schwiegervater erhalten hatte. Darin standen, genau wie er es vorausgesagt hatte, Fragen über seine Lebensweise.
»Was soll ich antworten?« hatte Louise gefragt.
Er diktierte ihr einen Brief mit nichtssagenden Antworten und brachte ihn selbst zur Post. Noch zwei-, dreimal kam so ein Brief. Inzwischen wußte Louise, was sie zu antworten hatte. Da gab Jean Vallier auf und schrieb die Schwiegertochter ärgerlich ab. Er hatte schlicht eine zu dumme Person ausgesucht, war seine Meinung, und er verschwendete fortan keinen Gedanken mehr an die arme Louise. Das tat auch Pierre bald nicht mehr. Erstens ertrug er das weinerliche, stumme Duldergesicht nur mit äußerstem Widerwillen, zum anderen trat in seinem Leben eine tiefgreifende Veränderung ein, die ihn veranlaßte, die spärlichen Besuche gänzlich einzustellen.

Sumpfblumen duften selten

Pierre Vallier war in Paris. Er hatte anstrengende Verhandlungen hinter sich. Nun gönnte er sich einen Einkaufsbummel der feinen Art. Nahe dem Präsidenten-Palais lagen die unauffälligen Hochburgen der Haute Couture, nicht nur für Damen. Hier konnte Pierre soviel ausgeben, wie es ihm Spaß machte. Hier fragte niemand nach der Herkunft des Geldes, nach dem Motto: Über Geld spricht man nicht – Geld hat man.

Der junge Vallier hatte viel Sinn für Mode. Es gefiel ihm, gut auszusehen und seinen Typ durch elegante, aber selten extravagante Garderobe zu unterstreichen. Ob in Paris, Mailand, Rom oder New York – ein Einkaufsbummel stand immer auf der Tagesordnung.

So auch an diesem schwülen Julitag. Er schlenderte die Rue Faubourg St. Honoré entlang und betrat ein von außen unscheinbares Haus. Im Innern sah es anders aus. Kühle, Marmor und edle Hölzer stimmten den Besucher gelassen und erwartungsvoll. Im ersten Stock befanden sich die Ateliers von Monsieur Cardinac, einem aufstrebenden Modeschöpfer, der mit viel Talent und immer guter Laune vorzugsweise junge Männer mit pfiffiger Mode versorgte.

Pierre war schon öfter hier gewesen. Ihm gefielen nicht nur die Entwürfe von Monsieur, sondern vor allem dessen natürliche Fröhlichkeit, die Aussuchen, Einkaufen, Maßnehmen zum Spaß werden ließ. Abgesehen von den jungen Damen

und Herren, die hier arbeiteten und schon allein eine Augenweide waren.
Diesmal entdeckte Pierre ein neues Gesicht. Eine Frau so um die Dreißig, bestimmt 1,80 Meter groß. Wundervolles schwarzes Haar, dunkle, von dichten Wimpern überschattete Augen, schlank wie ein Knabe. Irgendwie erinnerte sie Pierre an Thomas, aber auch ein bißchen an seine Schwester Vera. Merkwürdig, dachte er. Ich sehe doch sonst nicht nach Frauen. Aber diese da interessierte ihn.
»Wer ist denn das?« fragte er Monsieur Cardinac.
»Oh, Sie meinen unsere Cocco. Ein wahrer Schatz, Monsieur Vallier. Sehen Sie nur, mit welcher Anmut sie diesen einfachen Fummel trägt.« Der »einfache« Fummel sah verdammt teuer aus. Ein schwarzes Seidenkleid, hochgeschlossen – aber mit einem atemberaubenden Rückenausschnitt – das über dem Knie der schlanken, endlos langen Beine endete.
»Ja, auf Cocco sind wir alle stolz. Sie werden es nicht glauben, aber diese Frau zieht Männer am besten an. Sie hat es einfach in den Fingerspitzen, das Gefühl für die männliche Aura. Sagenhaftes Mädchen. Lassen Sie sich ruhig von ihr beraten. Sie werden es nicht bereuen.«
Pierre bereute es nicht. Mademoiselle Cocco sah ihn lange an, und in ihren Augen stand ein seltsames Glitzern, das ihn merkwürdig berührte. Sie beriet ihn gut. Der Einkauf wurde zur reinen Freude. Als Pierre nach drei Stunden ging, empfand er ein Gefühl des Bedauerns. Diese Mademoiselle Cocco war die erste Frau, in deren Gegenwart er sich ausgesprochen wohl gefühlt hatte. Aber, dachte er, ich weiß ja, wo ich sie finden kann. Der Gedanke schockierte ihn zugleich. Was ist mit mir los, fragte er sich. Dreht mich diese verdammte Einsamkeit langsam um?
Er verbannte diesen Gedanken. Eine Laune wahrscheinlich, nichts weiter. Er ging zum Essen in ein Feinschmeckerlokal

und ließ es sich wohl sein. Danach überlegte er, was er mit dem angefangenen Abend beginnen sollte. Nun, Paris ist für seine Shows berühmt. Leider sind sie fast immer ausverkauft. Doch für einen Hundert-Franc-Schein zaubern die Portiers von Nobelhotels so manche Eintrittskarte aus dem Hut. So geriet Pierre auf den Montmartre. Am Tage überflutet von Touristen, zeigt er am Abend ein anderes Gesicht. Hier wohnen nicht nur Künstler und solche, die sich dafür halten. Hier ist auch die Dritte Kolonne zu Hause. Und wenn die Lichter brennen, schwärmt sie aus wie ein Heuschreckenschwarm, nicht immer zur Freude von Touristen, die sich verlaufen haben. In den dunklen Ecken der baufälligen Häuser hat sich schon manches Drama abgespielt. Nüchterne Polizeiberichte geben davon Kenntnis. Doch die lesen höchstens die Pariser. Pierre hatte nirgendwo Angst, nicht einmal in New York. Seine hünenhafte Größe allein schreckte die Ganoven ab. Deshalb ging er völlig unbekümmert durch die nur sparsam beleuchteten Straßen.

Der Abend hatte die Schwüle nicht fortgeweht. Die Dunstglocke über der Stadt hing wie ein fauler Apfel in der Luft. Die Mauern der Häuser hatten sich in der Hitze des Tages aufgeheizt und spien ihren verwesenden Atem auf die Straßen.

Plötzlich hörte Pierre aufgeregte, sich überschlagende Stimmen. Mit seinen an die Dunkelheit gewöhnten Augen sah er, daß, keine zehn Meter von ihm entfernt, eine Schlägerei im Gange war. Wie es aussah, hatten drei Männer zwei Frauen überfallen, die sich wortstark, aber auch körperlich zur Wehr setzten. Gesellschaftsfähig war es nicht, was Pierre da zu hören bekam.

»Du abgewracktes, altes Reff, wage nicht noch einmal, in meinem Revier aufzukreuzen! Rennt mit dem *Lui* in der einen Hand und mit dem Schwanz in der anderen herum und

will unsere Freier aufmischen. Verpiß dich, du Miststück. Geh unter die Brücken, wo du herkommst, oder ich reiß dir die falschen Zähne raus und beiß dich damit in den Arsch!«
Es war zu dunkel, als daß Pierre ausmachen konnte, wer diese markigen Worte von sich gab. Er sah nur, daß die Frauen mit Handtaschen und Stöckelschuhen auf die Kerle einschlugen. Dann war er auch schon am Schauplatz. Bekam einen der Burschen am Schlafittchen zu fassen, hob ihn hoch und schüttelte ihn wie einen jungen Hund in der Luft.
»Ist das eine Art, mit Damen umzugehen?« fragte er grollend. Und da er für das Leichtgewicht nur eine Hand brauchte, schüttelte er die andere zur Faust geballt vor den Nasen der beiden anderen herum. Der Erfolg war durchschlagend. Sie gaben Fersengeld. Er ließ sein Opfer fallen wie eine lästige Laus, ohne sich weiter darum zu kümmern. Denn der Mann rappelte sich auf und rannte auch schon, als sei der Teufel hinter ihm her.
Jetzt erst konnte Pierre sich um die Frauen kümmern. Sie zogen sich gerade wieder die Schuhe an, rückten die verrutschten Kleider zurecht und sahen ihren Retter erstmals an. Pierre stockte plötzlich der Atem. Er hatte etwas Beruhigendes sagen wollen, doch er brachte zunächst kein Wort heraus. Denn im Lichtschein der kaum zwei Meter entfernten Gaslaterne erkannte er Mademoiselle Cocco!
Gab es das? Oder narrte ihn ein Phantom? Cocco – sie war es wirklich – verzog die Lippen zu einem ironischen Lächeln. Mit ihrer schön manikürten Hand richtete sie scheinbar das in Mitleidenschaft gezogene Haar und sagte dann:
»So sieht man sich wieder! Monsieur Vallier, ich danke Ihnen, daß sie unsere ›Ehre‹ verteidigt haben. Sehr nobel. Sie sind erstaunt, mich hier wiederzusehen?«
»Allerdings«, sagte Pierre, setzte aber sofort hinzu: »Allerdings nicht so sehr, daß . . .«

»Ich verstehe, Monsieur«, fiel ihm Cocco ins Wort. »Ich würde Ihnen unsere Dankbarkeit gerne beweisen. Leider haben wir beide keine Zeit. Wir sind Tänzerinnen im Moulin Rouge und müssen in einer halben Stunde auf der Bühne stehen. Deshalb schlage ich als kleine Wiedergutmachung für Ihren nicht ungefährlichen Beistand vor, daß Sie die Vorstellung besuchen. Wir könnten Sie durch den Bühneneingang ...«

Jetzt unterbrach sie Pierre eilig. »Nicht nötig. Ich habe eine Eintrittskarte. Ich war gerade auf dem Weg zum Moulin Rouge.«

»Zu Fuß? Sie sind ein sehr mutiger Mann, Monsieur«, ließ sich nun auch die zweite Frau vernehmen. Ihre Stimme hatte ein schönes, dunkles Timbre. Pierre lachte unbekümmert.

»Wer sollte mir etwas tun?«

»Nun, Monsieur Vallier«, sagte Cocco. »Auch Ihre Größe schützt Sie nicht vor schnellen Messern.«

»Ich bin Karatemeister.« Pierre lächelte. Er genoß die Bewunderung. »Darauf ist selten ein Gangster vorbereitet. Das habe ich überall auf der Welt festgestellt.«

»Sie kommen viel herum?«

»Ja. Deshalb werde ich mir mit Vergnügen Ihre Show anschauen. Ob sie mit denen in New York Schritt halten kann?«

»Selbstverständlich«, sagte die zweite Frau. »Wir sind schließlich Franzosen, Monsieur. Die amerikanischen Shows mögen perfekter sein, aber niemals so sexy! Überzeugen Sie sich.«

»Gerne. Ich werde einen strengen Maßstab anlegen.« Er schwieg, jetzt doch ein wenig verlegen. Er sah Cocco an, und die Frage in seinen Augen wurde beantwortet.

»Sehen wir uns nach der Show?« Mademoiselle Cocco lächelte, und sie sah aus wie die Königin der Nacht persönlich.

»Davon bin ich überzeugt, wenn mich meine Menschenkenntnis nicht absolut in die Irre geführt hat. Bis bald, Monsieur Vallier!«

Pierre wußte später nicht, wie er die zweistündige, atemberaubende Vorführung überstand. Natürlich erkannte er Cocco und ihre Gefährtin sofort oben auf der Bühne. Was die beiden da hinlegten, war schon bemerkenswert. Sie spielten eine Raubtiernummer, in der sie als Dompteusen auftraten. In strenge Ledergewänder gekleidet, dressierten sie mehrere entzückende, verängstigt spielende weibliche Sexykatzen. Über die Wirkung derartiger Vorführungen kann man geteilter Meinung sein. Feministinnen fänden sicher keinen Spaß daran. Doch welche Feministin verirrt sich schon in eine Pariser Nightshow?

Das Finale hielt für Pierre einen kleinen Schock bereit. In der grandiosen Schlußszene demaskierten sich alle Mitwirkenden. Es war eine ehrliche Show. Die Darsteller wollten aufrichtig sein und am Schluß als das erkannt werden, was sie wirklich waren.

Mademoiselle Cocco erschien mit ihrer Partnerin. Wunderschön war sie anzusehen: das glitzernde Paillettenkleid, die langen, schicken Ohrringe, die herrlichen Haare.

Mit einer weichen, anmutigen Bewegung zog sie sich plötzlich eine Perücke vom Kopf, entledigte sich des wertvollen Kleides und stand da in Jeans und mit bloßem Oberkörper. Einem männlichen Oberkörper! Aus der schönen Cocco war unversehens ein ebenso hübscher junger Mann geworden, dessen Augen flink nach einem anderen jungen Mann im Parkett Ausschau hielten. Die Scheinwerfer blendeten ihn. Er sah nur eine dunkle Masse Mensch, die begeistert applaudierte, wie an jedem Abend.

Pierre wartete bereits in Coccos Garderobe. Wortlos schloß er ihn sofort in seine Arme.

»Du bist mir vielleicht eine Marke«, sagte er. »Mich so hinters Licht zu führen!«

»Bist du mir böse?«
»Wie könnte ich? Ich wundere mich nur, wie perfekt du mich hast täuschen können. Das war schon eine Glanzleistung.«
»Ich habe dich nicht getäuscht, deine Augen haben sich täuschen lassen, dein Gefühl nicht. Kommst du mit mir nach Hause?« Eine überflüssige Frage, die Antwort stand längst in Pierres Augen.

Diese Reise veränderte Pierres Leben grundlegend. Doch nicht nur seines. Cocco, mit bürgerlichem Namen Robert Baroni, ließ sich relativ leicht dazu überreden, sein augenblickliches Leben aufzugeben und zu Pierre nach Grasse zu ziehen. Die Leidenschaft, um nicht zu sagen die Liebe, hatte sie beide unversehens getroffen, als sie sich an einem Scheideweg wähnten. Cocco gab sein Schmetterlingsdasein leichten Herzens auf. Er tauschte sein unruhiges, vom Zufall abhängiges Leben nur zu gerne gegen ein bequemes Dasein in einer pompösen Villa ein, abgesehen von der ehrlichen Zuneigung, die er für Pierre vom ersten Augenblick an empfand. Pierre wiederum bot der schöne Transvestit einen unverhofften, nicht mit Geld zu bezahlenden Vorteil: Kein Mensch, der Cocco einmal als Frau sah, wäre auch nur im entferntesten auf die Idee verfallen, dieses bildschöne Wesen könnte ein Mann sein.
Bevor Pierre ihn ganz nach Grasse holte, machte er die Probe aufs Exempel. Er lud Melanie Bravadeur für ein Wochenende ein, wohl wissend, daß sie sich im Gegensatz zu den meisten Menschen mit Homosexuellen auskannte. Und siehe da: Melanie fand Cocco reizend, intelligent und amüsant. Wohlgemerkt, als Frau! Selbst beim Frühstück. Auch für schöne Frauen ist das Frühstück nach einer feuchtfröhlichen Nacht eine Bewährungsprobe, denn das Tageslicht ist genauso grausam wie das Scheinwerferlicht. Cocco bestand sie mit Bra-

vour. Melanie schöpfte nicht einen Augenblick Verdacht. Das war für Pierre ausschlaggebend. Er brachte Cocco nach Grasse und machte keinen Hehl daraus, daß er sich eine Geliebte zugelegt hatte. Er konnte mit Verständnis rechnen. Jedermann wußte schließlich, daß seine Frau leidend war. Ein so kraftvoller Mann ohne Frau! Wer wollte es ihm verdenken, daß er Trost bei einer anderen suchte?

Pierre wußte allerdings, daß er seine Mitbürger nicht über das tolerierbare Maß hinaus verunsichern durfte. Nach außen hin mußte die Form gewahrt bleiben. Da Louise noch immer in Villefranche wohnte, brauchte er eine Anstandsdame. Bei der Suche nach ihr erinnerte er sich an sein früheres Kindermädchen, Juliette Lemaire, die ihm noch immer auf das herzlichste zugetan war. Ohne zu zögern, folgte sie seinem Ruf. Zwar war sie einigermaßen erschrocken, als sie hörte, daß Pierre nicht mit seiner Frau, sondern mit seiner Geliebten zusammenlebte, doch er verstand es, ihre Skrupel zu zerstreuen, als er ihr mit wahrem Pathos die Gebrechlichkeit seiner Frau schilderte.

»Louise ist nicht fähig, einem solchen Haushalt vorzustehen«, erklärte er Juliette. »Ich habe viele Verpflichtungen, wie du dir vorstellen kannst. Cocco wird natürlich nie dasein, wenn ich eine Gesellschaft oder ein Essen geben muß. Aber gerade deshalb brauche ich eine vertrauenswürdige Hausdame. Louise kümmert sich ausschließlich um unseren Sohn. Lucien war zwar ein strammes Kerlchen, als er geboren wurde, jetzt aber kränkelt er wie seine Mutter. Wie kann ich ihr da noch die Plage eines Haushaltes zumuten? Verstehst du das, meine gute Juliette?«

Juliette verstand, wenn auch mit schlechtem Gewissen. Für sie war ihr »kleiner« Pierre noch immer der bedauernswerte Junge, der in der Kindheit und auch in der Jugend so wenig Freude gehabt hatte. Wie konnte sie es ihm nun verübeln, daß

er ein wenig Glück suchte, das ihm seine Frau – die noch dazu sein Vater für ihn ausgesucht hatte – nicht geben konnte? Zwar war es mit ihrem strengen Glauben nicht zu vereinbaren, doch für Pierre beging sie auch eine Sünde. Sie konnte sie ja beichten und immer von neuem bereuen.
So hielt auch Juliette Lemaire in dem hübschen Haus in Grasse Einzug, und sie kam ihrer Aufgabe mit – wie sie glaubte – großer Diskretion nach. Manchmal allerdings wunderte sie sich über die lautstarken Auseinandersetzungen, die sie ab und zu mit anhören mußte. Pierre und Cocco lebten wie ein Ehepaar, das sich zu Hause keinen Zwang auferlegte. Sie zankten sich, daß die Fetzen flogen, und versöhnten sich im Bett.
Das wußte Juliette nicht. Sie fand es nur traurig, denn ein so schönes Paar wie die beiden sollte sich wirklich nur lieben. Und immer fand Juliette gute Worte nur für Pierre. Für ihn sprang sie freudig in die Bresche, und bald konnte sie Cocco nicht mehr ausstehen. Was stellte diese Frau nur mit ihrem »kleinen« Pierre an? Cocco konnte sehr giftig sein. An allem mäkelte sie dann herum. Das Ei war nicht weich genug, der Käse zu scharf, der Tee zu dünn. Und Pierre nannte sie in solchen Augenblicken gerne einen »Albino«, was Juliette besonders ärgerte, denn sie liebte an ihrem früheren Schützling gerade diese außergewöhnliche Mischung: kristallklare Augen und weißblondes Haar, gemischt mit dem ungezügelten Temperament seiner dunkelhaarigen Ahnen.
Doch Pierre verzieh Cocco alle Extravaganzen. Er mußte sie wirklich lieben. Damit tröstete sich Juliette. Sie gönnte ihm jede Liebe.
Dann kam der Tag, der alles zerstörte, auch Juliette Lemaires Leben. Er fing an wie tausend andere Tage. Die Glocken läuteten zur Frühmesse, an der die Hausdame wie jeden Tag teilnahm. Als sie nach Hause kam, stand eine junge Frau vor

der Tür. Juliette wunderte sich. Es war eben acht Uhr vorbei. Sehr früh für einen Besucher, noch dazu für eine Frau. Das ehemalige Kindermädchen musterte die junge Dame gespannt und neugierig. Sie war nicht besonders gut gekleidet, eher durchschnittlich. Sie war jung, höchstens fünfundzwanzig. Ein schmales Gesicht, eine spitze Nase, ein hervorstechendes Kinn. Keine Schönheit, aber etwas an dieser jungen Frau rührte Juliette. Eine Art Hilflosigkeit. Der scheue Blick. Die verkrampften Hände, die eine Tasche umklammert hielten, die zwar teuer, aber ziemlich geschmacklos war. Die Schuhe! Gutes Leder, beste Verarbeitung, aber zu hohe Absätze. Freilich, das Persönchen war sehr klein und schmächtig. Vielleicht sollten die Absätze sie etwas größer wirken lassen. Juliette konnte sich keinen Reim darauf machen. Wer war das? Nun, man konnte ja fragen. Entschlossen ging sie auf die frühe Besucherin zu. »Kann ich Ihnen helfen?«

Die junge Frau schien erschrocken. In ihren großen Augen stand Furcht. Das bemerkte Juliette sofort. Mitleid ergriff sie. Vielleicht war das jemand, der für ein Hilfswerk sammelte. Sie kannte genug Frauen, die solche Aufgaben übernahmen, ohne ihnen gewachsen zu sein.

»Ich... ich wollte... ich will...« Die junge Person verstummte.

Juliette Lemaire, immer schon resolut, sagte freundlich:

»Na, irgend etwas scheinen Sie doch auf der Seele zu haben! Ich bin hier die Haushälterin. Kommen Sie erst einmal herein. Bei einer Tasse Kaffee läßt es sich leichter reden.«

»Ich weiß nicht...«

»Aber ich. Fragen beantworten oder stellen können Sie auch im Hause.« Mit diesen Worten bugsierte sie die Fremde einfach in die Küche, wo sie sofort die Kaffeemaschine anwarf. Für Juliette zählte Kaffee zu den besten Beruhigungsmitteln. Die junge Frau sah sich scheu in der Küche um und sagte dann leise:

»Es sieht jetzt alles viel freundlicher aus.«
Juliette drehte sich überrascht um.
»Oh! Sie waren schon einmal hier?« fragte sie. Ihr Besuch nickte. »Ich habe hier eine Weile gewohnt. Ich bin Louise Vallier.«
Juliette ließ vor Schreck beinahe die Kaffeekanne fallen. Alles hätte sie erwartet, nur das nicht.
»Madame Vallier, ich bin untröstlich«, sagte sie. »Entschuldigen Sie, daß ich Sie in die Küche geführt habe. Ich werde sofort im Salon decken.«
»Nein, nein, bitte nicht. Es ist hier viel behaglicher. Darf ich mich setzen?« Erst jetzt bemerkte die Haushälterin, daß ihr Besuch immer noch stand.
»Selbstverständlich, Sie sind doch hier zu Hause. Oh, Madame, es ist mir schrecklich peinlich!« Das war es ihr wirklich. Nie hätte sie gedacht, diese kleine, magere Person, die wie eine Bittstellerin vor der Tür stand, könnte die Dame des Hauses sein. Louise lächelte schwach. Beruhigend sagte sie:
»Das muß Ihnen nicht peinlich sein. Ich hätte mich ja gleich vorstellen können. Ist mein Mann eigentlich zu Hause?«
»Ja, doch um diese Zeit schläft er noch. Ist es denn sehr dringend? Bitte, Madame, trinken Sie doch erst eine Tasse Kaffee. Sie müssen ja schon ganz früh aufgestanden sein.«
Louise griff gehorsam nach der Tasse und trank mit gierigen kleinen Schlucken. Dann sagte sie:
»Ich bin noch gar nicht zu Bett gewesen. Wissen Sie, Madame... Madame...?«
Juliette schlug sich mit der flachen Hand an die Stirn. »Ich muß mich schon wieder entschuldigen. Ich bin Mademoiselle Lemaire und führe hier den Haushalt.«
Louise lächelte.
»Das dachte ich mir. Also, Mademoiselle Lemaire, mein kleiner Sohn ist sehr krank. Er muß schnellstens operiert werden,

und ich brauche die Einwilligung seines Vaters zur Operation. Deshalb bin ich so früh hier. Ich habe mich nur nicht getraut zu läuten. Pierre, ich meine, mein Mann, kann sehr ungehalten werden, wenn man ihn so früh stört.«

»Aber, ich bitte Sie, liebe Madame Vallier, es handelt sich doch um einen Notfall! Er soll sich nur nicht trauen, zu Ihnen ungehalten zu sein! Ich kenne seine schlechte Laune am Morgen. Wissen Sie, ich war früher einmal sein Kindermädchen. Nein, nein, nur keine Bange. Wir werden ihn sofort wecken, damit dem Kleinen schnellstens geholfen wird. Was hat er denn?«

»Er ist auf einen spitzen Stein gestürzt. Anscheinend ist die Kniescheibe zerschmettert. Ich hätte ja angerufen, aber das Krankenhaus verlangt eine schriftliche Einverständniserklärung vom Vater.«

»Der arme kleine Junge. Kommen Sie, wir wollen keine Zeit mehr verschwenden.« Trotz der gebotenen Eile sah sie, wie die junge Frau zögerte. In ihren Augen stand Furcht.

»Nun kommen Sie nur«, sagte Juliette entschlossen und faßte Louise am Arm. »Ich bin ja bei Ihnen.«

Die beiden Frauen eilten die mit Teppichen belegten Treppen hinauf. Vor der Schlafzimmertür des Hausherrn hielten sie an. Kein Laut war zu hören. Juliette klopfte leise. Keine Antwort. Sie tat es noch einmal, etwas stärker. Wieder keine Antwort.

»Der schläft aber heute fest«, murmelte Juliette und drückte nach kurzer Überlegung die Türklinke. Bei einem Notfall kann man auf Etikette keine Rücksicht nehmen. Doch im nächsten Augenblick wünschte sie, sie hätte es getan. Denn was sie sah, verschlug ihr die Sprache. Nur einen leisen Aufschrei konnte sie nicht unterdrücken. Louise, die annahm, Pierre wäre etwas zugestoßen, trat einen Schritt näher und blickte der Haushälterin über die Schulter. Sie brachte nur einen gurgelnden Laut heraus und schlug sich dann die Hand vor den Mund. Jetzt wußte sie, warum ihr Mann nichts von ihr wissen wollte, warum er sie und das Kind mit voller Absicht aus dem Hause verbannt hatte. Alle falschen Hoffnungen, alle Illusionen, die sie sich im stillen noch manchmal gemacht hatte, waren mit einem Schlag dahin. Sie sah die Wahrheit, und sie konnte sie nicht fassen.

Juliette Lemaire ging es genauso. Klar und tief ätzte sich die Szene, die sich ihren Augen bot, in ihr Gedächtnis ein. Das von Sonnenlicht übergossene Bett und darauf die beiden nackten Männer, die bei Juliettes Aufschrei, aus inniger Umarmung gerissen, erschrocken auseinanderfuhren.

Eine Sekunde lang sagte keiner ein Wort. Dann wollte Louise in Panik die Tür zuschlagen, doch die ehemalige Kinderschwester hatte den ersten Schock überwunden. Sie tat, was die junge Mutter vor Schreck und Abscheu zu tun vergaß. Sie übersah geflissentlich, was nicht zu übersehen war, und sagte, wenn auch mit bebender Stimme:

»Pierre, dein Sohn ist verunglückt. Madame Vallier braucht deine Einwilligung zur Operation für das Kind. Würdest du bitte schnell nach unten kommen und die Bescheinigung ausstellen?« Dann schloß sie die Tür, legte den Arm um die zitternde Louise, die an der Wand lehnte, und führte die verstörte Frau nach unten in das hübsche blaue Wohnzimmer.

»Warten Sie hier auf mich.« Louise nickte stumm. Juliette Lemaire ging in ihre Küche und werkelte aufgewühlt herum, ohne recht zu wissen, was sie tat. Nach einer Weile hörte sie Schritte. Pierre riß die Küchentür auf. Er sah furchtbar aus. In diesem Augenblick ähnelte er seinem Vater, wenn er kurz vor einem Wutanfall stand.

»Wo ist meine Frau?«

»Du solltest sie nicht noch mehr schockieren«, sagte Juliette scharf. »Die arme Frau ist am Ende ihrer Kräfte.«

»Das geht dich einen Dreck an! Wo ist sie? Wir beide reden später miteinander.«
»Im blauen Zimmer«, antwortete Juliette unglücklich. Wie gerne hätte sie der kleinen Frau beigestanden. Von wegen krank! Ja, krank vor Elend, Einsamkeit und Kummer, das war Louise Vallier. Pierre hatte sie, Juliette, schamlos angelogen und mit ihr die übrige Welt. Hatte ihre Gutmütigkeit, ihre alte Anhänglichkeit ausgenutzt. Sie zur Mitwisserin gestempelt, die nichts wußte. Diese Cocco! Jetzt wurde ihr klar, warum sie dieses Weib – ach was, diesen Kerl – nie hatte leiden können.
Juliette nahm sich vor, Pierre so billig nicht davonkommen zu lassen. Sie hatte an ihn geglaubt, an seine Ehrlichkeit, seine Aufrichtigkeit, seinen festen Glauben an den Allmächtigen. Nichts davon war übriggeblieben, so jedenfalls schien es. Daß er aber über alle Konventionen spottete und unter ihren Augen sich der Sünde hingab, das traf sie am härtesten. Sie als gläubige Katholikin konnte nicht anders denken. Nie würde sie begreifen, daß Mann und Mann sich ebenso lieben konnten wie Mann und Frau. Die Kirche verdammte das seit Jahrhunderten, wohl wissend, wie es in ihren eigenen Reihen zuging. Aber vielleicht sah sie deshalb besonders darauf, daß die Kirchengemeinde sich an die von ihr aufgestellten Gebote hielt. Juliette konnte gar nicht anders, sie hielt es für ihre Pflicht, ihrem ehemaligen Schützling ins Gewissen zu reden. Nur vergaß sie dabei, daß Pierre inzwischen ein Mann war. Noch dazu einer, den man auf diesen Weg – oder Ausweg – geradezu gezwungen hatte.
Als Pierre die Tür zum Wohnzimmer aufstieß, sprang Louise zu Tode erschrocken auf. Sie brachte kein Wort heraus, sah ihn nur mit vor Schreck geweiteten Augen an.
Er hielt sich nicht lange bei der Vorrede auf. Von oben bis unten betrachtete er sie, und die Verachtung in seinen Augen

ließ sie ihre Demütigung erst recht spüren. Mit gefährlich leiser Stimme sagte er:
»Habe ich dir nicht deutlich gemacht, was passiert, wenn du mir nachspionierst? Konntest du der Versuchung nicht länger widerstehen?«
»Pierre, ich habe dir nicht nachspioniert. Ich wäre nie hergekommen, aber... Lucien muß sofort operiert werden. Wir brauchen deine Einwilligung. Wie hätte ich mir anders helfen sollen? Mademoiselle Lemaire meinte, bei einem Notfall wie diesem...«
»Juliette ist nicht mehr mein Kindermädchen! Du hättest telefonieren können.«
»Aber ich brauche deine schriftliche Einwilligung. Ein Telefonat hätte nichts gebracht. Versteh das doch.«
»Von Anmeldung hältst du wohl nichts, wie? Nein, nein, meine Liebe, du warst einfach neugierig! Zwei, drei Stunden hätte es unser Herr Sohn wohl noch ohne Operation aushalten können.«
»Pierre, das ist unmenschlich. Er ist dein Kind! Auch wenn du ihn nicht aus Liebe gezeugt hast. Ich wußte nichts von euren häßlichen Familienverhältnissen. Es ist nicht meine Schuld, daß du mich heiraten mußtest. Aber wenn mein Kind in Gefahr ist, werde ich wohl das Recht haben...«
Pierre unterbrach sie brutal.
»Du hast überhaupt keine Rechte, meine Liebe! Habe ich dir das nicht schon in der Hochzeitsnacht klargemacht? Du hättest dich mit meinem Vater besser absprechen sollen. Vielleicht hätte er dir Rechte garantiert? Was ist mit Lucien?«
»Ein Unfall. Sein Knie... es muß sofort operiert werden, sonst...«
»Sonst was?«
»Es könnte steif bleiben, oder er verliert das Bein.«
»Du hast nichts anderes zu tun, als dich um das Kind zu

kümmern, und dann passiert das! Nicht einmal dazu bist du fähig! Gut, ich stelle die Bescheinigung aus. Nun zu der anderen Sache. Was du heute gesehen hast, das hast du nicht gesehen, verstanden? Wir beide wissen, daß eine Scheidung nicht in Frage kommt. Sollte mein Vater etwas davon erfahren... Louise, so wahr ich hier vor dir stehe, Cocco – das ist mein Freund – würde dir eine Lektion erteilen, die du nie wieder vergißt.«

Als hätte dieser nur auf die Erwähnung seines Namens gewartet, erschien er. Er hatte auf die Maskerade verzichtet. Sein kurzes Haar klebte wie eine Haube auf dem Kopf. Eine Haube aus schwarzer Seide. Er lächelte, doch es war ein mitleidloses Lächeln.

»Madame«, sagte er ironisch. »Ich freue mich, Ihre Bekanntschaft zu machen. Ich gebe zu, es ist eine ungewöhnliche Gelegenheit. Aber wir sind doch aufgeklärte Menschen, nicht wahr? Es wird natürlich keinen Skandal geben, es sei denn, Sie hätten Selbstmordabsichten. Das haben Sie sicher nicht, weil Sie ja für Ihren Sohn dasein müssen.

Pierre interessiert er nicht besonders. Er wollte weder heiraten noch Kinder kriegen. Also, Madame, seien Sie gewarnt. Ein unbedachtes Wort, und ihr kleiner Lucien hat keine Mutter mehr – oder einen Rest, der nicht mehr zu gebrauchen ist. Ich denke, Sie wissen, was Sie tun!«

Für einen armseligen Moment lief Louise zu großer Form auf. Sie erwiderte:

»Hätte ich keinen Sohn, wüßte ich, was zu tun wäre. Aber es ist meine Aufgabe, für ihn dazusein, wenn sein Vater schon nichts von ihm wissen will. Oh, glaubt ja nicht, daß ich Angst vor euch habe. Ihr widert mich nur an. Du, Pierre, hast immer gedacht, ich wäre zufrieden mit ein bißchen Wohlstand. Ich war es, bis Lucien auf die Welt kam. Jetzt ist mein Sohn das einzige, was mich interessiert. Du brauchst keine

Angst zu haben. Kein Wort kommt über meine Lippen. Aber nicht, weil ich mich vor euch fürchte, sondern weil Lucien niemals erfahren soll, wer sein Vater in Wirklichkeit ist. Ich schäme mich für dich. Wo ist die Bescheinigung? Ich will dich nicht länger aufhalten.«

»Du spuckst große Töne, meine Liebe. Ich hoffe für dich, daß du den Mund hältst! Und für Lucien!«

Bei den letzten Worten war sein Lächeln direkt diabolisch. Louise sah es. Ihr Herz krampfte sich zusammen.

»Hast du nicht das geringste Gefühl für deinen Sohn?«

»Wer hat für mich ein Gefühl gehabt?«

»Das weiß ich nicht. Aber selbst wenn du zuwenig Liebe erfahren hast, mußt du dann Gleiches mit Gleichem vergelten?«

»Was ich tue oder lasse, ist meine Sache. Mit dir werde ich darüber bestimmt nicht diskutieren. Ich schreibe dir jetzt die gewünschte Bescheinigung aus, und dann gehst du mir am besten aus den Augen. Komm, Cocco.«

Der junge Mann erhob sich, deutete eine Verbeugung an und sagte höhnisch: »Au revoir, Madame. Es war mir ein Vergnügen!« Louise wußte später nicht mehr, wie sie aus dem Haus gekommen war. Nur der Gedanke an ihren kleinen Lucien hielt sie aufrecht.

Etwa eine Stunde später kam für Juliette Lemaire die bitterste Stunde ihres Lebens. Die Scheuklappen, die sie ein halbes Leben getragen hatte, wurden ihr brutal weggerissen. Sie lernte den wahren Charakter ihres Schützlings kennen. Pierre sah keinen Grund mehr, sich ihr gegenüber weiter zu verstellen. Die Zeiten, in denen er sie wie eine Mutter geliebt hatte, waren längst vergessen. Als sie ihm – mit Recht, wie sie glaubte – heftige Vorwürfe machte und ihn zur Umkehr aufforderte, brachen in ihm lang aufgestaute Aggressionen hervor, mit einer Wildheit, die Juliette bei ihm nie für möglich gehalten hatte. Er schrie sie an, verleumdete sie auf das übelste. Seine Anschuldigungen verstiegen sich ins Groteske. Er verdrehte die Wahrheit bis zur Unkenntlichkeit. Und das Schlimme war: Er schien daran zu glauben.

»Ausgerechnet du schwingst dich zum Richter über mich auf!« brüllte er und ballte die Fäuste. »Wer hat mich denn als erste im Stich gelassen? Doch kein anderer als du. Wer hat gemeinsame Sache mit meinem Vater gemacht? Du! Wer hat mich eigenhändig Pater Antoine zum Fraß vorgeworfen? Du! Hast du vergessen, wie ich mich an dich geklammert habe? Als ich herausfand, daß ich von Stund an ganz allein mit diesem gräßlichen Pater leben mußte? Hattest du etwa Mitleid? Nein, du bist gegangen. Da hast du mich zum zweitenmal verraten. Jeder von euch hat mich verraten – immer und immer wieder. Später kam der zweite Pater, dieser dicke, freundliche Laienbruder. Was, glaubst du, hat dieses Schwein mit dem kleinen Jungen gemacht? Warst du etwa da, um mich zu beschützen? Nein! Hat einer von euch, die ihr alle scheinbar so besorgt um mein Seelenheil wart, mir etwa gesagt, daß es Sünde ist, was da mit mir geschah? Nein!«

Die entsetzte Juliette nützte eine Atempause, die der völlig außer Kontrolle geratene Pierre zwangsläufig einlegen mußte.

»Pierre! Um Gottes willen, hör auf. Das ist doch alles nicht wahr! Ich . . . !«

Er unterbrach sie sofort wütend.

»Nicht wahr? Nur zu! Bezichtige mich ruhig auch noch der Lüge. Es macht mir nichts mehr aus. Wer mit Männern schläft, muß ja zwangsläufig lügen. Das wolltest du doch sagen. Wer aber hat am Anfang meines Weges gestanden? Du! Es lag in deiner Hand, was aus mir werden würde. Aber du hast es vorgezogen, mir den Rücken zu kehren. War ja auch bequemer, als gegen meinen Vater aufzustehen.«

»Es war doch alles ganz anders, Junge«, flehte Juliette zutiefst getroffen. »Was hätte ich denn tun sollen? Ich war doch nur eine Angestellte. Wie hätte ich dich schützen sollen gegen den Willen deines Vaters?«

»Es nützt dir gar nichts, dich hinter dem Rücken meines Vaters verstecken zu wollen. Mit dem werde ich auch noch abrechnen. Du aber hast nicht das geringste Recht, mir Vorhaltungen zu machen. Du bist genauso schuld wie er oder mein reizendes Schwesterchen, das sich so rührend um ihren einsamen kleinen Bruder gekümmert hat ...«

Juliette liefen schon längst die Tränen über die Wangen. Sie wußte sich nicht zu wehren. Hilflos sagte sie:

»Aber Vera war doch auch einsam.«

»Ach, wirklich? Hat sie sich nicht erfolgreich in das Herz unseres Vaters geschlichen? Nein, nein, meine Liebe, meine Schwester führte ein Leben, von dem ich nicht einmal zu träumen wagte. Und der Alte merkte nicht einmal, wie sie ihn becircte. Er stopfte ihr alles, was sie sich wünschte, hinten und vorne hinein, während ich bei den Patres Wassersuppen aß. Und weißt du, meine gute Juliette, was sie jetzt tun? Vielleicht in diesem Augenblick? Sie pennen miteinander!«

»Pierre! Du weißt nicht mehr, was du sagst!«

»Oh, doch. Ich habe Beweise dafür. Schau nicht so entsetzt! Überrascht es dich wirklich, welcher sauberen Familie du gedient hast? Ja, wir sind eine feine Brut. Alles nur vom Feinsten. So, und nun kannst du gehen und in die Welt hinausschreien, was du gesehen und gehört hast.«

»Du schickst mich fort?« schluchzte Juliette Lemaire. »Oh, Pierre, was habe ich dir getan? Wer hat dich so böse gemacht? Dich, meinen Liebling!«

»Da fragst du noch? Ja, vielleicht bin ich wirklich böse. Da ist etwas dran. Louise hat mich vorhin nach meinen Gefühlen gefragt, und da ist mir klargeworden: Ich bin böse, weil man mich dazu erzogen hat. Ein Kind kommt ja nicht als Ungeheuer auf die Welt, es wird dazu gemacht.«

»Laß mich hier bleiben, Pierre. Laß mich dir beweisen, daß ich dich immer geliebt habe wie mein eigenes Kind.« Die Antwort darauf traf die arme Frau wie ein Keulenschlag.
»Ein Glück, daß es ungeboren blieb, wenn du es so behandelt hättest wie mich!«
Das war zuviel. Juliette schlug die Hände vors Gesicht und stürzte weinend aus dem Zimmer. Blind vor Tränen packte sie hastig das Notwendigste zusammen und verließ das Haus wie auf der Flucht. Sie winkte einem Taxi und ließ sich zum Bahnhof fahren. Sie wußte nicht, wohin. Verwandte hatte sie nicht. Ihre Wohnung in Villefranche war längst an andere Leute vermietet. Wahllos kaufte sie eine Fahrkarte nach Paris, ging auf den Bahnsteig und setzte sich auf eine Bank. Sie hatte nicht einmal eine Ahnung, wann der Zug eigentlich ging. Es war ihr auch völlig gleichgültig.
Sie saß da, unfähig, eine Hand zu rühren, unfähig, ihre Gedanken zu ordnen. Noch immer klangen in ihren Ohren die unsinnigen Anschuldigungen von Pierre. Sie wußte, daß sie unsinnig waren, und doch... Tief in ihrem Innern spürte sie, daß, wie immer in solchen Fällen, ein Körnchen Wahrheit in ihnen enthalten war. Sie hatte nicht die Kraft aufgebracht, ein unschuldiges Kind vor dem eigenen Vater zu schützen. Sie wußte auch jetzt nicht, wie sie es hätte machen sollen, nur, daß sie es hätte tun müssen. Sie hatte versagt, das ihr anvertraute Kind auf den Weg in die Hölle geschickt. Und plötzlich erinnerte sie sich an Pierres Mutter: wie sie kurz vor ihrem gewaltsamen Tod in das Kinderzimmer gekommen war und ihr den kleinen Pierre anvertraut hatte. Ihre Worte dröhnten ihr direkt in den Ohren.
»Ich werde keine Gelegenheit haben, die Erziehung meines Sohnes zu beeinflussen. Passen Sie gut auf ihn auf...«
Sie hatte es versprochen und trotzdem versagt. Wie sollte sie mit dieser Erkenntnis weiterleben?

Sie saß ganz still. Die Hände gefaltet wie zum Gebet. Später erinnerte sich der Zugabfertiger an die etwa Fünfzigjährige, die mehr als zwei Stunden auf den Zug nach Paris wartete. Sie hätte einen geistesabwesenden Eindruck gemacht, sagte er aus. Der Zug kündigte sich mit Schnaufen und Lärm an. Juliette stand auf. Sie vergaß auch ihren Koffer nicht. Sie trat an die Bahnsteigkante und wartete. Ihr Gesicht war ausdruckslos. Als die Lokomotive vielleicht noch fünf Meter von ihr entfernt war, trat sie einfach einen Schritt vor...

Den vielstimmigen Aufschrei anderer Reisender hörte sie nicht mehr. Juliette Lemaire war sofort tot.

Wahrheiten

Pierre erfuhr vom Tod seiner ehemaligen Kinderschwester erst durch die Zeitung. Drei Tage und drei Nächte soff er durch. Als Cocco sagte: »Mein Gott, was regst du dich auf? Das alte Weib hätte wahrscheinlich den Mund sowieso nicht gehalten. Sei froh. Sie ist direkt ins Vergessen gestolpert«, schlug Pierre zu. Cocco wußte nicht, wie ihm geschah.

»Bist du wahnsinnig geworden?« fragte er und rieb sich das Kinn. »Was habe ich denn gesagt?«

»Halt das Maul«, erwiderte Pierre hart. »Du hast ja keine Ahnung. Sie hat mich wirklich geliebt. Und ich? Ich habe sie für andere büßen lassen.«

»Verstehe kein Wort«, sagte Cocco. »Möchtest du mir das bitte erklären?«

Pierre sah ihn lange an, bis er sagte: »Sinnlos. Du würdest es nicht verstehen.«

»Aber die Sprache deiner Fäuste verstehe ich«, erwiderte Cocco beleidigt. »Wage das nicht noch einmal, sonst...«

Pierre lächelte, schon wieder versöhnt. »Was sonst, mein lieber Cocco? Du hast keine Chance gegen mich, und das weißt du auch. Sag mir lieber, was wir heute tun können. Ich fühle mich miserabel.«

Auch Cocco war sofort wieder bereit, ihren Streit zu vergessen.

»Da gibt es ein neues Nachtlokal in Cannes. Tolle Tänzerinnen, habe ich mir sagen lassen.«

»Tänzerinnen?«

»Na, ja, beides halt. Jungens wie Zuckerpuppen.«
»Langweilst du dich mit mir?«
»Blöde Frage. Natürlich nicht, aber schauen wird man doch dürfen. Oder?«
»Alles klar, mein Kleiner. Sag dem Chauffeur Bescheid. Ich zieh mich um. Bis gleich.«

Bevor sie nach Cannes aufbrachen, läutete das Telefon. Pierre, verärgert über die Unterbrechung, bellte ins Telefon:
»Was gibt es denn? Wissen Sie nicht, wie spät es ist?« Doch dann horchte er auf. Am Apparat war Montereau, der windige Detektiv, den er auf seinen Vater angesetzt hatte.
»Dein Vater und deine Schwester sind in Mailand«, sagte er.
»Na und?« erwiderte Pierre. »Was ist daran so ungewöhnlich?«
»Deine Schwester geht in die Oper. Dein Vater begleitet sie nicht. Das ist ungewöhnlich. Er läßt sie sonst keinen Augenblick aus den Augen. Ich dachte, das würde dich interessieren.«
Pierre überlegte. Seine Schwester hatte ihr Herz für Musik entdeckt, na und? Wahrscheinlich machte sich sein Vater nichts aus Opern.
»Montereau, was soll das? Rufst du mich deshalb aus Mailand an? Magst du vielleicht Opern?«
»Nein, du Klugscheißer. Aber hast du mir nicht selbst erzählt, daß deine Mutter Opernsängerin war? Daß dein Vater, seit ihrem Tode, keine Oper mehr besucht hat?«
»Ja«, sagte Pierre ärgerlich. »Und wie du mir selbst eben sagtest, tut er es auch jetzt nicht. Was ist daran verwunderlich?«
»Hast du den Namen Viola Carras schon einmal gehört?«
»Nein. Muß man ihn kennen?«
»Eigentlich schon, wenn man ein so gebildetes Kerlchen ist

wie du. Sie ist eine der berühmtesten Sängerinnen. Auf allen großen Bühnen der Welt gefragt. Sie gastiert in Mailand in *La Bohème.*«

»Und?«

»Und, und! Ich habe mir Madame angesehen. Sie gleicht deiner Schwester wie ein Ei dem anderen. Nur ist Madame Carras etwas älter.«

»Ich verstehe kein Wort«, sagte Pierre ungehalten. Aus der Halle rief Cocco nach ihm. »Was willst du denn damit sagen, Montereau? Was geht mich diese Sängerin an?«

»Also, so blöde wie du kann man doch nicht sein! Deine Mutter war Opernsängerin. Diese Carras sieht deiner Schwester zum Verwechseln ähnlich. Deine Schwester geht zum erstenmal alleine aus. In die Oper. Ja, begreifst du denn immer noch nicht?«

»Ich begreife nur, daß du ein Trottel bist«, sagte Pierre wütend. »Du hältst mich mit Geschwafel auf. Unten wartet der Wagen. Was hat denn diese Carras mit meiner Schwester...?«

Pierre wurde mit einemmal der Kragen zu eng. »Sag mal, Montereau, du glaubst doch wohl nicht...? Quatsch! Meine Mutter ist seit fünfundzwanzig Jahren tot!«

»Und von wem weißt du das?« kam die schnelle Antwort. »Von deinem Vater vermutlich, oder irre ich mich? Wie wir ihn kennen, ist er doch ein mit allen Wassern gewaschener Hund. Vielleicht hat er deine Mutter rausgeschmissen, sie ›verbannt‹, wie es in Romanen so schön heißt, und sie geistert seitdem unter falschem Namen in der Weltgeschichte herum! Pierre – wenn ich diese Madame Carras nicht mit eigenen Augen gesehen hätte – ich kann dir nur sagen: ein Abziehbild! Und sollte es wirklich nur Zufall sein, daß deine Schwester ausgerechnet ihre Vorstellung besucht?«

Pierre wurde es heiß und kalt. Die Möglichkeit, die Monte-

reau andeutete, war so umwerfend, daß man sie nicht in einer Minute am Telefon akzeptieren konnte. Er schwieg, wie vom Donner gerührt.
»Bist du noch da?« fragte sein Partner am anderen Ende der Leitung.
»Ja, ja, ich bin noch da. Was du da vermutest, ist ungeheuerlich. Mir sträuben sich alle Federn. Alter Freund, du weißt, daß ich einiges vertragen kann. Aber das geht denn doch über die Hutschnur. Was soll ich tun?«
»Herkommen, was sonst.«
»Ich kann nicht so einfach weg.«
»Was heißt das? Die Firma gehört deinem Vater. Warst du nicht immer wild darauf, ihn zu schädigen? Dann tu es.«
»Ach, das siehst du falsch, Montereau. Ich kann ihm nur langfristig schaden. Ich muß das Heft in der Hand behalten. Jetzt wegzugehen hieße halbe Sachen zu machen. Paß auf: Du behältst die beiden im Auge – oder die drei, wie du willst. Du rufst mich sofort an, wenn sich irgend etwas ereignet. Dann kann ich immer noch die nächste Maschine nehmen. Ist das klar?«
»Du bist der Boß, Pierre. Gut, wie du willst. Ich halte die Augen offen.«
Cocco war an diesem Abend sehr unzufrieden mit seinem Freund. Die Show, die sie zu sehen bekamen, war exzellent, und das Drumherum auch, aber Pierre war so abwesend, als meditierte er auf einem hohen Berg.
»Was, zum Teufel, ist mit dir los?« fragte Cocco mißgelaunt. »Du siehst die reizenden ›Damen‹ noch nicht einmal an. Dabei geben sie sich so große Mühe. He, Pierre, ich kann das beurteilen. Es ist noch nicht allzulange her, da habe ich das gleiche getan wie die Mädels da oben.«
»Cocco, tu mir einen Gefallen – laß mich in Ruhe. Ich habe ein Problem.« Cocco schlug die Augen gen Himmel auf.

»Der Junge hat ein Problem! Mir kommen die Tränen! Du hast viele Probleme, mein Herzensjunge. Aber keines, das du heute nacht lösen könntest. Benimm dich. Sei nett. Man erwartet das von dir. Willst du die ›Mädels‹ enttäuschen? Ich habe ihnen erzählt, daß du weit und breit der Größte bist. Wie kann ich bestehen?«

»Indem du deine gottverdammte Schnauze hältst. Ober, zahlen. Alles geht auf meine Rechnung, auch was die Herrschaften weiter trinken. Cocco, entschuldige. Ich bin heute nicht in Stimmung. Wir sehen uns beim Frühstück.«

»Aber nur vielleicht«, antwortete Cocco und hatte einen zierlichen Jungen im Visier, der seine Blicke vielversprechend erwiderte.

Pierre ließ sich nach Hause fahren. Mit jeder Stunde, die nach Montereaus Anruf verging, wuchs die Erregung in ihm. Sollte der Bursche mit seiner Vermutung richtigliegen, sollte es Vera nach so vielen Jahren tatsächlich gelungen sein, die totgesagte Mutter gefunden zu haben – er erinnerte sich jetzt deutlich, daß seine Schwester nie an den Tod der Maman glauben wollte – dann hätte ihn nicht nur der Vater, sondern, was eigentlich noch viel schwerer wog, auch die Mutter im Stich gelassen.

Pierre rannte im Zimmer auf und ab, schüttelte den Kopf, trank Wein wie Wasser, ohne betrunken zu werden. Blieb vor einem venezianischen Spiegel stehen und starrte hinein, als könne ihm sein eigenes Gesicht die Wahrheit verraten.

»Nein«, sagte er plötzlich laut zu sich selbst. »Nein und nochmals nein! Montereau muß verrückt sein.« Welche Frau brachte es fertig, zwei kleine Kinder zu verlassen und fünfundzwanzig Jahre lang so zu tun, als hätte sie sie nie geboren? Das gab es ja nicht einmal in schlechten Filmen. Kein Produzent würde es wagen, solche Grausamkeit seinem Publikum zuzumuten, hieß es doch, daß Mutterliebe das stärkste

Gefühl einer Frau sei. Nein, Pierre konnte es nicht glauben. Wollte es auch nicht. Und doch wühlte der Zweifel in ihm und ließ ihn nicht zur Ruhe kommen. Er hörte Cocco nach Hause kommen, vernahm ein Poltern, danach das Splittern von Glas und einen unterdrückten Fluch. Wahrscheinlich war der Junge betrunken und hatte eine der chinesischen Vasen umgerempelt. Egal. Heute interessierte ihn nicht einmal Cocco, und die Vase schon überhaupt nicht. Er setzte seine Wanderung fort, ging auf die Terrasse, starrte in den dunklen Nachthimmel, gepeinigt von quälenden Gedanken.

Gegen zwei Uhr in der Früh schellte das Telefon. Pierre stürzte an den Apparat, riß den Hörer ab.

»Hallo! Hier Vallier!«

»Ich bin's, Montereau«, klang es ziemlich leise aus der Muschel.

»Kannst du nicht lauter sprechen?« schimpfte Pierre aufgeregt.

»Tut mir leid. Atmosphärische Störungen. Hier ist ein mistiges Gewitter.«

»Scheiß auf dein Gewitter! Was hast du herausgefunden? Nun laß dir doch die Würmer nicht aus der Nase ziehen.«

»Meine Vermutung stimmt«, sagte Montereau kurz.

»Nein, nein!« schrie Pierre. »Du mußt dich irren!«

»Ich irre mich selten und in diesem Fall schon überhaupt nicht. Hör zu, Freund, und flipp nicht gleich aus. Da ist noch etwas anderes...«

»Wie kannst du annehmen, daß mich in diesem Augenblick etwas anderes interessiert, du Idiot!«

»Den Idioten steck dir in den Arsch«, brummte Montereau, ohne beleidigt zu sein. »Ich erzähl dir jetzt in Kürze, was geschehen ist, dann zieh meinetwegen deine eigenen Schlüsse. Also: Deine Schwester hat die Vorstellung heute abend allein besucht. Gleich nach Schluß erkundigte sie sich nach der Garderobe von Viola Carras, ging zu ihr und blieb ziemlich lange bei ihr, etwa eine Stunde. Dann hörte mein Gewährsmann, den ich auf deine Schwester angesetzt hatte, wie telefoniert wurde. Gleich darauf einen erstickten Schrei und unmittelbar danach stürzten die beiden Damen in höchster Erregung aus der Garderobe. Mein Mann hinterher. Ich wartete derweil vor dem Bühnenausgang und sah sie kommen. Sie rannten an mir vorbei auf einen Wagen zu, der mit Chauffeur wartete. Pierre, ich kann dir nur eines sagen: Selbst bei der unzureichenden Laternenbeleuchtung ähnelten sich die beiden wie Zwillinge. Nun, du wirst es selbst sehen. Weiter. Ich hörte eine von ihnen das Excelsior als Ziel angeben. Wir in unseren Wagen und hinterher. Im Hotel aufgeregte kurze Debatte mit dem Nachtportier, dann rennen sie beide die Treppe hinauf, ohne auf den Fahrstuhl zu warten. Der Portier telefoniert. Ich höre, wie er Notarzt und Feuerwehr anfordert. Die sind erstaunlich schnell zur Stelle. Rasen mit einer Trage nach oben und kommen fast im Laufschritt zurück. Auf der Trage lag ein Mann, und jetzt bleib schön ruhig, meine Junge – es war dein Vater! Ich habe ihn sofort erkannt. Herzinfarkt! Jetzt paß auf! Viola Carras fragte, während dein Vater in den Krankenwagen geschoben wurde, den begleitenden Arzt: ›Kann ich meinen Mann begleiten?‹ Dann zeigte sie noch auf deine Schwester und setzte hinzu: ›Meine Tochter und ich möchten gern bei ihm sein.‹ Der Arzt daraufhin: ›Tut mir leid, Signore, der Patient muß künstlich beatmet werden, kein Platz. Aber fahren Sie mit dem Taxi da hinterher. Die Mailänder Fahrer sind fast so schnell wie wir.‹ Dann knallte auch schon die Tür hinter ihm zu, die Sirene schrillte, und los ging's. Die beiden Damen ins Taxi und wir in unseren Wagen. Krankenhaus, Intensivstation. Mein Mann stellte sich blöd und fragte die kleine Nachtschwester in der Anmeldung: ›War das nicht eben die berühmte Viola

Carras?‹ Das Mädchen bejahte, sah auf ihr Formular und sagte dann: ›Ja, Signore. Aber das ist nur ihr Künstlername. Sie ist die bedauernswerte Gattin des armen Signore. Hoffentlich kommt er durch.‹ Ende der Durchsage. Mutter und Tochter sind noch im Krankenhaus. Ich rufe von einem Nachtclub in der Nähe an.«

Eine Weile war es still in der Leitung. »He, Pierre, bist du noch da?« fragte Montereau.

»Ja, ja, natürlich«, antwortete Pierre, und seine Stimme klang ganz fremd. »Montereau . . . diese Carras, ich meine die Sängerin, sagte die wirklich: ›Kann ich meinen Mann begleiten‹? Hast du das genau und zweifelsfrei gehört?«

»Aber ja! Und alle anderen Anzeichen sind ja wohl auch eindeutig, oder? Was wirst du tun?« Wieder eine Pause, dann klang es entschlossen aus dem Hörer:

»Ich komme. Ich nehme die erste Maschine. Bin fast schon unterwegs.«

»Pierre, hast du gesoffen?« fragte Montereau besorgt. »Dann solltest du vielleicht besser . . .«

»Schon gut Alter, ich bin nüchtern wie ein Stockfisch. Erkundige dich nach der Ankunftszeit der Maschine und hol mich ab. Wir werden einiges zu besprechen haben. Und jetzt leg dich aufs Ohr. Du hast es verdient.«

»D'accord, Boß. Allerdings wären mir ein paar zusätzliche Scheinchen lieber.«

Pierre lachte unfroh.

»Du wirst dich nicht zu beklagen haben. Bonne nuit, Montereau. Bis morgen.«

Blinder Haß

Als Montereau den jungen Vallier abholte, erschrak er doch ein bißchen. Pierre war ungewöhnlich blaß, seine Augen gerötet, und um seinen Mund lag ein harter Zug, der seinem Adlatus bis dahin noch nie aufgefallen war. Forschend sah er ihn an und sagte dann in seiner unverblümten Art:

»Du siehst ziemlich beschissen aus.«

Pierre lachte verbissen.

»Du auch. Wahrscheinlich hast du heute nacht noch Highlife gemacht?«

»War nicht so schlimm. Ich hab mir nur eine kleine Nutte aufgerissen. Fühlte mich nach unserem Telefonat ziemlich mies.«

»Was glaubst du, wie ich mich gefühlt habe?« fragte Pierre ironisch. »Erfahre du mal nach fünfundzwanzig Jahren, daß du eine Mutter hast, der ihre Kinder so gleichgültig wie Fische sind und die nur an ihre Karriere denkt.« Es klang sehr bitter.

»Pierre«, versuchte Montereau zu vermitteln. »Sei nicht so voreilig. Vielleicht hat dein Alter sie dazu gezwungen? Hast du mir nicht immer wieder erzählt, wie gnadenlos und hart er ist? Vielleicht hat sie ihm Hörner aufgesetzt. Ein Mann wie dein Vater verzeiht so was bestimmt nie. Sie ist ja heute noch ein verteufelt hübsches Weib.«

»Hör auf! Was immer auch vorgefallen sein mag, eine Entschuldigung für ihr Verhalten gibt es nicht. Und so wahr ich Vallier heiße – sie wird dafür büßen.« Montereau hob die Schultern. Was ging es ihn schließlich an? Er würde die oberen Zehntausend ohnehin nie verstehen.

»Wie du meinst, Boß. Ist deine Sache. Was hast du denn vor?«
»Das wird sich zeigen, wenn ich Madame in Augenschein genommen habe. An Einfällen hat es mir noch nie gemangelt.«
»Schön und meinetwegen gut. Aber nimm einen freundschaftlichen Rat an. Schlaf dich erst einmal aus. Wie du aussiehst, würde ich mich meiner Mutter nicht präsentieren, wenn ich noch eine hätte. Du hast bestimmt nicht eine Minute die Augen zugemacht. Du kannst dir doch das beste Hotel leisten, es muß ja nicht das Excelsior sein.«
»Warum eigentlich nicht? Was dem einen Vallier recht ist, ist dem anderen billig. Dein Rat ist nicht schlecht, und ich werde ihn ausnahmsweise befolgen. Ich bin so müde und zerschlagen wie ein Hund nach einer Hetzjagd. Also los, fahren wir. Wo bist du denn abgestiegen?«
»Abgestiegen trifft es«, sagte Montereau und grinste. »Es ist bei weitem die mieseste Absteige, in der ich je gewohnt habe. Abgesehen von der Signora, die ihren Gästen auf Wunsch und für klingende Münze auch das Bett wärmt.«
»Du bist und bleibst ein Filou. Also, wenn du auf die Dienste deiner Signora in den nächsten Tagen verzichten kannst, darfst du im Excelsior wohnen. Nicht aus reiner Freundlichkeit, sondern weil ich dich zur Verfügung haben möchte.«
»Ich dachte mir, daß da ein Pferdefuß dran ist«, sagte Montereau gemütlich. »Bin zu allen Schandtaten bereit, Boß.«
»Gut. Dann wollen wir nicht länger Zeit verschwenden.«
Pierre hielt es nicht für nötig, sich nach dem Gesundheitszustand seines Vaters zu erkundigen. Was kümmerte es ihn, wenn der Vater starb? Er war sein Feind, und wenn Feinde sterben, empfindet man Genugtuung, aber keine Trauer. Pierre duschte heiß und kalt und schlief dann tief und fest sechs Stunden lang. Danach fühlte er sich wie neugeboren.

Seine Gehirnzellen arbeiteten präzise. Er nahm einen kräftigen Imbiß. Danach bestellte er Montereau zu sich. Es folgten einige Telefonate, dann stand der Schlachtplan fest.
Viola Carras hatte auch an diesem Abend laut Vertrag Vorstellung, und die wurde, laut Nachfrage, auch nicht abgesagt. Pierre schwankte zwischen zwei Gefühlen. Daß sie es fertigbrachte, trotz seelischer Erschütterung auf der Bühne zu stehen – auch für den abgebrühtesten Menschen mußte die Konfrontierung mit der Vergangenheit Emotionen auslösen. Auf der einen Seite also widerwillige Bewunderung, auf der anderen Entsetzen vor der Gefühllosigkeit: zu singen, wenn der Mann, den sie immerhin irgendwann einmal geliebt haben mußte, im Sterben lag! Pierre kannte wenig Schauspieler, und so konnte er auch nicht wissen, daß gerade die ernsthaftesten unter ihnen Zirkuspferden glichen. Die »Show must go on«, egal, was passierte. Für ihn sah das ganz anders aus. Trotzdem – in den frühen Abendstunden fühlte er sich topfit und wie elektrisiert. Er war fest entschlossen, seiner Mutter zum erstenmal in seinem Leben in die Augen zu sehen. Wie würde sie es aufnehmen?
Inzwischen hatte er erfahren, daß sein Vater außer Lebensgefahr war. Weder beruhigte ihn das, noch beunruhigte es ihn. Es war ihm schlicht gleichgültig. Aber die Mutter auf der Bühne zu sehen, ließ er sich fünfhundert Francs kosten. Die Vorstellung war hoffnungslos ausverkauft. Doch Geld öffnet auch verschlossene Türen. Ein verschwiegener Logenplatz hatte seinen Preis.
Viola Carras war wunderbar! Niemals zuvor hätte Pierre gedacht, daß ihn Musik bis ins Herz anrühren könnte. Vielleicht aber kam es nur daher, daß diese Frau da unten auf der Bühne seine Mutter war. Tränen rannen ihm über die Wangen, er merkte es nicht einmal. Sie sang so herzzerreißend von einer verlorenen Liebe. Alle ihre Gesten deuteten auf

echtes Empfinden hin. Ihre schönen Augen – Pierre sah es durch das Opernglas genau – schwammen in Tränen, ohne sie häßlich zu machen, wie das bei normalen Sterblichen der Fall war. Sie sang mit einem weichen Schmelz, mit einer jubilierenden Stimme, sie rang die Hände in echter Verzweiflung! Was war da noch Spiel? Was Wahrheit?
Seine Mutter! Unzweifelhaft! Sie litt und verzweifelte auf der Bühne. Ihr noch immer zarter Körper wurde von Weinkrämpfen geschüttelt, und dabei schwang sich die wundervoll klare Stimme direkt hinauf in olympische Höhen.
Irgendwann stellte sich in Pierre plötzlich Ernüchterung ein. Was er, bezaubert wie alle Opernbesucher, für bare Münze genommen hatte, war nichts anderes als große Schauspielkunst. Seine Mutter – an diesen Ausdruck konnte er sich noch nicht gewöhnen – spielte die hoffnungslos Liebende, die dem Tode Geweihte. Eine Theaterrolle, melodramatisch dargestellte Verzweiflung. Wahrscheinlich war die »Mutter« auch nur so eine Rolle gewesen. Sie hatte lediglich das Leben mit dem Theater verwechselt. Ja, so mußte es gewesen sein. Auf der Strecke blieben zwei kleine Kinder, wie Versatzstücke eines Bühnenbildes. Nicht mehr zu verwenden für das neue Stück. In Pierre wuchs eine ungeheure Wut. Er sah nicht mehr länger die geniale Schauspielerin und Sängerin. Er sah nur noch eine pflichtvergessene Mutter. Ihr hatte er letzten Endes sein liebeleeres Leben zu verdanken. Der Vater hatte ihn möglicherweise nur gehaßt, weil er der Sohn seiner Mutter war.
Sie wird nicht so einfach davonkommen, dachte Pierre, und seine Gedanken wurden böse und unversöhnlicher als je zuvor.
Es wurde ein denkwürdiges Familientreffen, von dem Jean Vallier nichts ahnte. Er dämmerte seiner Genesung entgegen. Als Pierre seine Schwester Vera im Foyer ansprach – er wußte

von Montereau, daß sie die Vorstellung ebenfalls besuchte –, war Vera zu Tode erschrocken.
»Wie kommst denn du hierher?« fragte sie verlegen.
»Du hast mich nicht erwartet, nicht wahr, Schwesterchen? Weißt du, da ich Papas Geschäfte führe, muß ich natürlich über seine Aufenthaltsorte unterrichtet sein, das verstehst du doch?«
»Ja, ja, selbstverständlich, nur...«
»Formalitäten, Schwester, nichts als Formalitäten. Daß ich allerdings Viola Carras erleben durfte, stand eigentlich nicht auf dem Stundenplan...«
»Du... hast die Wahrheit erraten?« fragte Vera leise.
»War nicht besonders schwer«, erwiderte Pierre. »Erstaunlich, Schwesterherz. Weißt du noch, wie wir uns gestritten haben als Kinder? Du hast immer behauptet, Maman wäre nicht tot. Hast mir sogar weismachen wollen, sie besuchte dich in der Nacht! Hat dir das angeblich nicht dein Rabenfreund erzählt? Dieses Unglücksvieh, das Pater Antoine zu Tode erschreckte?«
»Nenne Monsieur Emile kein Unglücksvieh. Er hat in allem recht behalten.«
»Was denn, was denn? Sag bloß, es gibt ihn immer noch! Ja, wie alt werden diese Tiere denn?«
»Er hat Maman gefunden!«
»Vera! Willst du mich zum Narren halten?«
»Nein. Du verstehst es nicht, und Jean hat es auch nicht verstanden.«
»Jean???«
»Dein Papa –« Vera sagte es sehr ernst und mit Betonung.
»Wieso ›mein Papa‹? Wieso nicht ›unser Papa‹?«
Vera wich seinem Blick aus. Sie schien auch keine Lust dazu zu haben, ihrem Bruder auf die direkte Frage zu antworten. Vielmehr sagte sie:

»Ich denke, du möchtest deine Mutter kennenlernen?«
»Allerdings. Es wird doch möglich sein?«
»Natürlich, nur... ich würde sie gerne vorbereiten.«
»Bitte. Ich habe nichts dagegen. Ich schlage vor, wir treffen uns in der Bar des Hotels.«
»In welchem Hotel?« fragte Vera.
»Im Excelsior, wo sonst?«
»Du weißt, daß Papa da...« Pierre zog die Augenbrauen hoch.
»Ja, ich weiß. Gibt es einen Grund dafür, daß ich da nicht wohnen darf?«
Vera schlug die Augen nieder. »Nein«, sagte sie leise.
»Gut. Dann sag der Maman, daß ich euch in der Bar erwarte. Könnte ganz lustig werden, oder?«
»Pierre...!«
»Was denn? Auf einmal so empfindlich? Dich hat sie doch ebenso im Stich gelassen wie mich. Eine tolle Frau, unsere Maman!«
»Eine große Künstlerin!«
»Oh, ja«, sagte Pierre böse. »Ihre Stimme ist über alle Maßen schön. Ein Engelsgesang. Leider hat sie darüber vergessen, uns in den Schlaf zu singen, als wir sie am nötigsten brauchten. Meinst du, sie hat eine Erklärung dafür?«
»Pierre, du tust ihr unrecht. Sie ist... sie ist ganz anders, als du denkst.«
»Ach! Das sagst ausgerechnet du? Ich hatte mich mit ihrem Tod abgefunden, du doch nie. Nun steht sie leibhaftig vor dir, und alles ist vergessen und verziehen. Entschuldige, da komme ich nicht mit. Ich kann nur noch hoffen, daß sie eine Erklärung hat.«
»Pierre, das ist nicht so einfach. Begreif doch – sie hat sich in einer Ausnahmesituation befunden, Papa...«
Pierre unterbrach Vera. »Schwester, ich sehe, sie hat dich

total eingewickelt. Ich denke, Maman sollte es mir mit ihren eigenen Worten erklären. Vielleicht gelingt es ihr ja sogar! Vielleicht überzeugt sie mich, wie dich?«
»Nein! Du haßt sie schon jetzt, ohne sie zu kennen«, rief Vera leidenschaftlich.
Pierre nickte bedächtig.
»Das kommt der Wahrheit sehr nahe, Vera. Kannst du es mir verübeln? Ich hatte weder Vater noch Mutter. Du hattest Vater...«
»Aber...«
»Was, aber? Ich gönne ihn dir ja. Ich habe mich immer nur gefragt: Warum liebt er nur Vera? Warum nicht mich? Es hat lange gedauert, bis ich es herausbekam. Man muß nur deine Mutter anschauen und dich. Aber, meine liebe Schwester, bist du nicht ein Stück zu weit gegangen?«
»Pierre! Sag das nicht. Du weißt ja nicht...«
»Oh, doch. Ich weiß viel mehr, als euch lieb sein kann. Aber ich finde, wir sollten das in etwa zwei Stunden mit Maman erörtern. Sie hat sicher dazu einiges zu sagen. Meinst du nicht auch?«
Als sich Mutter und Sohn dann tatsächlich gegenüberstanden, war es für beide nicht einfach. Pierre fehlten die Worte. Sie war so schön... ein gefallener Engel. Trotzdem blieb nicht nur sein Mund stumm, sondern auch sein Herz.
Viola Carras, mit bürgerlichem Namen Fleure Vallier, sah zu ihrem großen Sohn auf und spürte instinktiv seine Ablehnung. Mit ihm war es ganz anders als mit Vera. So leid es ihr tat, auch ihr Herz blieb stumm. Dieser hübsche junge Mann war also ihr Sohn. Doch schon, als sie nur »Sohn« dachte, wurde nichts als eine Welle tiefer Bitterkeit in ihr hochgespült. Er hatte nichts mit ihr zu tun, nur mit einem Teil ihrer Vergangenheit, den sie erfolgreich viele Jahre verdrängt hatte. Und nun stand sie vor ihr, diese Vergangenheit, hatte sie doch eingeholt, obwohl sie um die halbe Welt vor ihr geflohen war.

»Hallo, Pierre«, war alles, was sie sagen konnte.
Ein dünnes Lächeln umspielte seine Lippen, als er eine Verbeugung andeutete und erwiderte:
»Hallo, Madame.«
Vera warf ihm einen bittenden Blick zu. Er nahm ihn nicht zur Kenntnis. Er sah nur die Frau an, die vorgab, seine Mutter zu sein, und es mit ziemlicher Sicherheit auch war. Wo blieb die Stimme des Blutes? Blödsinn, die gab es nicht. Das spürte er in diesem Augenblick genau und auch, daß sie ähnliche Empfindungen bewegten. Hier stand keine »liebende Mutter« vor ihm. Nur eine Künstlerin, die ihn mit dem gleichen Interesse musterte, das sie auch einem ausgefallenen Kunstgegenstand gewidmet hätte. Das traf ihn tief, erniedrigte ihn, qualifizierte ihn ab. Seine innere Wut wuchs. Woher nahm sie das Recht, ihn so anzusehen?
Das einzige, was beide gemeinsam zu haben schienen, war die Fähigkeit, ihre gegenseitigen Gedanken zu lesen. Nur half ihnen das nicht weiter. Außer ein paar Floskeln hatten sie sich nichts zu sagen. Der Abschied war frostig – um nicht zu sagen eisig, auch wenn Vera zu vermitteln suchte.
»Gib dir keine Mühe, Schwesterherz«, sagte Pierre, als er schon die Türklinke in der Hand hatte. In seinen Augen lag glitzernde Kälte. »Für Madame Valliers Karriere wäre ein so großer Sohn nur abträglich. Er würde sie zu alt machen! Au revoir.«
»Pierre, wie gemein du bist!« schrie Vera aufgebracht.
Doch ihre Mutter schwieg. Mit einer müden Handbewegung sagte sie nach einer Weile: »Er hat recht. Auch wenn dir das grausam erscheint: Ich habe ihn nie gewollt, und ich will ihn auch heute nicht...«

In Pierre tobte ein Gefühl ohnmächtigen Zorns. Wenn er sich vom Besuch seiner Mutter auch nicht viel versprochen hatte, so doch etwas mehr als die kühle Gleichgültigkeit – ach was, Gleichgültigkeit war ein viel zu mildes Wort. Mit dem widerwilligen Händedruck, mit jedem Blick drückte sie die absolute Verleugnung seines Daseins aus. Nicht ein Wort des Bedauerns war über ihre Lippen gekommen. Sie hatte es nicht einmal für nötig gefunden, ihm ihre Handlungsweise zu erklären. Vor fünfundzwanzig Jahren hatte sie ihn abgeschrieben, einfach so. Und noch heute ähnelte er einem verlorengegangenen Paket, dessen Zurücknahme der Absender verweigerte, ohne Angabe von Gründen.

Hätte Fleure Vallier geahnt, mit welchem Haß im Herzen, mit was für wilden Racheplänen ihr Sohn seinem Hotel entgegenstrebte, sie wäre noch in derselben Stunde geflohen.

Als Pierre am Excelsior ankam, stand sein Plan fest. Er ließ Montereau zu sich rufen und konferierte zwei Stunden mit ihm. Am Ende dieses Gespräches kratzte sich sein Adlatus den Kopf und sagte mit sorgenvoller Miene:

»Das ist bei weitem der haarigste Auftrag, den du mir bisher gegeben hast. Ich weiß nicht, wie wir da ungeschoren davonkommen sollen.«

»Wir? Du! Ich gebe zu, es wird nicht ganz einfach sein. Doch vergiß nicht, es bringt dir zehntausend Francs ein. Wenn du zu feige bist, laß einen anderen den Kopf hinhalten. Wie du es machst, ist mir egal. Auf jeden Fall muß es wie das Werk von Extremisten aussehen. Vergiß also auf keinen Fall den Bekennerbrief. Die krausen, undurchsichtigen politischen Gründe habe ich dir auf einen Zettel geschrieben. Du wirst sie noch hier auswendig lernen, dann vernichten wir den Wisch. Ist noch etwas unklar?«

Montereau schüttelte den Kopf. Wohl war ihm nicht in seiner Haut.

Am Abend desselben Tages gab Viola Carras ihr letztes Konzert in der Mailänder Scala. Danach war eine vierzehntägige

Pause eingeplant, die die Sängerin eigentlich an der italienischen Riviera verbringen wollte. Doch sie zog es vor, bei Vera in Mailand zu bleiben und abzuwarten, bis es Jean Vallier besser ging. Noch einmal strömten die Menschen in die Oper, um dieses einzigartige Stimmwunder zu erleben.
Es war ein stickig heißer Tag, und zu allem Unglück fiel im ganzen Haus die Klimaanlage aus. Die Besucher schwitzten gern. Sie ließen sich in ihrem Kunstgenuß nicht stören. Für die Mitwirkenden wurde es zu einer Tortur, doch alle gaben ihr Bestes, allen voran die bewunderungswürdige Sängerin. Für die besondere Leistung gab es Riesenapplaus und stehende Ovationen. Abgekämpft, aber glücklich erreichte Fleure Vallier ihre Garderobe, wo die Garderobiere und Vera sie mit kühlen Erfrischungen erwarteten.
»Du warst wunderbar, Maman«, sagte Vera. »Du mußt halbtot sein. Diese Hitze ...«
»Halb so schlimm, Chérie«, erwiderte Fleure geschmeichelt. »Ich habe schon unter ganz anderen Umständen eine Vorstellung durchgezogen. Ich nehme eine Dusche und bin wieder fit.«
»Madame«, ließ sich ihre langjährige Garderobiere vernehmen, eine bescheidene ältere Frau, die Fleure seit Jahren um die Welt begleitete. »Kann ich ein Glas Ihrer Zitronenlimonade trinken? Sie erfrischt am besten, und ich bin hier fast erstickt.«
»Selbstverständlich, meine liebe Claire, warum fragen Sie immer noch?« Fleure lächelte und sagte zu ihrer Tochter: »Ich kann ihr diese Bescheidenheit nicht austreiben. Dabei leistet sie hinter den Kulissen mindestens ebensoviel wie ich auf der Bühne.«
»Nein, Madame, nein«, entrüstete sich der gute Geist. »Wie können Sie das vergleichen!« Die Sängerin hob abwehrend die Hände und rief in komischer Verzweiflung: »Nicht schon

wieder, Claire. Über diesen Punkt werden wir uns nie einig. Vera, begleitest du mich? Wir können dann schon etwas schwatzen. Ach, Kind, ich hab dir noch so viel zu sagen...«
Während die beiden Frauen ins Bad gingen, schenkte sich Claire Bisset ein großes Glas Limonade ein. Es war das Lieblingsgetränk der Diva und wurde nach ihrem persönlichen Rezept von dem Chef der jeweiligen Theaterkantine vor jeder Vorstellung zubereitet und auf Eis kühl gehalten. Die Garderobiere hatte eine Schwäche dafür. Dieser Abend war wirklich mörderisch gewesen. Sie setzte das Glas an die Lippen und nahm genüßlich einen großen Schluck...
In der nächsten Sekunde ließ sie das Glas fallen. Ihr Gesicht verfärbte sich blau. Sie rang nach Luft. Ein wahnsinniger Schmerz war in ihrer Kehle. Sie wollte schreien, doch es kam nur ein gurgelnder Laut über ihre Lippen, bevor sie ohnmächtig zusammensackte.
Als Fleure und Vera erfrischt zurückkamen, sahen sie voller Entsetzen die leblose Frau. Weißer Schaum stand auf ihren Lippen. Sie atmete flach. Ihr Puls war kaum zu spüren. Wenig später trafen Notarzt und Feuerwehr ein. Der Arzt warf nur einen Blick auf die Unglückliche, dann sagte er:
»Ein Säureattentat, ohne Zweifel. Schnell, fahren Sie die Frau ins Krankenhaus. Nun, machen Sie schon! Jede Minute ist kostbar!«
Während die Feuerwehrleute Claire Bisset auf die Bahre legten und hinaustrugen, stand Fleure Vallier, alias Viola Carras, leichenblaß neben ihrem Schminktisch und starrte voller Grauen die Karaffe mit der Limonade an. Die Kripo ließ nicht lange auf sich warten, und die Fragen begannen. Doch noch während der Vernehmung der Sängerin wurde ein Brief gebracht, der den Vorfall zumindest im Augenblick erklärte. Eine Organisation für ein ausländerfreies, künstlerisch autonomes Italien bekannte sich zu dem Attentat auf die französische Künstlerin.

»Italien hat die besten Sänger der Welt hervorgebracht«, hieß es da. »Wir brauchen keine Franzosen, wenn Italiens Künstler am Hungertuche nagen. Weg mit den Fremden, Italien den Italienern. Millionengagen für ausländische Künstler werden aus Steuergeldern bezahlt. Warum, wenn unsere Landsleute genauso gut sind? Das ist eine letzte Warnung. OAK. Autonome Künstlervereinigung Italiens.«
»Noch ein paar Verrückte mehr«, knurrte der Kriminalinspektor. »Diese Gruppe ist bisher noch nicht in Erscheinung getreten. Sie haben großes Glück gehabt, Madame. Glauben Sie mir, wir alle sind untröstlich...«
»Und meine Garderobiere?« sagte Fleure hitzig. »Sie hat kein Glück gehabt. Was... was bedeutet das für sie?«
Der Inspektor sah sie verlegen an.
»Ich bin kein Arzt, Madame. Aus Erfahrung kann ich Ihnen nur sagen – im besten Fall verliert die Bedauernswerte ihre Stimme...«
»Mein Gott! Wie furchtbar!«

Pierre schlief in dieser Nacht nicht. Er hatte zwar das Radio eingeschaltet, doch sein Italienisch war nicht gut genug, um die ratternde Stimme des Radiosprechers zu verstehen. Kurz nach Ende der Vorstellung war Montereau bei ihm gewesen und hatte »Vollzug« gemeldet. Gegen Morgen ging der junge Vallier auf die Straße, um die ersten Morgenzeitungen zu kaufen.
Er konnte es nicht fassen, was er da las. Fehlschlag auf der ganzen Linie. Seine Erbitterung kannte keine Grenzen. Sie war schon wieder davongekommen! Er konnte Montereau nicht einmal Vorwürfe machen. Der hatte seine »Pflicht« getan. Der Zufall hatte ihm ein Schnippchen geschlagen. Was nun?
Er duschte, und es war ihm, als hätte sich ein Bienenschwarm

in sein Gehirn verirrt. Dann klingelte das Telefon. Benommen hob er ab. Es war seine Schwester Vera.
»Hast du gehört oder gelesen, was passiert ist?«
»Nein«, log er. »Warum störst du mich so früh?«
Was er zu hören bekam, wußte er bereits. Es kostete ihn einige Mühe, Überraschung zu heucheln.
»Maman hat einen Schutzengel gehabt«, sagte Vera.
Bissig erwiderte er: »Den hat sie doch immer gehabt. Das andere arme Weib tut mir leid.«
»Pierre, Maman etwa nicht?«
Veras Frage klang bestürzt. Er wurde vorsichtiger. »Natürlich. Was für ein Glück für die Menschheit.«
»Das klingt zynisch.«
»Ist es aber nicht, Schwester. Es wäre doch zu schade gewesen, hätte die Welt auf eine Stimme wie die von Maman verzichten müssen. Ich nehme an, du liebst sie inzwischen?«
»Ich habe sie immer geliebt«, sagte Vera ernst. »Das weißt du doch. Warum kannst du es nicht auch tun, Pierre?«
»Die Gründe müßtest du am besten wissen, Vera. Also nerv mich nicht!«
»Warum bist du so unversöhnlich? Wenn du Maman ein bißchen entgegenkommen würdest...«
Er unterbrach sie sofort und heftig.
»Wer hätte hier jemandem entgegenkommen müssen? Tickst du noch richtig? Ach, laßt mich doch alle in Ruhe. Ich hatte nie eine Mutter, und ich habe auch jetzt keine. Merk dir das!«
Wieder einmal versank Pierre in tiefe Depressionen. Irgendwie griff seine Rache nicht. Was immer er auch versuchte – es gelang nicht.
Seine geschäftlichen Manipulationen liefen immer noch ins Leere. Denn Jean Vallier war so reich, daß er nicht einmal wußte, wie reich. Deshalb konnten selbst seine Vertrauten nicht wissen, was für Verluste er machte. Doch wenn einer

nicht weiß, was ihm angetan wird, kann er sich auch nicht getroffen fühlen. Alles, was Pierre versucht und getan hatte, erwies sich als stumpfe Waffe. Er beschloß, am nächsten Tag nach Grasse zurückzukehren. Aber dann kam alles ganz anders...

Nach dem Frühstück – er packte gerade seine Koffer – klingelte das Telefon.

»Hier ist eine Mademoiselle Morgan und möchte Sie sprechen.«

»Kenne ich nicht. Was will sie denn?«

»Keine Ahnung, Signore. Sie sagt, es handele sich um eine dringende persönliche Angelegenheit.«

Pierre überlegte kurz. Er hatte noch eine Stunde Zeit.

»Lassen Sie sie heraufkommen«, entschied er kurz. Wenig später klopfte es an seiner Zimmertür.

»Herein«, sagte er kurz. Ins Zimmer trat eine junge Frau, nein, ein junges Mädchen. Ein sehr hübsches junges Mädchen. Schwarzes Haar, jungenhaft kurz geschnitten, wundervolle meergrüne Augen, für eine Frau ziemlich groß, eine sportlich schlanke Figur.

»Darf ich hereinkommen?« Eine dunkle Stimme, weich und vibrierend. Irgendwie erinnerte sie Pierre an jemand Bekannten, aber er kam nicht darauf.

»Mademoiselle! Was kann ich für Sie tun?« fragte er steif.

Das Mädchen lächelte. Trat näher. Sah ihn abschätzend an. Pierre fühlte, wie ihm das Blut zu Kopf stieg. Warum eigentlich?

»Du bist also Pierre?« sagte das Mädchen. »Erstaunlich. Genauso habe ich mir dich vorgestellt. Entschuldige, du hast natürlich keine Ahnung, wer ich bin. Also, ich bin Alice, deine Halbschwester! Das überrascht dich, wie ich annehme. Aber genausowenig, wie du daran geglaubt hast, daß deine Mutter noch lebt – genausowenig wußte ich, daß ich Halbgeschwister habe. Ich finde es großartig!«

»Was denn? Wie denn...« Pierre verstand nur Bahnhof. Alice setzte sich auf den nächstbesten Stuhl. »Setz dich besser auch. Du siehst ziemlich grün um die Nase aus. Also: Deine Mutter, Fleure Vallier, lebt seit mehr als fünfundzwanzig Jahren mit meinem Vater zusammen, ihrem Manager, Gaston Morgan. Sie hat deinen Vater verlassen, als du gerade geboren warst.«
Pierre unterbrach sie wütend.
»Das muß mir niemand erklären, das weiß ich.«
»Sicher, aber du weißt nicht, warum!«
Pierre wollte es gar nicht wissen. Das Geschwätz des Mädchens ging ihm auf die Nerven. Von wegen Halbschwester! Da konnte ja jeder kommen. Er glaubte kein Wort. Doch er wurde schnell eines Besseren belehrt.
»Reg dich ab, du unbekannter Bruder.« Und jetzt war eine Schärfe in ihrer Stimme, die man nicht überhören konnte. »Dein Vater, Jean Vallier, hat unsere Mutter bezichtigt, mit meinem Vater, Gaston Morgan, Ehebruch getrieben zu haben! Hör genau zu, mein lieber Halbbruder: Dein Vater war und ist der Meinung, daß du nicht sein Sohn bist, sondern der meines Vaters. In seiner rasenden Eifersucht hat er Maman praktisch aus dem Haus gejagt. Aus Rache behielt er euch Kinder. So, jetzt weißt du die Wahrheit.«
Das Mädchen hielt inne und beobachtete die Wirkung ihrer Worte. Pierre war völlig erschlagen. Er vergaß seinen Besuch und starrte wild vor sich hin. Solange er selbständig denken konnte, hatte er darüber nachgegrübelt, warum sein Vater ihn nicht liebte. Und plötzlich und unerwartet wurde ihm die Antwort serviert. Das war es also! Er hielt ihn für einen Bastard. Er hatte an einem unschuldigen Kind Rache genommen für die angebliche Untreue seiner Frau. Wie grenzenlos abscheulich und unmenschlich! Wahrscheinlich schlief er aus dem gleichen Grund mit seiner eigenen Tochter. Sein Vater war ein Monster! Aufstöhnend barg er den Kopf in seinen Händen.

»Pierre... Pierre, bitte«, brachte sich Alice in Erinnerung, stand auf und legte vorsichtig den Arm um seine Schultern, als fürchtete sie, ihn noch mehr zu verletzen. »Pierre, ich kann mir denken, daß es ein Schock für dich ist. Ich war böse mit Maman, weil ich erst jetzt alles erfuhr. Sie hätte es dir längst sagen müssen. Aber brich nicht gleich den Stab über sie. Man muß auch mal verzeihen können. Eltern sind ja auch nur Menschen.«

Alice erschrak, als Pierre plötzlich mit einem qualvollen Schluchzen die Arme um sie schlug und seinen Kopf an ihren Leib preßte, als hätte er endlich eine Mutter gefunden, bei der er all sein aufgestautes Leid abladen konnte. So jedenfalls empfand es Alice Morgan nach dem ersten Schreck, und ihr Herz füllte sich mit Mitleid. Sanft und beruhigend streichelte sie über sein Haar und hörte sich still seine leidenschaftlichen Anklagen an, die aus ihm hervorbrachen wie Feuer aus einem Vulkan. Vieles verstand sie nicht, weil sie die Zusammenhänge nicht kannte, aber Einzelheiten erschütterten sie über alle Maßen. Das konnte doch alles nicht wahr sein!

Sie war hergekommen um der Gerechtigkeit willen. Sie hatte sich wegen des unbekannten Bruders sogar mit ihrer Mutter gestritten. Freilich, sie war auch ein gut Teil neugierig gewesen. Aber nie hätte sie vermutet, einen so zutiefst verletzten, unglücklichen Menschen vorzufinden.

Und Pierre?

Pierre klammerte sich an den weichen Mädchenleib wie ein Ertrinkender. Er vergaß, daß er Alice vor einer Stunde noch nicht gekannt hatte. Sie schien ihm so vertraut, so gut, so verständnisvoll. Nichts Fremdes war zwischen ihnen, nichts Hemmendes. Ein Glücksgefühl besonderer Art durchströmte ihn trotz aller Bitterkeit, die aus ihm herausquoll. Er sog den warmen Duft ihres Körpers ein. Ihre streichelnden Hände beruhigten seine Nerven. Er wußte nicht, woher diese Vertrautheit kam. Er hatte nur den einen Wunsch, dieses warme, pulsierende Leben nie mehr loslassen zu müssen.

Doch man kann die Zeit nicht festhalten. Man gießt einen übervollen Krug aus, und schon ist er leer.

Als Pierres Verstand wieder einsetzte, schämte er sich. Gefühlsausbrüche dieser Art waren genau das, was der Vater ihm immer angekreidet hatte.

Der Vater! Jetzt war Pierre wieder da, wo er angefangen hatte. Der Vater, die Mutter, die neue Schwester. Verlegen und mit geheimem Bedauern löste er sich von Alice und sah unsicher zu ihr auf.

»Es tut mir leid«, sagte er und wollte aufstehen. Mit sanfter Gewalt hinderte sie ihn daran und sah ihm offen in die Augen. »Da gibt es nichts, was dir leid tun sollte«, sagte sie mit entwaffnender Natürlichkeit und lächelte. »Jeder Mensch erträgt nur ein gewisses Maß an Einsamkeit. Ich weiß das, weil ich es auch erfahren habe. Vielleicht verstehen wir uns deshalb so gut wie alte Freunde. Ich glaube, wir müssen noch viel darüber reden.«

»Wann?« kam die schnelle Antwort. Pierre verstand sich selbst nicht. Er wollte nicht, daß sie ging. Sie war ihm unheimlich wichtig, ohne daß er zu sagen vermocht hätte, warum. Er spürte nur, daß er es nicht ertragen würde, wenn sie einfach wieder aus seinem Leben verschwand, so plötzlich, wie sie gekommen war.

»Ja, ich weiß nicht«, sagte Alice zögernd. »Ich kenne deine Pläne nicht. Vera hat mir angeboten, mich mit nach Villefranche zu nehmen, sobald dein Vater reisefähig ist. Ich wollte ihr Angebot annehmen. Sie ist sehr nett, deine Schwester. Sie macht sich große Sorgen um deinen Vater.«

Mit einemmal fiel es Pierre wie Schuppen von den Augen. Ohne auf ihre Ausführungen einzugehen, sagte er:

»Jetzt weiß ich endlich, an wen du mich die ganze Zeit erinnerst: an Vera! Obwohl du andere Augen und eine andere Haarfarbe hast.«

Alice lächelte.

»Das ist doch kein Wunder. Wir sind Halbschwestern.«

»Schon, jeder sagt ja, sie sei Maman wie aus dem Gesicht geschnitten. Ich fand immer, sie hätte mehr Ähnlichkeit mit unserem Vater. Und du siehst ihr eigentlich auch nicht ähnlich. Ich weiß nicht ... es ist vielleicht dein Lächeln, der kleine eigensinnige Zug um den Mund. Ich habe Maman nur zweimal gesehen, aber wahrscheinlich ist es ihr Erbteil.«

»Nein, Pierre«, Alice lachte. »Von Maman haben wir das nicht. Es ist das Lächeln unseres Vaters. Das haben mir schon viele gesagt. Wir sehen uns nicht sehr ähnlich, aber wenn wir lachen, gleichen wir uns wie ein Ei dem anderen. Vera war sehr glücklich darüber, denn sie...« Alice verstummte. Pierres Gesicht war wieder bleich wie ein Bettlaken.

»Was ist? Was hast du? Pierre...« Alice' Augen weiteten sich vor Erschrecken und einer plötzlichen Erkenntnis. »Pierre, sag bloß, daß du das auch nicht gewußt hast!«

»Was?«

»Daß Vera nicht Jean Valliers Tochter ist! Maman war schwanger von meinem Vater, als sie deinen geheiratet hat. Und zu jung und zu feige, um ihm...«

Sie verstummte, weil Pierre anfing zu lachen. Es war kein gutes Lachen. Es klang schauerlich.

»Hör auf!« schrie Alice. Aber Pierre konnte nicht aufhören. Er lachte und lachte und lachte...

Der Teufel will sich eine Seele holen

Alice nahm Pierres Angebot nicht an, mit ihm frühzeitig an die Côte d'Azur zu fahren. Aber sie versprach, auf jeden Fall mit Vera nachzukommen. Also fuhr Pierre allein. Da er nicht telegrafiert hatte, wann er eintreffen würde, erwartete ihn natürlich auch niemand am Flughafen. Er nahm sich ein Taxi und fuhr nach Hause. Seine Gedanken waren noch so erfüllt von dem Erlebten, von all den neuen Erkenntnissen und auch – was er sich selbst nicht eingestand – von der Bekanntschaft mit seiner neuen Schwester, daß er an das, was ihn erwartete, gar nicht dachte. Aber dann ...

Das Taxi bog in die kleine Allee ein und hielt vor der Villa. Pierre bezahlte und stieg aus. Während der Taxifahrer das Gepäck aus dem Kofferraum holte, wunderte sich Pierre, daß alle Fenster des Hauses hell erleuchtet waren. Er sah auf die Uhr. Ein Uhr zwanzig. Mit einem unguten Gefühl stieg er die Treppen hinauf. Er fummelte seinen Schlüssel aus der Hosentasche. Das Taxi fuhr davon. Er öffnete die Tür. Zigarettenqualm verwandelte die Halle in ein Unterwasserrefugium. Was ging hier vor?

Pierre ließ sein Gepäck stehen und ging langsam die Treppe hinauf. Heiße Discomusik klang ihm entgegen. Er öffnete eine Tür. Ein halbes Dutzend Paare wälzte sich auf der Erde. Überall lagen leere Flaschen herum. Es roch nach billigem Parfum, nach Alkohol, Zigaretten und menschlichen Absonderungen. Niemand nahm Notiz von Pierre. Entweder waren die Leute zu besoffen oder zu high.

Pierre machte sich auf die Suche nach Cocco. Er fand ihn schließlich in seinem eigenen Schlafzimmer. Engumschlungen mit einem niedlichen, schmalen Jungen, Gesichtchen und Hintern wie ein Pfirsich. Was jetzt kam – daran konnte sich Pierre später nicht mehr erinnern. Ein Sturmwind fegte durch das Haus! In weniger als fünf Minuten war es leer. Zurück blieben leere Flaschen, volle Aschenbecher, ein gräßlich fahler Gestank. Und ein heulender Cocco.
Der nächste Morgen war, wenn überhaupt möglich, noch deprimierender. Cocco verteidigte sich weinerlich. Doch Pierre war nicht nach Verzeihen zumute. Er schäumte vor Wut.
»Weißt du, was die Leute sagen werden? Bis jetzt warst du meine Geliebte. Das verstehen sie. Das akzeptieren sie. Wie oft hast du hier solche Orgien veranstaltet, während ich fort war? Bringst billige Strichjungen in mein Haus! Entblödest dich nicht, dich mit ihnen einzulassen. Öffnest Erpressung Tor und Tür! Ja, bist du denn von allen guten Geistern verlassen? Habe ich dich in mein Haus geholt, damit du mich ruinierst?«
»Ich war so allein, Pierre«, jammerte Cocco.
»Du warst mit deinem Arsch allein, genau wie ich. Du hast es keine vierzehn Tage ausgehalten. Du jämmerliche kleine Schwuchtel. Warum hast du nicht dein altes Revier abgegrast? Aber nein, du wolltest mir Schwierigkeiten machen. Vielleicht eine kleine Erpressung, he?«
»Pierre, um Gottes willen, es ist doch alles ganz anders. Wir waren nach der Vorstellung alle so lustig. Da habe ich ... na ja, es war nicht richtig, aber ich war ziemlich besoffen. Ich habe sie eingeladen. Konnte ja nicht wissen, daß du auf der Matte stehst. Ist doch nichts weiter passiert.«
»Ach, wirklich nicht? Abgesehen davon, daß du dir dieses Kerlchen unter den Nagel gerissen hast. Ein hübscher Junge,

aber viel zu jung für dich, nein, du hast dich damit nicht zufriedengegeben, du hast mein Haus zu einem Bordell gemacht! Du Miststück!«
»Pierre, Pierre, flipp doch nicht gleich aus! Du weißt doch, daß ich dich liebe ...«
Das war zuviel. Zuviel für Pierre. Er sah rote Nebel vor seinen Augen. Er sprang auf und fiel Cocco wie ein wildes Tier an. Bekam den sich Wehrenden an den Haaren zu fassen, schleifte ihn zur Treppe. Stieß wüste Beschimpfungen aus, ignorierte seine Schmerzensschreie, stieß Cocco die Treppe hinab.
»Dich Tunte habe ich geliebt? Warum nur? Für einen kleinen Arsch verrätst du mich! Geh mir aus den Augen. Geh zu deinesgleichen. Ich brauche niemanden. Niemanden! Eine geile Fummeltrine wie dich schon gar nicht. Verschwinde aus meinem Leben! Ich bin sauber geworden!«
Cocco rappelte sich auf. Er sah nach oben, wo Pierre wie ein rächender Gott am Anfang der Treppe stand. Plötzlich lächelte er. »Du kommst dir großartig vor, wie? Warte ab, mein hübscher Pierre. Eines nicht so fernen Tages kommst du zu mir gekrochen. Ich kenne dich besser, als du dich selbst kennst. Skrupel? Familie? Oder das Fick-dich-selbst-Problem? Das haben wir alle schon durchgemacht. Aber, mein heißgeliebter Freund, das hat noch keiner von uns durchgehalten. Denk darüber nach. Leb wohl, Pierre. Wir sehen uns wieder!«
Wie Pierre es auch drehte und wendete – irgendwie hatte Cocco recht. Doch er weigerte sich entschieden, darüber nachzudenken. Im Augenblick empfand er es sogar als Wohltat, Cocco los zu sein. Seine Gedanken liefen in völlig ungewohnten Bahnen. Es war, als hätte Alice das Steuer seines Lebens herumgerissen. Pierre hatte des öfteren gehört, daß Homosexualität nicht zwangsläufig ein Leben lang andauern muß. Ja es sollte sogar relativ oft vorkommen, daß einer sich »umdrehte«. Nur daß ihm das selber passieren könnte, daran

hatte er nie geglaubt. Doch was konnte es anderes sein, wenn sein ganzes Fühlen, Sehnen und Denken plötzlich einer Frau galt?
Seit er Alice Morgan kennengelernt hatte, dachte er Tag und Nacht nur noch an sie. Mit immer größerer Ungeduld erwartete er ihr Eintreffen in Frankreich. Das ging so weit, daß er sogar darum betete, der Vater möge schnellstens gesund werden, obwohl er ihm eigentlich das Gegenteil wünschte. Aber erst dann würde Vera und mit ihr Alice kommen.
Sechs endlos lange Wochen vergingen, in denen nur vertröstende Briefe kamen. Ein paarmal telefonierte er nach Mailand. Sie wechselten belanglose Sätze, deren Sinn ihm entging. Er lauschte nur dieser weichen, dunklen Stimme, die ihn einhüllte wie ein warmer Mantel. Die ganze Zeit über grübelte er, wie er sie dazu bringen könnte, wenigstens einige Wochen bei ihm in Grasse zu bleiben. Womit könnte er sie ködern? Daraufhin sah er sich sein Haus kritisch an, und es gefiel ihm nicht mehr. Unverzüglich ließ er einen Innenarchitekten kommen und verwandelte die etwas schwülstig eingerichtete Villa in eine helle, freundliche Oase. Die dunklen Mahagonimöbel verschwanden auf den Speicher. An ihre Stelle traten schlichte, aber formvollendete Einrichtungsgegenstände. Das neueste Design war ihm gerade gut genug. Lampen von Tiffany mußten es sein und helle Seidentapeten. Überall standen Pflanzen herum. Mancher Raum wirkte wie ein romantisch blühender Garten. Immer neue Überraschungen fielen ihm ein. Kurz und gut, Pierre traf alle Anstalten, die einem Liebhaber zur Ehre gereicht hätten. Er hatte leider völlig vergessen, daß Alice Morgan seine Schwester war...
Endlich kam das erlösende Telegramm. Er fuhr nach Villefranche, um die Reisenden willkommen zu heißen. Wie ein guter Verwalter des väterlichen Erbes hatte er zuvor auch die Rosenvilla instand setzen lassen, für neues Personal gesorgt,

Freunde und Mitarbeiter benachrichtigt. Jean Vallier fand sein Haus wohlbestellt vor und rang sich sogar ein Lob ab, was Pierre, innerlich hohnlachend, entgegennahm. Sein Gefühl für den Vater hatte sich nach dem neuesten Stand der Dinge noch mehr verhärtet. Er mußte sich ungeheuer zusammennehmen, um diesen Abend der großen Lügen lächelnd zu überstehen. Jeder log jeden an. Jean Vallier hatte Pierre gleich am Anfang kurz erklärt, daß er nicht die Absicht habe, die neue Konstellation innerhalb der Verwandtschaft an die große Glocke zu hängen.

»Es bleibt alles unter uns«, hatte er im alten Befehlston gesagt. »Familienangelegenheiten gehören nicht an die Öffentlichkeit. Das habe ich mit deiner Mutter besprochen, und sie ist einverstanden. Ich erwarte von dir, daß du dich daran hältst.«

Pierre hatte gelächelt und erwidert: »Wie du wünschst, Papa«, und grimmig bei sich gedacht: Dich interessiert weder die Meinung deiner Freunde noch die deiner Mitarbeiter. Du hast nur Angst vor den Behörden und dem Skandal. Schließlich – wie könntest du erklären, warum du deine Frau totgesagt und sogar eine Trauerfeier in der Kirche veranstaltet hast? Und wie, daß du mit deiner Tochter ein Verhältnis hast, weil sie eigentlich gar nicht deine Tochter ist?

So spielten sie alle ihre Rollen: Pierre den liebenden, tüchtigen Sohn, Jean Vallier und Vera Vater und Tochter und Alice Morgan eine Freundin von Vera. Und alle, alle waren perfekt. Tante Amélie schwamm in Tränen und Freude, daß ihr Vetter den Herzinfarkt so gut überstanden und sich das Verhältnis zwischen Vater und Kindern so großartig verbessert hatte, Hector Besson, die »Nase« und Amélies Ehemann, sprach sich lobend über Pierres Engagement in der Firma aus, Birdy Blanchi, Veras alte Kinderschwester, die aus Anhänglichkeit auch geladen war, schwelgte in Erinnerungen, in denen ein

Monsieur Emile eine große Rolle spielte. Eigentlich waren ihr die Mitspieler dieses Stückes dankbar, denn die Lügen strengten auf die Dauer sehr an. Monsieur Emile, Veras zahmer Rabe, aber war allen bekannt. Über seine Streiche konnten sie ungezwungen lachen – vielleicht mit Ausnahme von Pierre. Dessen Erinnerung an den Rabenvogel war geprägt von Pater Antoines angsteinflößenden Vorhersagen. Pierre fand Monsieur Emile weder komisch noch sympathisch.
»Lebt er eigentlich noch?« wollte Tante Amélie wissen.
»Aber natürlich.« Vera lachte glücklich. »Er hat uns auf der ganzen Reise begleitet.«
»Und ist nie davongeflogen?«
»Warum sollte er? Er gehört doch zu mir.«
»Aber ich sehe ihn nicht. Wo ist er jetzt?« fragte Tante Amélie.
Vera schüttelte den Kopf und sagte nachsichtig:
»Tante Amélie, dein Gedächtnis läßt nach. Er ist immer weggeflogen und wiedergekommen, wie es ihm gerade paßte. Hast du das vergessen?«
»Habe ich wohl, Kind. Auf jeden Fall war er ein wundervoller Spielkamerad für dich.«
»Er ist weitaus mehr, Tante Amélie. Aber das ist schwer zu erklären, und ich will es auch gar nicht erst versuchen.«
Vera hatte den Satz noch nicht ganz ausgesprochen, da geschah etwas Seltsames. Alice, die sich aus dem Gespräch herausgehalten hatte – kein Wunder, sie war die einzige in der Runde, die Monsieur Emile nicht kannte –, sagte plötzlich:
»Korrk wird gleich hier sein. Er schwebt schon über dem Haus. Wir sollten ein Fenster öffnen...«
Für einen Augenblick herrschte atemlose Stille. Dann sprang Vera auf, rannte zum Fenster und öffnete es weit. Sie beugte sich hinaus, zog aber schnell den Kopf wieder ein. Man hörte ein fast zischendes Geräusch, dann ein Flattern, und plötzlich

saß auf dem Fensterbrett ein großer, kohlrabenschwarzer Kolkrabe. Bevor noch einer seiner Überraschung Luft machen konnte, sah der Vogel in die Runde, schüttelte erst den einen Fuß, dann den anderen, legte den Kopf schief und sagte mit tiefer Stimme:

»Alles Quatsch! Guten Morrgen. Es rregnet.«

Jetzt sprachen alle durcheinander. Monsieur Emile ließ sich nicht aus der Ruhe bringen. Er flatterte auf den Tisch, pickte sich eine Nuß vom Teller, spuckte sie aber gleich wieder aus und sagte verächtlich: »Anker lichten.«

Monsieur Emile rettete wieder einmal die Situation, wie schon so oft. Alle Anwesenden beschäftigten sich nur noch mit ihm, und er schien es zu genießen. Vera nutzte die allgemeine Aufregung und ging zu Alice, die mit abwesenden Blicken am Fenster stand und in den Abendhimmel sah.

»Alice, woher wußtest du, daß Monsieur Emile kommt? Woher weißt du, daß er eigentlich Korrk heißt?«

»Ich weiß es nicht. Aber ... es stimmt? Ja?«

»Natürlich stimmt es. Nur...«

Alice lächelte und strich Vera mit scheuer Zärtlichkeit über die Wange. »Mach dir keine unnützen Gedanken. Eine Erklärung gibt es nicht, das weißt du doch. Wir sind Schwestern, nicht wahr?«

Acht Tage später kam Alice zu Pierre nach Grasse. Zu seinem Erstaunen brauchte er sie nicht zu überreden, bei ihm zu bleiben. Sie hatte es sowieso vorgehabt. Ihre Begründung dafür war höchst einfach und natürlich.

»Ich glaube, wir haben uns eine Menge zu sagen. Wir könnten einander helfen. Du bist allein, und ich bin allein. Unsere Kindheit mag ähnlich verlaufen sein, aber ich möchte mehr darüber wissen. Warum verleugnet dein Vater unsere Mutter? Warum müssen wir so tun, als wären wir nicht verwandt? Warum lebt deine Frau nicht bei dir? Du bist doch verheiratet. Warum tut Vera so geheimnisvoll, wenn sie von deinem Vater spricht? Pierre, ich verstehe eure Familie nicht. Bitte, hilf mir, sie verstehen zu lernen. Ich liebe Maman, wie ich auch meinen Vater liebe. Ich habe ihn gefragt, doch er hat mir geantwortet, ich müßte es selbst herausfinden. Willst du mir dabei helfen, Pierre?«

Alice blieb zwei Monate. Pierre zeigte ihr die Firma. Er fuhr mit ihr nach Paris. Sie besuchten Theater, Museen, die Oper. Hörten Konzerte, machten Ausflüge an die Loire. Fühlten sich frei und glücklich. Wieder zu Hause, saßen sie Nächte hindurch und redeten, redeten, redeten. Jeder lernte des anderen Leben kennen. Ach, sie hatten so vieles gemeinsam. Nur eines nicht! Pierres Leben war von Mißverständnissen, von sinnloser Eifersucht, von herrischer Überlegenheit geprägt worden, ohne Rücksicht auf die kindliche Psyche. Alice war zwar allein, aber immer in der Obhut ihrer Kinderschwester gewesen, die das Zigeunerleben einer Künstlerin, wie Fleure es war, ohne Rücksicht auf sich selbst mitmachte. Dem Kind zuliebe, das man ihr anvertraut hatte. Während Alice sich frei sprach, geriet Pierre in eine neue Abhängigkeit. Er konnte Alice einfach nicht als Schwester akzeptieren. Für ihn war sie die Frau schlechthin. Er hörte ihr zu, er litt mit ihr, er durchlitt ihre Vergangenheit. Die eigene schrumpfte zusammen, wurde bedeutungslos. Es war ihm klargeworden, daß er sie liebte! Mit allen Fasern seines verwundeten Herzens. Alice war das erste Wort, das er am Morgen dachte, und das letzte, mit dem er schlafen ging. Nur ... Alice war sich dessen nicht bewußt!

Sie hatte einen Bruder gefunden, einen großen Bruder, den sie sich immer gewünscht hatte. Einen Beschützer. Einen Beichtvater. Jemanden, der ihr zuhörte und sie verstand.

Irgendwann ging die Geschichte schief.

Es war ein ganz normaler Abend. Sie hatten gut gegessen und saßen bei einem Glas Wein zusammen. Eine schwüle Nacht. Sie wechselten vom Wohnzimmer auf die Terrasse. Von hier aus sah man die Lichter von Grasse. Wie Perlen auf einer Schnur zeichneten sich die Laternen der Hauptverkehrsstraße ab. Und irgendwo weit hinten war das Meer.
Pierre hatte ein bißchen zuviel getrunken. Er befand sich in einer euphorischen Stimmung. Alice lehnte an der Balustrade. Das Licht aus dem Zimmer machte ihr Kleid durchsichtig, gab ihre schlanken Beine dem Betrachter preis. Das war der Augenblick, in dem Pierre wie ein ganz normaler Mann reagierte. Er trat hinter Alice, umschlang sie mit beiden Armen, preßte ihren weichen, begehrenswerten Körper an sich und murmelte wie von Sinnen:
»Ich liebe dich. Hast du begriffen – ich liebe dich! Du bist die erste Frau, der ich das sage, und du wirst auch die letzte sein, denn ich werde dich nie mehr fortlassen ...«
Alice drehte sich mehr verblüfft als erschrocken um und entwand sich seinen Armen.
»Pierre, was machst du für einen Blödsinn? Ich fürchte, du hast ein bißchen zuviel getrunken. Laß uns hineingehen. Ich mache uns einen Kaffee.« Doch so einfach, wie Alice es sich vorstellte, lagen die Dinge nicht. Pierre schüttelte den Kopf, ergriff ihre Hände und sah sie mit einem Blick an, der ihr nun doch zu denken gab. In seinen Augen lag eine so tiefe Traurigkeit, daß ihr Herz sich vor Mitleid zusammenzog. Noch bevor er zu reden begann, wußte sie, daß seine Worte durchaus ernst gemeint waren. Und jetzt erschrak sie wirklich.
»Pierre ...«
Er unterbrach sie.
»Bitte, Alice, laß es mich wenigstens einmal aussprechen. Ich liebe dich wirklich. Ich kann nichts dafür. Es ist wie ein Sturm über mich gekommen, und es ist ein wundervoller Sturm, der

mein ganzes Leben verändert hat. Ich habe dir zwar viel von meinem Leben erzählt, nur eines habe ich verschwiegen: daß ich nämlich, bevor du in mein Leben kamst, nur Männer geliebt habe! Jetzt siehst du mich an wie ein verschrecktes Kind. Keine Angst, ich tue dir nichts. Aber begreifst du jetzt, was es für mich bedeutet, dich zu lieben? Du hast ein Tor aufgestoßen, das für mich bisher verschlossen war, und dahinter sehe ich eine neue, helle Welt, voller Zauber und Verlockung. Laß mich doch eintreten. Schick mich nicht zurück in die oft verzweifelte Welt derer, die dazu verdammt sind, ein Leben lang suchen zu müssen, und doch nie ans Ziel kommen. Alice, kannst du mich nicht ein wenig liebhaben?«

»Pierre ... mein lieber, lieber Pierre! Ich habe dich doch lieb, aber wir ... wir sind Geschwister! Blutsverwandt!«

»Was heißt das schon? Vor ein paar Monaten haben wir noch nicht einmal gewußt, daß es uns gibt. Wären wir uns an einem anderen Ort begegnet, dann hätten wir uns auch ineinander verliebt und keine Skrupel gekannt.«

»Aber Pierre! Verrenn dich doch nicht in etwas gänzlich Unmögliches. Auf einer solchen Verbindung läge kein Segen, ganz abgesehen davon, daß ich es niemals könnte. Willst du riskieren, kleine Idioten in die Welt zu setzen?«

»Mein Vater und Vera haben es auch riskiert«, sagte Pierre verbittert.

»Ja, und sie sind jahrelang um die halbe Welt geflohen, das hast du mir doch selbst erzählt. Sieht so das Glück aus, das du dir erträumst? Pierre, belüg dich nicht selbst. Wir würden niemals glücklich, uns vielleicht sogar eines Tages hassen, weil jeder dem anderen die Schuld zuwiese. Das kannst du nicht ernsthaft wollen. Bitte, Pierre, mach nicht alles kaputt. Ich bin so froh, einen Bruder gefunden zu haben. Ich möchte dich nicht gleich wieder verlieren. Wir verstehen einander, wie zwei gute Freunde es tun sollten. Ich verspreche dir,

immer für dich dazusein, aber als das, was ich bin: als deine Schwester, die dich sehr liebgewonnen hat.«
Ein langes Schweigen legte sich zwischen sie, während dem Alice mit bangem Herzen hoffte, die richtigen Worte gefunden zu haben. Nach einer Weile murmelte Pierre:
»Verzeih mir, was ich dir zugemutet habe. Es wird nicht wieder vorkommen. Möchtest du morgen abreisen?«
»Na, hör mal. Willst du mich los sein? Natürlich bleibe ich. Zwischen uns hat sich doch nichts geändert. Nun komm, schau nicht so unglücklich drein. Wir sollten zu Bett gehen. Morgen sieht die Welt schon wieder anders aus.«